講談社文庫

宿命(上)

ワンス・アポン・ア・タイム・イン・東京

楡 周平

講談社

目次

宿命　ワンス・アポン・ア・タイム・イン・東京　上

第一章

一九九九年一月一日。

新年最初の夜の帳《とばり》が、静かに降りようとしていた。

あかね色を濃くして行く空を背景に、落葉した木々のシルエットが黒く浮かび上がる。高い天井から吊り下げられたシャンデリアにはすでに灯が点《とも》されていたが、巨大な一枚ガラスがはめられた窓のカーテンを閉める必要はなかった。

広尾の交差点からすぐの所にあるマンションの最上階から見えるのは、有栖川《ありすがわ》公園に生い茂る巨木の先端だけで、外部から部屋の中を窺《うかが》い知ることはできない。イタリアの高級家具で統一されたダイニング・ルームのキャビネットには、磨き抜かれたバカラのグラスやセーブルの食器が整然と並べられている。明るく照らし出されたダイニング・テーブルの上には、豪華な蒔絵《まきえ》が施《ほどこ》された輪島塗の屠蘇《とそ》の漆器《しっき》と、お節《せち》料理の入った同様の重箱が置かれ、重厚さときらびやかさが入り交じった光を放つ。六本木から広尾に抜ける道に面して建つにもかかわらず、外部の音が聞こえてこないのはいつものことではあったが、殊更静謐《せいひつ》な空気が室内を満たしているのは、新年ということに加えて、この近辺には初詣《はつもう》でをするのに目ぼしい神社仏閣がなく、人通りが極端に少ないせいもあるのだろう。

日頃、家族三人で食卓を囲むには充分過ぎる長大なテーブルの上座に座るのは、実質上のこの部屋の主である有川三奈《ありかわみな》である。肩まで届く微かに栗色に染められた髪は、優雅なカーブを描き、入念に化粧されたその下に覗く顔は皺《しわ》一つ見えない。エルメスのブラウスにスカートをさりげなく着こなす姿は、今年五十二歳を迎えようとする女性とは思えなかった。ましてやこれが全国に五十余の病院を経営する医療法人有川会の会長とは想像だにできないだろう。

三奈の隣には夫の和裕《かずひろ》が座り、その正面にはこの四月に開成中学から高校に進む息子の透《とおる》が座っている。隣の席は空席となっていた。

「兄さん、遅いなあ」

育ち盛りの透が、背後に置かれたサイドボードの時計を見ながらぽつりと漏《も》らした。

「さっきこちらに向かうと連絡があったから、もうすぐでしょう。今日は道が混んではいないからいくらもかからないわ。もう少しお待ちなさい」

「全く官僚なんてなるもんじゃないね。日頃から昼夜の区別なく馬車馬のようにこき使われているのに安月給。その上正月も挨拶《あいさつ》回りに出掛けなきゃならないなんて、どうかしているよ」

生意気盛りの透は、父親似の切れ長の目を細めると、薄い唇に皮肉な笑いを宿しながら言った。

「お兄さまは、大きな志《こころざし》を抱いて今の仕事についたの。あなたはあなたで、自分の思う通りの道を進んだらいいわ」

「もちろんそうするさ。もっとも、僕はウチの病院を継ぐこと、つまり医者の道に進むこと以外に選択肢は残されていないんだけどさ」

「お兄さまは国家の中枢を担う存在になり、あなたは私がここまで育て上げた有川会を継承する。兄弟二人で手を取りあって、一人は国家行政、一人は医療と分野は違うけれどそれぞれの道を究《きわ》める。有川家にとってこんな素晴らしいことはないわ」

「それは、母さんが願っていることだろ」透は鼻を鳴らすと、「まあ、いいさ。僕は病院の経営にはさほどの思い入れはないけど、医学には興味がある。僕は自分の信念に基づいて、道を歩むだけさ。官僚とはいっても、兄さんだって所詮《しょせん》宮仕えの身だ。出世レースを勝ち抜いて、首尾よく次官になれるならともかく、同期に抜かれればその時点で大蔵省を去らなきゃならない。天下り先を転々とするのが関の山だ。そんな思いをするのが嫌だというなら、僕は喜んで会長に兄さんを迎えるよ」

十五歳とは思えない醒《さ》めた口調で言った。

これから新年の晩餐《ばんさん》を囲もうという時に、殺伐《さつばつ》とした雰囲気が座を満たしかけたが、それを救うかのように、インターフォンのベルが鳴った。

年末年始も国に帰らず家事を務める住み込みのフィリピン人のメイドが、

「マダム。タカシ様がおいでです」

片言の日本語で長男の崇《たかし》の来訪を告げた。

ほどなくしてダイニングのドアが開くと、

「やあ、お待たせしました。お父さん、お母さん、明けましておめでとうございます」

大蔵省理財局総務課長補佐を務める崇が、明るい声を上げながら姿を現した。キャリア官僚という職にありながら、夏はテニス、冬はスキーと、スポーツを愛する崇の顔は浅黒く、意志の強さを感じさせる太い眉、利発さというよりも聡明さを感じさせる大きな目をしていた。

　崇は着ていた上着をメイドに預けると、

「これを冷やして持ってきて」

　滑《なめ》らかな英語で命じながら持参した白ワインを渡した。

「まあ、お正月に……せっかくお屠蘇は奈良の橿原《かしはら》神社、お節だって出来合いだけど神楽坂《かぐらざか》の『川波』のものを用意したのよ。何もわざわざそんなものを持ってこなくとも」

　三奈は呆《あき》れた口調で言ったが、

「いや、お屠蘇は挨拶回りの間充分いただいて来ましたしねえ。それにお父さん、今年も歌津《うたつ》から牡蠣《かき》が届いているのでしょう」

　崇は意に介す様子もなくネクタイを緩める。

「先刻お見通しというわけかね」

　和裕がダイニング・ルームに入って初めて口を開いた。

　歌津は宮城県北部にある漁村である。有川家に毎年正月になると食卓に上る牡蠣は、かつて和裕が岩手の県南部の寒村で、僻地《へきち》医療に従事していた頃からこよなく愛する一品で、正月には必ず取り寄せるものだった。

「まったく、あの牡蠣は絶品ですからね。歌津の牡蠣は一味も二味も違う。なんといってもあの男性的なところがいい。ヘミングウェイが『牡蠣は銅の味がする』と言ったのは至極名言です。歌津の牡蠣を味わう度《たび》に文豪の感性の偉大さを感じますよ。口の中に広がったあの美味《うま》さをシャブリで洗い流した時の素晴らしさといったら……」

「そう言うだろうと思ってね、すでに牡蠣は剝《む》いて冷蔵庫の中に用意してあるよ」

「でも、お正月ですからね。せめて一口だけでもお屠蘇に口をつけてね」

「分かってますよ」

崇は、目尻に皺を寄せながら、邪気《じゃき》のない声で言うと、空いていた席に腰を下ろした。

それぞれが、重ねられた盃《さかずき》を順番に取る。一番小さな盃は透が、二番目に小さな盃は和裕が、三番目は三奈が、そして最も大きな盃は崇が取った。三奈が儀式に則《のっと》って、三度に分けて屠蘇を注ぐ。

「それでは、改めて新年明けましておめでとう」

三奈の音頭《おんど》で、四人は一斉に屠蘇を口にした。

お節の四段の重箱が開かれる。ダイニング・テーブルの上は俄《にわか》に華やいだ雰囲気になったが、それでもまだ充分なスペースがあった。やがてメイドが、ワインクーラーに入れたシャブリとワイングラス、クラッシュ・アイスの上に並べた殻付きの牡蠣を盛った銀の盆を差し出した。

「いやあ、おめでたいものと分かってはいても、この薬臭い味だけはどうも好きになれません。僕は失礼して、こちらをいただきますよ」

崇は一気に屠蘇を空け、空になった盃を置くと、自らシャブリの栓を抜き、薄い黄金色《こがね》の液体をバカラのワイングラスに満たした。テイスティングと口に残った雑味を消すのを兼ねて、わずかばかりのワインを含むと、牡蠣に手を伸ばす。別に用意されたカクテルソースの上に更にホースラディッシュを乗せ、小さなオードブル用のフォークを手に大ぶりの牡蠣を頬張《ほおば》る。

「うーん。美味いなあ、実に美味い。僕はこの牡蠣を食べる度に、ボストンのアンソニーズ・ピア・4を思い出しますよ」

今年三十歳になる男の顔が無邪気にほころんだ。

崇が歩んで来たのは、官僚社会の中にあっても一点の曇《くも》りもないエリートコースそのものである。

昭和四十四年、有川家の長男として静岡に生まれた崇は、小学校を卒業すると、東京の名門中の名門である開成中学に進んだ。開成高校を終えるとストレートで東京大学文科I類に進学し、法学部を卒業すると同時に国家公務員上級職試験に合格、大蔵省主計局に配属された。二年後には、ハーバード大学ケネディ・スクールに二年間留学。二十六歳で帰国すると国際金融局係長、二十七歳で地方の税務署長として一年を過ごした後、今では理財局総務課長補佐という役職にある。

全国に五十余の病院を持つ有川家の長男であれば、当然医学の道を志し、家業に邁《まい》進《しん》するのが本来歩むべき道であったろう。

三奈も、ある時期まで崇が医学の道を志し、やがては有川会を日本最大の医療法人に育て上げることを望んではいた。だが、三十六歳という年齢で、透という第二子、それも男子を授かってから、考えは変わった。若かりし頃から、ずっと心の奥に秘め、燻《くすぶ》り続けていた野望が頭をもたげてきたのである。

権力に対する、ある種の復讐《ふくしゅう》、あるいは自分の過去への決別と言える感情から来るものだったのかもしれない。単に子供を医者にしたてあげるなら、財力があればどうにでもなることだ。しかし権力、それも国家の中枢に君臨できる地位に立つとなれば話は別である。その道を歩む人間には、ず抜けた頭脳と才覚に加え、一点の曇りもない経歴が不可欠である。透が生まれた時、崇はすでに開成中学の二年生だった。激烈な入試を突破し、選び抜かれた精鋭が集う中でも、崇の成績は五番を下ることはなかった。

この子には、官僚として歩むだけの頭脳がある。国家中枢に入り込み、権力を握る可能性を充分に持っている。

三奈は、透の誕生を機に、崇に自分の思いの全てを賭ける決心をした。

それはある意味、洗脳をしようとしたといってもよかったかもしれない。いかに大病院の経営者といえども、強大な国家権力の前には無力同然である。一度権力を手にしたものが、どれだけの力を振るえるか。ましてや頂点に立った者は、自分の意志一つで、国家というものを意のままに操ることができる。

そうした話を、ことあるごとに聞かせたのである。

もちろん、崇とて充分に自分の力で物を考えられる年頃ではあった。当然反発は予想されたが、崇の反応は三奈をもってしても拍子抜けするほどのものだった。

「お母さん。何度もそんな話をする必要はないよ。僕は元々、医者になりたいわけでもなかったし、病院を大きくすることにも興味はなかったんだ」

「どうして」

と訊《たず》ねた三奈に崇は言ったものである。

「医者は、世の中には何万人といる。だけど官僚になれる人間は限られている。それを踏み台にしてさらに大きな権力を手にできる人間はさらに限られる。僕は競争が好きなんだ。つまらないしがらみに捕われて、自分の可能性を閉ざすことはしたくない。だから、僕は官僚の道を目指す。お母さんに言われたからじゃない。自分がこの国の中でどこまで登りつめられるのか、それを試してみたいんだ」

崇は牡蠣を一気に三つほど平らげると、人心地ついたとみえて、手を休めた。

「ところで透、学校の方はどうなんだ」

歳が十四も離れている上に、日頃は赤坂のマンションで一人暮らしをしているせいで、あまり言葉を交わす機会もない弟に向かって、崇は兄らしい優しい言葉をかけた。

「まあ、悪くはないんじゃないかな。今学期の成績は、学年で三番だった」

「三番か。このままで行けば、理Ⅲ楽勝だな」

「高校から入ってくるのもいるからね。油断はできないよ」

「だいじょうぶ、お前はお父さんの血を引いているんだ。この調子で頑張れば、お父さんの立派な後輩になれる」

東京大学医学部は和裕の母校でもある。力強く励ます兄の言葉に頷《うなず》く透の姿に、思わず温かいものが込み上げるのを覚えた三奈は、そっと隣に座る和裕を見た。

先ほど、崇の牡蠣の話に穏やかな笑みを浮かべていた和裕の顔から表情が消えていた。ただ黙々と箸《はし》を動かしては、お節を口に運んでいるだけである。本来ならば、二人の息子の会話に、目を細め、父親らしく言葉を差し挟んでも不思議はないところなのだろうが、そんな素振りは微塵《みじん》も見せない。

東京大学医学部卒という学歴は、日本の中にあって最高無比のものであることに疑いの余地はない。だが、その名前が話題に上ると、和裕は魂《たましい》がどこかに行ってしまったように無表情になり、堅く口を閉ざすのが常であった。

やはり、まだ傷は癒《い》えていないのだ。あの過去の出来事が、この人の心を蝕《むしば》んでいる。

三奈はそんな夫の様子を見る度に、そう思うのだった。

「ところで崇、今日のご挨拶回りはどうだったの」

和裕の心情を察した三奈は、努めて明るい声で訊ねた。

「例年通りですよ。最初に次官のところにご挨拶に伺《うかが》い、理財局長に国際局長、主計局長、それからお世話になっている代議士先生の所を三軒ほど。もっともどちらも年始の来客が詰めかけていますから、こちらは順番待ち。お会いしてご挨拶申し上げて、形ばかりのお屠蘇をいただいて失礼するだけでもこの時間です」

「それは大変だったわねえ」

「正月だというのに、暇なしです。これで宮仕えもなかなか大変なんです。せいぜい牡蠣でも食べて精をつけないと。牡蠣は海のミルクなんて言われていますが、欧米では精力剤の一つとされていますからね。ボストンで一人で二ダースを平らげた時には、一緒に行ったアメリカ人にスケベと冷やかされたもんです」崇は大口を開けて笑いながらまた一つ牡蠣を頬張り、ワインを一口含む。「そう言えば、次官がいつも心入れをと礼を言ってましたよ。お母さんがいろいろと気を回して下さっているのでしょう」

「お気に召していただければいいのだけれど」

実力が拮抗《きっこう》する官僚の世界では、どのようなポストにつくかは、人事権を持つ人間のさじ加減一つで決まる。つまらぬことで息子の将来に影を落とすようなことがあってはならない。省の最高権力者である次官はもちろんのこと、将来崇の出世に影響を及ぼす可能性がある、あるいは仕事上関わりを持つと思われる人間には、盆暮れの付け届けを官僚へは崇の名前で、代議士へは有川会からの政治献金という形で送ることを三奈は欠かしたことがなかった。

「おかげで、思わぬお年玉を頂戴《ちょうだい》しましたよ」

「お年玉？」

「次官からです」

崇はグラスを置くと、新たなワインを注ぎながらニヤリと意味あり気な笑いを浮かべた。

「何かしら」

「とてもいいものです」

「もったいぶらないで教えてちょうだい」

「一つは私の人事のことです。どうやら、来年ワシントンの在米日本大使館に一等書記官として赴任することになりそうなんです」

「まあ、ワシントンへ」

三奈の声が華やいだ。

「任地の快適さだけを考えれば、サンフランシスコの領事館とか仕事も楽なら生活もエンジョイできるところはありますが、キャリアなら、やはり何といってもワシントンですからね」

「そんなサンフランシスコの領事館なんて、もったいないわ。ハーバードまで行ったあなたを、そんなところに赴任させたらそれこそ人材の無駄遣《づか》いというものよ」

「ハーバードに留学したなんて、我が社にはごろごろしてますよ」

「実力が買われたのよ。来年は二〇〇〇年。今世紀最後の年に何て素晴らしいこと」

喜びは込み上げてくるものだとはよく言ったものである。腹の奥底から暖かな塊が急激に膨張し、熱を持って体中を駆け巡って行く。

「それで、大使館勤務はどのくらいになるのかしら」

三奈はいてもたってもいられなくなって、含み笑いをしながらワインを啜《すす》る崇に訊《き》いた。

「慣例では四年といったところですか」

「四年？　じゃあ、あなたが帰国する頃には三十五になるの」

「まあ、そういうことになりますね」

「だったら独身のまま赴任するというわけにはいかないじゃない。大使館勤務ともなれば、パーティも度々あるんでしょう。そんな時に奥さんがいないんじゃ、格好がつかないわ。それに生活のこともあるし」

「その点は、次官も気にされていましてね。そろそろ身を固めたらどうか。そうおっしゃって、見合いの話を持ち掛けられたんです」

「縁談？　次官がお世話下さったの？　どんな方」

経歴に一点の曇りもない崇の縁談である。次官が世話をするというのなら、申し分のない相手に決まっているだろうが、事は重大である。相手先の氏素性《うじすじょう》によって、崇のこれから、ひいては密かに抱く自らの野望が遂げられるか否《いな》かがかかっている。

「まあ、そう焦らずに……結婚なんて縁のものですから」

崇は、言葉とは裏腹に、すでに決まった話だと言わんばかりに気をもたせるような言い方をした。

「もったいぶらずに教えてちょうだい」

「民自党代議士の長女。有力議員です。子供は娘が二人。跡取りはいません。閣僚経験者にして、今は党の重要な職責に就いているとだけ言っておきましょうか。次の組閣では、三度目の入閣が確実視されています。もっとも次の総選挙で民自党が勝利を収め、第二次滝沢《たきざわ》政権が誕生すればの話ではありますがね」

「そんないいお話なら、是非ともまとめていただかなくては。次期選挙に勝てば、あなたは大臣の娘さんをもらうことになるんでしょう。だったらウチができることは何でもしますよ。政治献金だって、有川会からはもちろん、病院に出入りしている医療器具メーカー、製薬会社、いいえ、その下請けの業者にだってさせますよ。代議士にとって、政治献金は生命線ですからね。それに跡取りがいないんだったら、いずれ地盤を継いであなたが代議士になれる可能性だってあるわけでしょう」

「お母さん。現在の政局は極めて微妙です。必ずしも民自党に追い風が吹いているわけじゃありません。私だって一介の官僚で終わるつもりはありませんが、目の前にぶら下げられた餌《えさ》にだぼハゼのように食いつけば、とんだ貧乏クジを摑《つか》まされないとも限りません。とにかく、政局と、相手が私に何を求めているのか、その辺りを充分に確かめないことには……」

美味《おい》しい餌の匂いを嗅《か》ぎながらも、浮かれた様子もなく、醒めた口調で窘《たしな》めるように話す崇の口調は、まさに魑魅《ちみ》魍魎《もうりょう》が跋扈《ばっこ》する政治と官僚の世界に生きる人間そのものだった。

「それに昔ならともかく、今の女性は親の意向一つで嫁に行くほど素直じゃありませんからねえ。親が良くとも当の本人が嫌だと言えばそれまでということだってあります。こちらがOKして、振られでもしたら、それこそ二度といい縁談など世話してもらえなくなりますよ。とにかく、この話は、しばらく私に任せて下さい。目処《めど》がついた時点ではっきりとお話ししますから」

崇は、きっぱりと言い放つとまた一つ牡蠣を口に運び、マンションを辞するまで二度とその話を口にすることはなかった。

＊

ベッドサイドに置かれたスタンドから、ランプシェードを通して漏れる柔らかい灯が室内を満たしていた。部屋の中央には大型のダブルベッドが置かれ、カバーが取り換えられたばかりの、羽毛布団が掛けてある。十五畳程もある広い寝室には、バーズ・アイの紋様が鮮やかなメープルのドレッサーとソファが一つ、それに新年ということもあって、銀のワインクーラーに入れられたシャンパンが置かれているだけだった。

部屋続きになっているバスルームから出た三奈は、バスローブを羽織っただけの姿でドレッサーの前に座ると、化粧水を手に取り、就寝前の肌の手入れを始めた。ミラー越しに、一足早く布団の中に潜り込んだ和裕の姿が見えた。

まもなく一九九九年最初の一日が終わろうとしていた。聞こえる音といえば、絶えず暖気を送り込むエアコンのものだけである。

化粧が落ち素顔が露《あらわ》になった顔には、先ほどまでの若々しさはない。五十一歳の割にはまだ充分な張りがあり、染み一つなかったが、さすがに顔のあちらこちらにある小皺は隠せない。若くして有川家に嫁いでから三十年余り。その大半を病院拡張のために奔走したせいで、家族揃《そろ》って夕食の席を囲んだ記憶はほとんどない。子供たちの食事はメイドに任せ、教育は家庭教師に一任していた。二人の子供には何一つ親らしいことはしてやれなかったとの思いが常にあった。それゆえに、元旦の一日だけは、必ず親子水入らずで食事を摂《と》る。三奈はそれを何よりも大切に考えていた。ましてや今年は、その席で祟の縁談という慶事の報告があっただけに、今宵《こよい》の団欒《だんらん》は、ことさら三奈の心を満たすものになった。

「あなた、まだ起きてらして」

三奈は化粧水をつける手を止めると、ミラーに向かって和裕に話しかけた。

「ああ、起きているよ」

「今日の祟の話、どう思って」

「縁談の話かね」

「それ以外に何があるの」

「僕に意見を訊くのかい」和裕は半身を起こすと、羽枕を背に当て三奈を背後から見つめながら口を開いた。「彼は立派な大人だ。見合いの相手が自分に相応《ふさわ》しいかどうか、その程度の判別はつく。僕が改めて意見を述べる余地などないさ」

「随分醒《さ》めた言い方をなさるのね。あなた嬉しくないの」

「そりゃあ、嬉しいさ。彼が官僚になったのは、あくまでも自分の野望を遂げるステップに過ぎないことは知っている。いずれは今の立場を踏み台にして国政の場に出てさらなる頂点を目指す機会を、虎視《こし》眈々《たんたん》と狙っていたんだ。その野望に手がかかろうとしているんだからね。そしてそれは君の悲願でもあった」

「そう……。崇をこの国の権力構造の頂点に立つ人間にする。それが私の願いだった」

「君はまだあの時代を引きずっているんだな」

「忘れるものですか……。今にしてみれば馬鹿馬鹿しい話だけれど、当時は本当に私たちの力でこの国を変えられると思っていた。あなただってそうでしょう」

「ああ……あの時代は本気でそう思っていた。もっともどれほどの仲間が同じ気持ちでいたかどうかは分からないがね。もしもあの頃の情熱、信念をそのまま持ち続けられていたら、世の中なんてとっくの昔に変わっているさ」

「だけど何も変わりはしなかった。それが、私たちが行なった運動は全て間違いだったってことの証明ってわけ。当時の仲間たちのほとんどは、あの頃のことなど噯気《おくび》にも出さずに、安穏《あんのん》とした生活をむさぼっている」

「今でも活動を続けている人間はいるさ」

「プロの活動家なんて、もはや絶滅人種よ。そりゃ何か事が起きる度に、当時のようにヘルメットをかぶり、マスクをして集会に出掛けたり、デモに参加する人間はいるわ。だけど、日頃はそんな思想信条を明らかにせず、一介の公務員として国家体制に寄生して糧《かて》を得ているか、どこかの中小企業の労働者として、資本主義社会の恩恵に与《あず》かっているのがせいぜいじゃない。私は、この両手に手錠がはめられた時に初めて目が醒める思いがした。権力に歯向かうことの愚《おろ》かさ。屈辱と、全てを失うのではないかという恐怖を……」

三奈の脳裏に、三十年前の忌《い》まわしい記憶が蘇《よみがえ》ってきた。

忘れもしない、一九六九年、一月十九日。二人は東大安田講堂の時計台の上にいた。前日から始まった、安田講堂を巡る全共闘と機動隊の攻防戦は激烈を極めた。時計台屋上に通じるただ一つのドアが破られると、濃紺のヘルメット、制服に身を包んだ機動隊員たちが、ジュラルミンの盾と警棒を手に、どっと雪崩《なだれ》を打って攻め込んできた。安田講堂落城の瞬間である。

三奈は引き締まった手首の辺りを手でなぞった。今でも冷たい光を放つ鉄の輪が、その部分にはめられた瞬間を思い出すと、背筋が寒くなる。

「君がそう感じたのは、失うものがあったからだろうね。そもそもあの運動に君のようなお嬢さんが参加したのが間違いだったのだ」

「それじゃあなたはどうなの。後悔していないの」

短い沈黙があった。

「そりゃあ、後悔していないと言えば嘘になる。若気の至りと言ってしまえばそれまでだが……」和裕は続けた。「しかしあの頃はどうしようもない時代のうねりというものがあった。必然的に運動に参加せずにはいられない流れがね。六〇年安保闘争に敗れ、下火になった学生運動が再び息を吹き返す一方で、各大学で始まった学費闘争があり、ベトナム反戦運動や、日韓条約反対というような国際情勢が絡《から》む運動があった。僕はそうした運動をどこか醒めた目で見ていたものだが、医学部のインターン制度廃止に伴う登録医制度導入だけは違った。まさに僕自身にふりかかった問題そのものだったからね」

「少なくともあなたは自分の信念に基づいて行動した、というわけね」

「ただし代償は高くついた。君は逮捕されたとは言っても、二十三日間の拘置期間中、完黙を貫いて不起訴で釈放された。別に前科がついたわけでもない。それに比べて僕は、傷害の現行犯だ。一年二ヵ月の刑務所暮らしを送った立派な前科一犯だ」

「そのお陰で東大の医局を追われ、無医村の僻地《へきち》に赴《おもむ》かざるを得なかった。輝かしい未来もあの日で全て閉ざされてしまった」

「それでも、まだ僕には医師という資格があったから救われた。それに特定のセクトに属していたわけでもない。その後煩《わずら》わしい連中につきまとわれることがなかったのが、不幸中の幸いというやつだ」

セクトに所属して学生運動に参加するのと、ノンセクトラジカルとして自らの考えで運動に加わるのでは格段の違いがある。セクトに所属するのは、言わばヤクザの組員になるのと同じで、足抜けは許されない。当時、ある有力セクトに所属していた三奈は、安田講堂落城を機に運動から一切の足を洗い、厚い親の庇護《ひご》の下、身を隠すことに成功した。しかし、三十年を経た今となってもセクトの影から逃れることができずに、事あるごとにカンパと称して活動資金をねだりにくる輩《やから》につきまとわれる人間は数知れない。

「それよりそんなに浮かれていていいものなのかね」

鏡の中の和裕の顔が曇った。

「どういうこと」

「今話した僕たちの過去のことだ」

和裕は重い口調で言うと、続けた。

「彼の話だと、相手は民自党の閣僚に名を連ねることになりそうな程の大物だというじゃないか。当然、身内になる僕たちのことは徹底的に調べにかかるんじゃないだろうか」

「そんなことになっても大丈夫よ。私は逮捕されたとは言っても、前科はないわ。あなたは前科はあっても、それが戸籍に載っているわけじゃない。逮捕歴が記録されるのは、本籍地の市町村役場にある犯罪人名簿だけ。あなたは私と結婚することで過去と決別した。有川家の養子となった時点で、本籍も変わっているわけだし、そう簡単に足がつくとは思えないわ」

「それほど甘いものかね」

「そうでなければ、崇が大蔵省に入省することもなかったでしょうし、こんなお話が持ち込まれることもなかったはずよ。それに……」

「それに、何だ」

「夕食の場でも言いましたけど、代議士は選挙にしても日頃の活動にしても、お金が必要なのよ。相手が誰かは知らないけれど、有川会がバックにつけば政治資金には事欠かない。それくらいの計算はしているに決まっているわ。今更私たちの過去を調べ上げたりするものですか」

三奈は、つまらないことに気を回すなといわんばかりの口調で言うと、立ち上がり、冷えたシャンパンボトルを手に取った。ボトルの表面にエミール・ガレのデザインによる優美な花柄をあしらったベル・エポック・ロゼである。アルミのカバーを捲《めく》り、留め具を外すと剝き出しになったコルクの栓を捻《ひね》った。

ポンと軽やかな音がし、栓が抜けると、シルクのような煙が立つ。薔薇《ばら》色の液体を二つのグラスに注ぎ終えた三奈はゆっくりとベッドに歩み寄り、さあ、というようにグラスの一つを差し出した。和裕がそれを受け取ったところで、三奈は手入れの行き届いた歯を見せて笑うと、

「祟の将来に……」

グラスを合わせ、ゆっくりと傾けた。

*

皇居からほど近い所にあるTホテルの中二階のフレンチレストランは、元日のディ

ナーを楽しむ客で満席だった。薄暗い店内に並べられたテーブルの上にはキャンドルが点《とも》され、新年最初のディナーらしく、華やかな格好をした人々で賑《にぎ》わっていた。その一番奥まったところに五つ程の個室があり、その中の一室では民自党政調会長を務める、白井《しらい》眞一郎《しんいちろう》の一家がテーブルを囲んでいた。

正面の席には眞一郎が、その横には黒と白の京鹿子《きょうかのこ》の見事な総絞りを着た妻の逸子《いっこ》が座っている。残る二つの席には、二十三歳の尚子《なおこ》と今年二十歳を迎える亜希子《あきこ》の二人の娘がそれぞれ薄いピンクとクリーム色の品のいいワンピースをまとって座っていた。

タキシードに身を包んだボーイがワインクーラーの中に入れたシャンパンを運んで来ると、慣れた手つきで封を切り、栓を抜いた。ぴしりと糊《のり》の利《き》いたナプキンでボトルを包み、片手で底を支えるように持ち、シャンパングラスに次々と黄金色の液体を注いで行く。全てのグラスが満たされたところで、

「新年おめでとう」

眞一郎の野太い声を合図に、四つのグラスが目の高さに掲げられた。

いかにも政治家然とした、不遜《ふそん》さを感じさせる眞一郎の顔に満面の笑みが宿った。

頭髪こそ大分薄くなっていたが、艶《つや》のある肌の色や、家族を前にしてもなお油断ない

光を宿す目は精気に溢《あふ》れ、とても五十一という歳を感じさせない。

政治家の新年は多忙を極める。東京六区を地盤とする眞一郎は、午前中から年始に訪れる官僚や支援者の応対に追われ、自宅で過ごすことを余儀なくされていた。自宅で客をもてなすとなれば、当然屠蘇の一杯も振るまい、形ばかりとはいえお節も口にしなければならない。いかに名の通った料亭から取り寄せたお節とて、客が来るたびに目の前に出されると、見ているだけでもうんざりする。いつからか、客の来訪が途切れる夕刻になると、家族を引き連れ、このホテルのフレンチレストランで、その年最初の晩餐《ばんさん》を摂るのが白井家の慣わしとなっていた。

一同がほぼ同時にシャンパングラスをテーブルの上に置いた頃合いを計っていたかのように、ボーイが最初の皿を差し出した。軽くマリネードされた三陸産の生ホタテ貝の上にカスピ海産のキャビア・ベルーガが添えられたオードブルで、新年の晩餐の最初の一皿らしく、金粉が鏤《ちりば》められている。

「ところで、逸子。明日の朝の雑煮《ぞうに》の支度は大丈夫なんだろうね」

豊潤なホタテ貝の滋味と、熟成したキャビアの奥深い塩味が渾然《こんぜん》一体となった逸品を口に運びながら眞一郎は訊ねた。

「ディナーが始まったばかりだというのに、明日の朝のご心配ですか」逸子は呆《あき》れたような口調で、「それでしたらどうぞご安心下さい。岩手のお姉さまのところから、今年も雉《きじ》が届いておりますわ。相変わらずきちんと下ごしらえをして送って下さったので、ガラでスープを取りましたし、お肉の味付けも終えてありますから」

と言うと、

「キャビアがお父様の大好物とは言っても、本当にお好きなのは黒い方じゃなくて、赤い方なのよね」

昨年東京女子大の英文科を卒業した長女の尚子が、そつのない手つきでフォークとナイフを操りながら言葉を継いだ。

「東京風の雑煮はどうも好きになれんのだ。やはり雉の出汁《だし》に角餅、その上に大根と人参の紅白の引き菜、野芹《のぜり》に椎茸《しいたけ》、煮含めた雉の肉……」

「その上から、イクラをたっぷりと掛けて、吸い口は柚子《ゆず》。お椀は秀衡《ひでひら》でなくてはならないんでしょう。岩手の流儀に則って」

尚子が眞一郎の言葉を先回りする。

「そこまで完璧にレシピを覚えているなら、来年の雑煮は尚子に任せても大丈夫だな」

眞一郎は、成長した尚子の姿に目を細めながら、穏やかな笑いを浮かべた。

　今でこそ、東京六区選出の民自党代議士にして民自党政調会長の要職にある眞一郎だが、岩手県の県南にある寒村で、代々その地域でわずかばかりの田畑を耕しながら雑貨店を営んでいた岡内《おかうち》家の長男として生まれた。父は戦中、陸軍に徴兵され満州に赴き、復員してからは家業を継ぎ一家を支えたのだったが、眞一郎が小学生の時に肺結核でこの世を去っていた。女学校出の母は、眞一郎とは五つ上の姉と、二つ違いの妹、それに舅《しゅうと》と姑《しゅうとめ》を抱え、代用教員として小学校の教壇に立ち、それからの一家の生活を支えた。生活ぶりは決して楽なものではなく、一家六人が食うのがやっとというありさまで、姉は中学を卒業するとすぐに近くの町にあった紡績工場で女工として働くことを余儀なくされた。当然、眞一郎もまた、中学を終えれば集団就職で東京に出ることを覚悟していたが、ずば抜けて学業成績が優秀であった息子に母は全てを賭けた。爪に火を点すように、家計を切り詰め、姉もまた少ない給料のほとんどを眞一郎の学資に回した。

　旧制中学からの伝統を持つ、県南の進学校に進み、家を出て下宿生活を送ることになった眞一郎の元には、毎月決まった日に現金書留が送られてきた。封を切ると、決まって札の間から糞便《ふんべん》にも似た臭いが仄《ほの》かに漂《ただよ》ってくる。毎日煮えたぎる湯の中に漬けられた繭玉《まゆだま》から絹の糸を拾う、姉の体に染みついた匂いである。高校三年を迎えた時には、妹もまた姉と同じ職場に就職した。

薄汚れた札を手にする度に、家族の将来が自分の双肩にかかっていると感じた。母や、姉、妹の苦労を無にすることはできない。家族の労苦に切ない気持ちが込み上げてくると同時に、何としてもその期待に応えなければならないと決意を新たにし、眞一郎は必死に勉学に励んだ。

仕送りは下宿代を支払うと、いくらも手元には残らなかった。学生服以外の衣類といえば、数枚の下着と、母が手縫いでしたててくれたドンブク（綿入れ）だけで、靴下もなかった。

幸いだったのは、学校が旧制中学以来の伝統を持っていたせいで、当時の学生の姿といえば、バンカラ姿が当たり前だったことだ。三年になった頃には、制帽には無数の穴が開き、学生服の肘《ひじ》から先は、すだれのようになり、ズボンの膝《ひざ》の部分にはつぎあてがしてあった。もちろん三年の間、学生服を洗濯したことは一度もない。中学以来使い続けたズック鞄を肩から下げ、足駄《あしだ》を履いての通学。厳しい岩手の冬も、暑い夏もずっとその姿で通した。

炬燵《こたつ》や火鉢といった暖房器具のない下宿では、冬を迎えると、ドンブクを着込み、足に先輩から譲り受けたマントを巻いて机に向かった。足の指先には霜焼《しもや》けができ、皹《あかぎれ》た踵《かかと》はざっくりと割れて、春が訪れるまで傷が癒えることはなかった。

そんな努力の甲斐もあって、眞一郎は高校に入学してから卒業するまでの三年間、県南の俊英が集う中、一度たりともトップの座を明け渡したことはなかった。そして卒業と同時に、最難関である東京大学文科Ⅰ類に合格した。私立大学はもちろん、すべり止めの国立二期校すら受験しなかった。受験料すら捻出《ねんしゅつ》するのは容易ではないという家の事情もあったが、夢の全てを自分に賭けてくれた家族の労に報いるためには、最難関の大学に一度で合格しなければならないという、眞一郎の決意の現れでもあった。

合格を知らせたのは一通の電報である。

『サクラサク』

たった五文字の文面を目にした時の喜びを、眞一郎は今でもはっきりと覚えている。

最終学期終了と同時に下宿を引き払っていた眞一郎は、知らせを実家で受けた。

「お母さん。合格だ！　東大に合格したよ」

言葉が終わるや否や、母はその場に泣き伏した。朗報は、瞬《また》く間に狭い町内に知れ渡り、町長をはじめとする町の有力者たちが、紋付き袴《はかま》で祝いの言葉を述べるために、朽ち果てる寸前の家に押しかけた。

東大に合格したというだけで、町の有力者が畳に額《ひたい》を擦《こす》り付けんばかりにして、今まで見向きもしなかった十八歳の少年に頭を下げる。それまで家族が置かれていた境遇に思いを馳《は》せると、この世の不条理を感ぜざるを得ないものがあったが、それは同時に眞一郎の胸中に新たな野望を抱かせることになった。

貧乏人には見向きはしなくとも、権力を手にするとば口についたというだけで、人間の態度というものはこれほどまでに豹変《ひょうへん》するものか。

次に目指すのは権力者への道だ。その一番の早道は官僚になることだ。法学部を卒業すれば、弁護士、あるいは大企業と、高額な報酬を手にできる道はいくらでもある。だが絶対無比な権力を摑む道は一つしかない。

眞一郎は次の目標を国家公務員上級職試験を突破することに定めた。

東京に身寄りのない眞一郎は、合格の喜びに浸《ひた》る間もなくすぐに上京の支度を整えると、住まいを探すために早々に岩手を発《た》った。

出発の朝、まだ舗装されていない田舎道にバスの姿が見えたところで、母は一言「家のことは心配することないから」とだけ言い、一枚の紙筒を手渡してきた。

習字用の半紙には、

青海長雲暗雪山　青い海のような空には長い雲がたれこめ、雪山が暗く見える
孤城遥望玉門関　私は孤城に立ち、遥かかなたの故郷の玉門関《ぎょくもんかん》を望む
黄沙百戦穿金甲　砂塵飛ぶ砂漠で数多《あまた》の戦を行い、鎧《よろい》はぼろぼろになってしまったが
不破楼蘭終不還　楼蘭《ろうらん》を破るまでは絶対に帰らないつもりだ

という不退転の決意を綴《つづ》った四行の漢詩が、墨痕《ぼっこん》鮮やかに書き記してあった。東大に合格したのは、始まりに過ぎない。自分の目的を果たすまでは、家のことなど気にかけずに、自分の思う道に全精力を注ぎ、邁進《まいしん》せよ。おそらく母はそんな願いを込めて、この漢詩を手渡したのだろう。以降、この四行の漢詩は、眞一郎の座右の銘となった。

それから四年。東大法学部を卒業した眞一郎は、国家公務員上級職試験を突破し、第一志望であった大蔵省に入省した。それからの人生はまさにとんとん拍子だった。主流である主計局に配属され、入省三年目には、英国のオックスフォード大学に留学

した。そして国際金融局係長……。官僚の頂点への階段を確実に歩んだ。

　そんな眞一郎に目をつけたのが、当時民自党幹事長だった白井源太郎《げんたろう》であった。白井家は代々東京で白井建設という土建屋を営んでいたが、戦後の復興期に源太郎が辣腕《らつわん》を振るい、家業を日本有数のゼネコンの一つに数えられるまでに育て上げていた。学歴は旧制中学卒ではあったが、幼い頃から荒くれ者が出入りする環境に育っただけあって、性格は、豪胆にして尊大。一旦走り始めれば誰も勢いを止められない、という強引な手法を以《もっ》て鳴る人物で、並み居る官僚も源太郎に一喝されると、誰もが押し黙らずを得ない程の権勢を誇り、いずれは総理総裁の椅子に座ると目されていた。

　だが、源太郎にも泣き所はあった。三人の子供のいずれもが女子で、地盤を継ぐ跡取りがいなかったのである。時は高度成長期の真っ盛りで、国家予算は公共事業に湯水のように使われていた。向かうところ敵無しの源太郎もいずれ老い、一生を終える時が来る。実質的に国家運営を司《つかさど》る官僚を一族に迎え、自分の引退後は地盤を継がせ代議士にすることができれば、白井家の繁栄は盤石《ばんじゃく》のものとなる。

　おそらく、そんな考えがあり、周到な身辺調査をした結果、貧しい家の出であるにもかかわらず、官僚としての階段を順調に歩み続ける自分に目を付けたのだろう、と眞一郎は思った。

結婚の条件はただ一つ。婿《むこ》養子として白井家に入ることだった。

婿養子となることに躊躇《ちゅうちょ》しなかったと言えば嘘になる。自分が養子に入れば、岩手の家は誰が継ぐのか。まさに血の滲《にじ》むような苦労をして、自分をここまでにしてくれた母を裏切ることになりはしないか。

目の前にぶら下がった大きなチャンスと、家族への思いの狭間《はざま》で眞一郎の気持ちは揺れ動いた。

しかし、一旦縁談を持ち出した源太郎は強引だった。白井建設の中で、将来有望と目されている社員を、妹の婿にすると申し出て来たのである。さらに岩手に残る母にこの話を相談すると、

「お前の将来を、こんな取るに足らない家のために無にすることはない。ありがたい申し出じゃないか」

と言って、養子縁組を強く勧めたのだった。

縁談が持ち込まれてから一年後、眞一郎は源太郎の長女である逸子と華燭《かしょく》の典《てん》を上げた。

眞一郎二十七歳、逸子二十五歳の時であった。

源太郎が突然心筋梗塞でこの世を去ったのは、それから三年後のことである。

眞一郎は大蔵省を退官し、衆議院補欠選挙に打って出た。元々圧倒的支持率を持っていた源太郎の地盤である上に、弔《とむら》い合戦という利もあったのだろう。初の選挙に地滑り的得票を得て、見事当選した――。

「だが、来年の正月に尚子の雑煮を味わうことができるかな」

アペリティフのシャンパンに口をつけながら、眞一郎は言った。

「あら、去年のお雑煮だって、私がこしらえたのよ」

尚子は形のいい唇から白い歯を覗《のぞ》かせた。

「そうじゃないんだ。実はね……」

眞一郎は逸子に目配せをした。

逸子は心得たとばかりに、ハンドバッグの中から、一通の封書を取り出した。体を動かした瞬間、珊瑚《さんご》の周りをアンティークの銀で飾った帯留めが鮮やかなコントラストを描いて反射する。

「何かしら」

「お年玉よ」逸子は豊満な胸を上下させせながら笑うと、「いいから開けてみなさいな」怪訝《けげん》な顔をして両親の顔を交互に見る尚子を促した。

「いやあね。お年玉なんて、子供じゃないんだから」

「あら、お母様。私にはないの?」

亜希子が、拗《す》ねたような声を上げたが、

「あなたにはまた改めて、ね」

逸子が言っている間に、封筒を開けた尚子が中の便箋《びんせん》を取り出すと、

「……釣り書?」

驚いたように呟《つぶや》いた。中に挟まれていた写真がはらりとテーブルの上に落ちた。

「そうだ、実はお前に縁談があってね」

「へええ、お姉さまに縁談? どれどれ」亜希子が素早く写真を手に取って、目を輝かせながら見入ると、「あら、素敵な方じゃない。結構イケてるわ。どんな方なの。どこかの企業の御曹司《おんぞうし》? それともお父様の同業のご子息かしら」

戯《おど》けた声を上げた。

「ちょっと亜希子ちゃん」

尚子が慌てて写真を取り返した。

「まあ、そのどちらにも当てはまるな」

「とてもよいお話なの。願ってもない方」

逸子が眞一郎の後を継いで言った。

尚子の顔に赤みが差した。写真にちらりと目を走らせると、ぎこちない仕草で釣り書を開く。

「有川崇君と言ってね。今は大蔵省の理財局で総務課長補佐をしている。もちろん東大法学部卒、おまけにハーバードのケネディ・スクールを出て将来を嘱望《しょくぼう》される人物だ。実家は有川会という、全国に五十以上もある病院を経営している」

眞一郎は、尚子の様子を窺いながらオードブルの最後の一片を口に入れた。

「東大法学部卒の大蔵官僚かあ。留学先がオックスフォードとハーバードの違いはあるけれど、お父様の後輩ってことには違いないわね」

亜希子が無邪気に言うと、

「歳は二十九歳。あなたとは六つ違いだから、ちょうどいいと思うの」

逸子が続けた。

尚子は、手にしていたフォークとナイフをオードブルの皿の上に揃えて置いた。

食事の進行具合を程よい位置で見守っていたボーイが、素早く皿を片づける。ソムリエがワインリストを持って現れる。眞一郎はリストに目を走らせながら尚子を見ると、少し戸惑ったような表情を浮かべながら釣り書と写真に交互に目をやっている。

「君、このモンラッシェの九五年を……」

「かしこまりました」

ソムリエが下がったところで、

「どうだ、人物、家柄とも申し分ない相手だと思うがね」

眞一郎は訊ねた。

「私は去年大学を卒業したばかりよ。急に縁談と言われても……」

尚子は戸惑いの色を浮かべて言った。

「良縁に遅いも早いもありませんよ。お話があった時がチャンスなの。それに今回のお話は、お父様が大蔵省の官僚でいらした頃の先輩で、かねてから懇意《こんい》になさっている次官の国枝《くにえだ》さんに、特に有望な方をと言って、お世話いただいたのよ。その点から言っても、有川さんの将来は、キャリア官僚の中にあってもお墨付き。こんな良いお話はそうあるものじゃないわ」

「私も仕事で有川君とは何度か会ったことがあるが、なかなかの好青年だよ。仕事も抜群にできる。灯台下暗《もと》しとはよく言ったものだ。これほどの人物がすぐそばにいたとはね。うっかりしていたよ」

「本当に。あなたがもう少し気を配っていて下されば、何も国枝さんのお世話になららなくとも、よろしかったのに。間に国枝さんが入ったとなれば、当然仲人《なこうど》をお願いしなければならないでしょう」

「もちろん、事の成り行きから言えばその通りだろうが、国枝さんは辞退するに決まってるよ。尚子の婿になるということが、何を意味するかは先刻お見通しだろうからね」

「それでは、国枝さんに借りを作ることになるじゃありませんか」

「次官は省内の上がりのポストだ。もちろんトップに登り詰めたとなれば、しかるべきところに天下り、引退を決め込むまでは何度となく関連法人を渡り歩くことになる。その時少しでもいいところに天下りできるよう力を貸せば、借りを返したことになるさ。それどころか今度はそれが貸しになる。世の中というものはそういうものだ」

「お父様……」両親のやりとりを聞いていた尚子が口を開いた。「この有川さんとおっしゃる方、有川会の長男なんでしょう。白井の家には私と亜希子がいるだけ。家を継がせるつもりなら、当然婿養子に迎えるということでしょう？　そんなこと、先方が受けるかしら」

「その点ならば心配はいらないさ。もしも彼が有川会を継ぐつもりなら、法学部を目指さずに、医学部に進んでいたはずだ。開成時代は五番を下らない成績だったと聞く。それほどの成績を収めていたのなら、理IIIだって無理なく通っただろう。なのに文Iに進み、大蔵省に入省したところを見ると、彼の目的は官僚、ひいては国政の場に打って出ることを最初から考えていたとしか思えないね」

「それに、何も有川さんにはウチに婿養子に来ていただかなくてもいいのよ」

逸子が眞一郎の後を継いで続けて言うと、尚子は「えっ」という表情で両親を交互に見た。

無理もない、と眞一郎は思った。政治家の娘として、幼いころから自分の伴侶になる相手は、地盤を継ぐ人物と教え込まれて来た尚子にしてみれば、逸子の言葉は意外なものであったに違いない。

しかし、逸子がそんな言葉を口にしたのには理由があった。岳父《がくふ》であった源太郎が中興の祖として大手ゼネコンの一つに数えられるまでに育て上げた白井建設は、バブル崩壊と共に、深刻な経営難に直面していた。資金の枯渇《こかつ》は、代議士にとって政治生命を左右する大問題である。白井建設再建の目処が立っていない今、家の名前を護るよりも、豊富な財力を持つ家と縁組を結ぶのは急務の課題であった。

「それじゃ私が婿養子を取らなきゃならないの」

亜希子が慌てて口を挟《はさ》んだ。

「そうじゃない。亜希子だって嫁に行っていいのだ。お前たちが結婚して子供が産まれたら、その子を私たちの養子として迎え、白井姓を名乗らせる。これは白井の家にとっても悪い話じゃないよ。孫を養子に迎え、しかるべきタイミングで財産を生前贈与してしまえば、節税対策にもなるからな」

「じゃあ、私たちには何も残さないつもり？」

亜希子が口を尖《とが》らせた。

「相続する財産がお前たち二人に加えて、養子となる子供の分だけ分散されるというだけだよ」

「それに、亜希子さん、あなたにもお姉さまに負けないほどの方を探してあげますよ」

「やっぱり政治家志望の官僚を？」

「亜希子に異存がなければね」

一同の前に、空の皿が置かれた。ボーイが丁重な動作でスープを注ぎ入れる。ソムリエが鮮やかな手つきでモンラッシェの封を切り、栓を抜いた。淡い黄金色の液体が、グラスに注がれ、テイスティングのために眞一郎の前に差し出された。

「結構……」

その言葉を合図に、四人のグラスが満たされた。ボーイたちが下がったところで、

「どうだ、尚子。一度有川君に会ってみる気はないか」

眞一郎は改めて切り出した。

尚子はワインに軽く口を付けると、グラスを置いたまま、応えなかった。

「何か不満なところがあるのかね」

「そうじゃないわ……ただ……」

「ただ、何だね」

「いずれ有川さんが代議士の道に入るとしても、当分は官僚を続けるんでしょう？代議士の家のことはよく知ってるし、それなりの覚悟はできているつもりだけど、官僚の世界のことは……」

「何だ、そんなことを気にしていたのか」眞一郎は、ぐびりとワインを飲んだ。「代議士の妻に比べれば、官僚の妻など苦労のうちには入らない。それに、彼にはそれほど長く官僚を続けてもらうつもりはないよ」

「でも、お父様はこれからが代議士としての盛りを迎えるところじゃない」

「私の地盤を継いでもらうというならばね」

「それじゃ……」

「実はね、まだ内々の話なのだが、有川君は来年、ワシントンの在米日本大使館に一等書記官として赴任することになりそうなのだ。彼の経歴にまた一つ、輝かしい勲章が加わるというわけだ。そんな人間をいつまでも放っておくことはないだろう。今の候補者を見てみろ。頭数を揃えるために、わけのわからん文化人や、脳みそが筋肉でできているようなスポーツ選手を、ただ知名度があるというだけで、候補者に擁立《ようりつ》せざるを得ないのが現状だ。彼ほどの男なら、私が党の公認を取り付けることは難しいことではない。党だって本当に政治家として相応《ふさわ》しい人間を常に探している。幸い私は岩手出身だ。彼が私の息子ということになれば、衆議院岩手選挙区から立候補させるということだってできるさ」

「でもその選挙区は現役の議員の方がいるんでしょう」

「いるよ。我が党生え抜きの二世議員がね。もっとも彼には閣僚の目はない。政務次官止まりだろう」

「それじゃ民自党から二人の候補者を同じ選挙区で立てるの」

「そうじゃない。彼はもう高齢でね。次の選挙はともかくとして、その次は無理だ。それに彼には子供がなく、地盤を継ぐ後継者がいないのだ」

「お父様の力を以てすれば、何も難しい話じゃないわよ。そうなれば、尚子さん。あなたも忙しくなるわよ。有川さんと一緒にワシントンの日本大使館に赴任して、その間あちらでせいぜい羽を伸ばし、英気を養うことね。帰国後、有川さんにはお父様の私設秘書になってもらい、そして出馬して国会議員になる。そうなれば親子二代が同時に代議士。白井家にとってこれほど嬉しいことはないわ」

逸子がはしゃいだ声を上げた。

「どうだ尚子、この話、進めてもいいな」

尚子は、すっと視線を落とすと、

「お父様に任せるわ」

頬を赤らめながらか細い声で言った。

それを機に、座はにわかに華やいだものになった。四皿目の前沢牛のヒレステーキにフォアグラとトリュフが載せられた一品が出てくると、シャトー・ラ・トゥールの九〇年が開けられた。

ゆったりとした心地よい酔いが眞一郎の全身を満たしていく。また一つ階段を上がるという確信と、満足感が心中をたおやかに流れた。

磨き抜かれたグラスをまた一度、口元に持って行った時、一瞬、キャンドルの灯がルビー色の液体を貫き、透過光となって眞一郎の目を射た。
鮮血のような赤――。その色が引鉄《ひきがね》になって、眞一郎の脳裏に、三十年前、安田講堂の時計台の上に高く掲げられた旗の色が蘇った。

第二章

カーテンの向こうに夜明けの気配が漂い始めた。

薄れ行く闇の中で傍らに横たわる女の横顔が朧《おぼろ》に浮かび上がった。東京に出てきて三年半。この部屋に入った初めての女だった。すっと通った鼻梁《びりよう》から密やかな息が漏《も》れる度に、二人を覆《おお》った布団が微《かす》かに上下動を繰り返す。熟睡しているのか、女の堅く閉じられた目蓋《まぶた》は微動だにしない。十月もあと九日で終わる時期ともなると、薄い煎餅《せんべい》布団一枚では寒さで目を醒《さ》ますことも度々のことだったが、今日ばかりは違った。二人の間にできたわずかな隙間を通して、仄《ほの》かな温もりと、女の体から発せられる甘い匂いが漂ってくる。

眞一郎は気配を悟られぬように、頭の位置を変えると女の横顔を改めて見た。

行為の余韻はまだ去らない。堅く勃起《ぼっき》したペニスは、放出の後も萎《な》えることなく熱い心臓の鼓動に同調して脈打ち続けている。愛液と自らの放出物に塗《まみ》れたその部分には、女の体内の感触がまだ鮮明に残っていた。

眞一郎はそっと指を動かしてみた。すぐそばに女の手があった。柔らかな感触が伝わってくる。しっとりと潤いを帯びた皮膚が、眞一郎の指先を捕らえて離すまいとするかのように吸い付いてくる。少し力を加えると、驚くほどの滑らかさで動きが自由になった。それは同じ女性でも母のものとも姉や妹のものとも全く異質なものだった。

女手一つで一家を支える母の手は、厳しい岩手の冬でも家事に冷水を使っているせいで、夏になっても皹《あかぎれ》の名残《なごり》があった。姉や妹の手はもっとひどく、紡績工場で繭玉の糸を煮えたぎる熱湯の中から拾う作業を続けているために、指先は常に赤く腫《は》れ、いつの間にか皮膚もぶ厚くなっていた。

もちろん同年代の女性の手に触れる機会はこれまでにも何度かありはした。高校時代は体育祭や文化祭が終わると、校庭に山と積み上げた廃材を燃やし、その周りでフォークダンスを踊るのが常だった。しかし、その時に覚えた女子生徒の手の感触と、指先に触れる女のそれは明らかに異質なものだった。

成熟した雌《めす》の感触がはっきりと伝わってくる。

そそり立ったままのペニスが一度大きく波打った。まだ満たされぬ欲望が再び女の体を欲しているのだ。掌《てのひら》に吸い付くような弾力と湿り気を持った乳房の感触。肉襞《にくひだ》の微妙な構造。閉ざされていると思われたその部分を入念に探ると、ある一点で不意に肉体の内部へと指が滑り込み、豊富な愛液と体熱に包まれる。初めて触れた女体の感覚のことごとくが蘇《よみがえ》ってくる。

理性では律し切れない本能が覚醒しようとしていた。堪《こら》えきれなくなった眞一郎は、女を抱き寄せんと姿勢を変えた。

「うふふ……」

女は目を閉じたまま甘えたような声で忍び笑いを漏らした。まるで、こちらの行動を見透かしていたようなタイミングだった。眞一郎は思わず手を止めた。女は体を捻《ひね》ると眞一郎に向き直り、目を開いた。半開きになった目蓋の間から、濡《ぬ》れたような黒い瞳がこちらを見つめている。

「あんた、初めてだったんでしょう」

形のいい唇《くちびる》の間から、白い歯を覗《のぞ》かせながら確信じみた口調で女が言った。

「えっ……」

図星を指されて、眞一郎は一瞬口ごもった。別に童貞だったことが恥ずかしかったわけじゃない。たった一度交わっただけで、そんなことがどうして分かるものなのか、不思議な気がしたからだ。

女が初めてではないことは分かっていた。これまで勉強一色の生活を送ってきた眞一郎にしても、全く女性に興味がなかったわけではない。〝コース〟や〝時代〟、時折女子学生が学校に持ち込む〝平凡〟や〝明星〟といった雑誌には決まって相談欄というものがあり、性に関する記事が掲載されていた。もっとも雑誌に寄せられた相談は、自慰行為が体に害を及ぼすのではないか、といった類《たぐ》いのたわいもないものが大半だったが、それでもそうした記事を読むことで、セックスという行為がいかなるものか、おおよそのことは分かっていた。金さえあれば簡単に欲望を満たす場があることも知っていた。もっともそれは都会での話で、岩手の片田舎ではそんな場所などありはしなかったし、第一、高校生がセックスをするなんてことは考えられないことだった。

実際同じ市内にあった高校では、体を許してしまった女学生が、それに悩んで鉄道自殺をするという事件があったくらいだ。都会ではどうかは分からないが、とにかく男女の如何《いかん》を問わず、学生の性行為などはタブー以外の何物でもなかった。満たされぬ欲望に、気が狂いそうになるのを自らの手で処理するのがせいぜいだった。

そんな環境の中で得た知識と、女が行為の最中に見せた反応には格段の開きがあった。破瓜《はか》の痛みを訴えることもなければ、裸体が露《あらわ》になっても隠すこともなかった。それどころか行為は一貫して女がリードした。自慰に慣れていたせいか、射精までにはそれなりの時間がかかりはしたが、女はその間に充分な快感を得ていた様子からも、経験の豊富さが窺い知れた。

「あんた、初めてなんだもんね。いいわ、やらせてあげる。いままで勉強ばっかりして、女と付き合うチャンスなんてなかったんでしょう」

女は身を震わせながら含み笑いをすると、唇を突きだしてきた。女が何者なのかは分からない。名前すらまだ訊いてはいなかった。面倒なことになるのではないか、という不安が脳裏を過《よぎ》ったが、もはや自制心よりも本能が優《まさ》ってしまった体は歯止めが利かない。

眞一郎は、女の唇に自分のそれを合わせると、激しく舌を吸った。甘い蜜のような唾液を味わいながら、手からこぼれ落ちそうな胸を鷲摑《わしづか》みにした。女の息遣いが荒くなり、やがて喘《あえ》ぎ声を上げ始めるのを聞きながら、半日前に会ったばかりの女と関係を結ぶことになった不思議な巡り合わせに思いを馳《は》せた。

＊

東京での生活は、教養学部のある駒場と三年以降を過ごす本郷への通学を考え、下北沢のアパートに居を構えたことから始まった。学生援護会から紹介された物件は、戦後間もなく建てられた木造アパートで、大家が庭を隔てた隣に住んでおり、二階建ての各階にそれぞれ三室、都合六室の部屋があった。広さは四畳半。引き戸を開けるとすぐの所に狭い流しと一口《ひとくち》コンロがあるだけだった。もちろん、トイレは共同だったし、風呂なんてものはありはしない。二階の東側に面した部屋は、夏は蒸し風呂のように暑く、冬にはガタがきた木製の窓枠の隙間から冷気が流れ込んでくるというひどい代物だった。それでも、家賃は月五千円。仕送りは一万円で、その中から教科書や参考書、更に通学費や食費を捻出するのは到底不可能だった。

当然不足分を補うために、アルバイトをすることになった。大学の勉強に加え、アルバイトをこなすのは楽ではなかったが、それも四年の我慢だ。ここを乗り越えれば、自分には輝かしい未来が開けている。そう思うことが眞一郎の唯一の支えだった。

幸いアルバイトはすぐにみつかった。東京大学というブランドを以《もっ》てすれば、割のいいアルバイトを探すことは難しいことではない。お決まりの家庭教師だったが、三軒も掛け持ちすると、月に六千円ほどの収入になった。何よりも有り難かったのは、アルバイト先で夕食に与《あずか》ることが少なくなかったことだ。普段は自炊、しかも修行僧のように質素な食事を摂らざるを得ない身には、思い掛けない余得になった。

一九六八年。十月二十一日——。その日も眞一郎は高田馬場からほど近いところにある家庭教師先に出掛け、夕食のおこぼれに与り、帰宅の途についた。時刻は確か八時を回っていたと思う。駅につくと、構内から人が溢れ出している。それとなく人々が交わす言葉に耳を傾けていると、新宿駅に学生が乱入し、大変な騒ぎになっているらしい。

それを聞いて眞一郎は今日は「国際反戦デー」にあたり、都内各所で大規模な学生デモが繰り広げられると報じた朝刊記事を思い出した。

六〇年安保闘争の敗北を機に、一旦は収束したかに見えた学生運動は、六五年の慶《けい》應《おう》、早稲田《わせだ》、六六年の明治、六七年の中央と続いた学費値上げ反対闘争の流れの中で完全に息を吹き返し、この年頂点に達しつつあった。東京大学でも、この年の一月二十九日、医学部の学生がインターン制度に代わる登録医制度に反対し、無期限ストに突入したのを機に、キャンパスの中にヘルメットを被《かぶ》った学生の姿が目につくようになった。七月に入ると、三月、六月に引き続き反代々木系の学生たちによって安田講堂は三度《みたび》バリケード封鎖された。時計台の上には、各セクトの旗が翻《ひるがえ》り、無数の立て看板が乱立した。五日には安田講堂封鎖派の総決起集会が開かれ、東大全共闘が結成されると、構内には不穏な空気が漂うようになった。そして十月十二日には、最後までストに参加していなかった法学部も無期限ストに入り、バリケードによって教室までもが封鎖され、開校以来初の十学部無期限ストに突入し、東大は大学本来の機能を完全に失っていた。

この間に幾度となくクラス討議や学部集会が開かれたが、眞一郎は一度たりとも加わったことはなかった。権力の座への最短切符を手にした自分が、大学の方針に盾つく理由などありはしないからだ。勝手に騒ぎを拡大させ、大学の機能を麻痺《まひ》させた活動家たちの存在は、眞一郎にとって迷惑極まりない存在でしかない。

もちろん、東大で始まった運動が、他大学のように学費値上げにあるというなら話は別だったかもしれない。私学に比べれば、格段に授業料は安いとはいえ、日々の生活を送るのがやっとという収入の中から学費を捻出し、更には仕送りを続ける家族のことを思えば、到底看過できるものではなかったろう。しかし、少なくとも東大においての運動の発端は、医学部の制度の問題だった。卒業してしかるべき時期がくれば、高給を食《は》み、さらには社会的地位も約束されている人間が何を言っているのだという気持ちもあった。

どんな仕事にも、下積みを経験しなくてはならない時期はある。それは自分が目指す官僚の道とて同じことだ。それに何よりも、運動の意義について熱弁を振るう活動家連中のアジ演説を聞いていると、そこに明らかに本来の目的とは異なるイデオロギーの匂いが漂ってくるのが気に食わなかった。

事実、今日のこの騒ぎにしたところで、連中が掲げるスローガンは、ベトナム反戦と沖縄返還だ。

学生運動が、当初の目的を逸脱し始めていることは明白だった。

ノンポリと呼ぶなら呼んだらいい。日和見《ひよりみ》とあざ笑うならあざ笑ったらいい。最後に人生の勝者となるのは誰か。それを知る日は必ずやって来る。その時、自分のとった行為を悔いてももう遅い。

足が新宿に向いたのは、熱に浮かされた活動家を気取る連中が、権力の手によって叩き潰される姿をこの目で見たい――。そんな気持ちからだった。

高田馬場から西武線に乗り新宿に出た。駅周辺はやじ馬の人だかりができ、立錐《りっすい》の余地もない。学生に投石をさせまいとするための措置なのだろう、歩道の敷石は全て剝《は》がされ、砂地が剝《む》き出しになっている。

新宿通りはヘリ踊りと呼ばれるジグザグデモを繰り返す学生で埋め尽くされていた。セクトの旗が舞い、学生のほとんどはヘルメットを被り、角材を手にしている。白は中核。赤地にソ連のシンボルである鎌とハンマーが白く描かれたのは第四インターナショナル。赤地に白の縦線、その上にSFLと黒文字で書かれたヘルメットは社学同ML……。いずれも反代々木系のセクトの活動家たちばかりだ。ハンドマイクを通じて、活動家たちが何かを叫んでいるが、周囲が騒然としている中では何を言っているのかよく聞き取れない。

何が国際反戦デーだ。それならお前等が手にしている物は一体何だ。

角材は機動隊からの攻撃を防ぐためのものだというのが、活動家連中の理屈であることは知っていた。しかし、そもそも警察にしたところで、理由なく彼らのいうところの『攻撃』をしかけてくるわけじゃない。活動家たちがキャンパスのみならず街を破壊し、その時角材は凶器と化すからこそそれを制圧せんと『戦い』を挑んでくるのだ。

そんな理屈も分からない学生たちがこれほどいるのかと思うと、呆《あき》れるのを通り越して、情けない思いすら込み上げてくる。

新宿駅に目を転じると、ホームの上はヘルメットを被った学生達で埋め尽くされている。

「あいつらお茶ノ水でデモをやって、代々木から線路伝いに新宿駅に乗り込み、そのまま占拠しちまったらしいぜ」

近くにいたやじ馬の中から声が聞こえてくる。

にわかに状況が変化したのは九時を回った頃だったろうか。突然デモを繰り返していた学生たちの一群が線路脇の鉄柵を破り、新宿駅の構内に乱入し始めたのだ。ヘルメットを被った学生たちが次々に線路内に侵入していく。ホームも停車中の電車もたちまち学生に占拠された。電車の窓ガラスが割られる。照明や駅の表示板が破壊される。線路にまで溢れ返った学生たちは、たき火を始め、闇の中にセクト旗が浮かび上がった。

突如、ドーンという重苦しい音が響いた。機動隊が学生めがけてガス弾を発射したのだ。白煙が充満し、その中に活動家たちの姿が黒いシルエットとなって浮かび上がる。しかし学生も黙ってはいない。いかに街頭の敷石を排除しようとも、線路には石が無数に転がっている。しかも投石を行うには手ごろの大きさだ。さすがの機動隊も一瞬たじろぎ、ガス弾の発射は一瞬鳴りを潜めたが、いつまでも手をこまねいているはずがない。しばらくして、遠くから「直ちに解散しろ！」という機動隊員の声が聞こえてきたかと思うと、先ほど侵入した鉄柵の破れ目から、大勢の学生たちが逃げ出してきた。どうやら構内の通路から機動隊が突入し、狼藉《ろうぜき》の限りを尽くす学生たちの一斉検挙に乗りだしたらしい。機動隊員のヘルメットがたき火の火を受けて青黒く光る。

学生たちは、全力で駆けながら眞一郎の目の前を次々に通り過ぎていく。中には早々にヘルメットを投げ捨て、群衆の中に紛《まぎ》れ込む者もいる。

その時だった。中の一人が駆け抜け様に、眞一郎の腕を摑むと、

「あんた、こんなところでぼーっと突っ立っていたら捕まるわよ」

切迫した声で言った。女だった。肩よりも少し高い位置で切り揃えられた髪。頭部の辺りには、脱ぎ捨てたヘルメットの痕跡が残っている。

「俺はデモに参加なんかしちゃいない。何で逃げなきゃならないんだ」

「馬鹿ねえ。あんたの姿なんてどう見たって学生そのものじゃない。やつらは学生だったら捕まえるのは誰でもいいの。第一、こんなところにいて、僕はデモに参加していませんなんて、どう証明するのよ」

鉄柵の方に目をやると、逃げ遅れた学生が機動隊員に捕まっているのが見えた。それを飛び越え必死で逃げる学生を出動服に身を包んだ機動隊員が追いかけている。

「早くしなさいよ！」

女は答える暇も与えずに、眞一郎の腕を引っ摑んで駆け出した。

考えてみれば女の言うことにも一理ある。一旦警察に捕まってしまえば、自分がデモに参加していないことを誰が証明できるというのだろうか。とにかく面倒は避けることだ。こんなつまらぬところで将来に汚点を残すようなことがあってはならない。

眞一郎は女に引かれるまま、全力で駆け出した。人込みを搔《か》き分けながら、歌舞伎町の方向に向かう。群衆を抜けたところで、眞一郎は逆に女の腕を摑み、先に立って駆けた。靖国通りは西口にも広がったデモのせいで激しい交通渋滞になっており、信号が変わるのを待つまでもなかった。車の列の中を縫《ぬ》うように走り、歌舞伎町に入ったところで眞一郎は足を止めた。

「ここまで来ればもう大丈夫」

女は荒い息を吐きながらジャンパーを脱ぐと、丸めてそれをビルの間に投げ捨てた。下に着ていた白いブラウスが露になって、いく分女性らしくはなったが、薄汚れたジーンズとズック靴から破壊行為に参加した余韻を拭《ぬぐ》い去ることはできない。

「ひどいな。俺は本当にデモなんかに加わっちゃいないのに」

眞一郎は抗議の声を上げた。石の一つでも投げたのなら別だが、身に覚えがないにも拘《かか》わらず、思わず逃げた自分が情けなくなった。

「感謝しなさいよ。もっとも捕まった人たちにしたところで、誰もが素直に行為を認めるわけじゃない。全員が黙秘を貫き通すに決まってるんだけどね。検挙されたといっても、誰が何をしたかなんてことは現行犯でもない限り警察だって立件できやしないから、拘置期限が過ぎれば不起訴で釈放。だけどさ、それでも下手すりゃ二十三日間は出てこられないのよ」

「知ってるさ」

「それを知ってるところを見ると、あんただってデモに参加したことはあるんでしょう」

「そうじゃない。法律を勉強してりゃ、それくらいのことは知っていて当たり前ってことさ」

眞一郎がむきになって言うと、

「へえ、法学部なんだ。どこの」

女は茶化すような口ぶりで訊ねてきた。

「東大……」

「そうか、東大に行ってるんだ。それも法学部となれば、デモに出たこともないって言うのも満更嘘《まんざら》じゃなさそうね。他の学部が警官導入に抗議して一斉にストを打った時だって、法学部だけは参加しなかったものね」

「運動に加わるかどうかは個人の自由だろ。誰にも強制なんてできやしないさ。それに僕は問題を解決するのに暴力的なやり方は好きじゃない」

「大学権力こそ暴力的じゃない。東大だってそうでしょう。医学部の学生が立ち上がったのは、正当な権利を訴える行動に出た学生や研修医に一方的かつ政治的な形で処分権を発動したからでしょう」

「しかし大学だって、あの件に関しては充分学生の意を酌《く》んで譲歩した収拾策を出したじゃないか」

「あんたよっぽどのお人好しね」女は蔑《さげす》むような目で見ると、ため息をつきながら続けた。「あんなのは収拾策の提示でも何でもないわ。一方的な告知じゃない。学生を馬鹿にしてるわ。欺瞞《ぎまん》よ。ナンセンスだわ」

眞一郎は内心でため息をついた。「ナンセンス」。活動家連中は、常に自分たちが絶対的存在であると考えていて、意に沿わない返答をする人間に対しては、常にこの言葉を以て否定し議論を終わらせようとする。そこからも、この女がいずれかのセクトに属していることが窺い知れた。

本来なら、ここで不毛な議論を打ち切り、早々に退散するところだが、目の前の女を見ているうちに、かつて覚えたことのない興味が込み上げてくるのを眞一郎は感じた。逃げる際には気が付かなかったが、改めて向き合ってみると、およそ過激な行動に出るような女とは思えない顔立ちをしている。羽化した直後の蝶《ちょう》の初々《ういうい》しさ、あるいは華麗さとでも言ったらいいのだろうか。とにかく、口をついて発せられる過激な言葉と外見が一致しないのだ。なんだか随分背伸びをして、時代を追いかけようとしている。そんな気配が漂ってくる。

「じゃあ訊くが、セクトは権力じゃないのかい」眞一郎は逆襲に出た。「連中はこれと目をつけた学生指導者を政治的にオルグして、自治会役員に送り込むことで、その学校の自治会を支配しようとしてるじゃないか。第一、セクトの中で構成員の発言の自由すら保障しちゃいないんだろ。立派な権力だよ」

「そんなことはないわ」

予期した通り女はむきになって答えてきた。

「そうかな。発言の自由も行動の自由も保障されていないことは、連中のアジ演説を聞いてりゃ分かるさ。今の日本の情勢を、国際社会で起きている出来事の中に巧みに織り込み、運動の必然性を説く。どのセクトのアジ演説を聞いていても変わるところなんてありゃしない。君たちが忌《い》み嫌う体制の論理と全く一緒じゃないか」

「それは一つの目的を達成するためには、指導者の方針というものを理解させることが必要不可欠だからよ。個々がてんでんばらばらの運動をしていたのでは、力が分散される。権力を打破するためには一致団結した力が必要なのよ」

「ふうん、随分官僚的なんだな。大学という組織を否定しておきながら、その一方では自らの身を守るために組織を肯定する。これって、矛盾していると思わないかい」

女は沈黙したまま、眞一郎をじっと見つめると、

「ねえ、私ちょっと喉《のど》が渇いたんだけど」

唐突に言った。

「逃げんなよ。ちゃんと答えろよ」

教室にやってきては、うんざりするようなアジ演説を聞かされる活動家連中に、鬱《うっ》憤《ぷん》が溜《た》まっていた眞一郎は執拗《しつよう》に食い下がった。

「答えるわよ。ただこんなところで立ち話をするより、ちゃんとしたところで話したいだけ。あんたこそ逃げないで」

「逃げるもんか」

その言葉を待ち構えていたように、女は先に立って夜の歌舞伎町を歩き始め、やがて一軒の店の中に入った。狭い階段を下りると、ドアの向こうからエレキギターの音が漏れてきた。看板には『ホワイト・キャッスル』という文字が記されてある。女がドアを開けた瞬間、耳を聾《ろう》するような凄まじい音が聞こえてきた。

「こんなところで話ができるのかよ」

眞一郎は出せる限りの大声で叫んだが、女は振り返ることなく店内に入って行く。さっさと入場料を支払い更に奥へと進む。壁に掲げられた料金表を見ると、男性は四百円、女性は二百円とあった。

「何だよここは」

「ゴーゴー・キャバレー」

スピーカーから流れてくる音楽に交じって女の声がかろうじて聞こえた。

「何でこんなところに入るんだよ」

「あんた、セクトに自由がないって言ったでしょう。それが間違いってことを知ってもらうためにここに来たの」

「ゴーゴー・キャバレーとセクトの自由がどう関係するんだよ」

「あんた、セクトに属する人間は、グループ・サウンズとか、女々《めめ》しい男と女の恋愛を謳《うた》った歌なんて口にする自由なんてないと思っているでしょう。だけど、それは表向きの話。時にはこうして好きな歌を聴いたり、ゴーゴーを踊る自由は誰に妨げられることもない。個人の嗜好《しこう》は目的や思想とは別物だってことよ」

女にそう言われて、初めて眞一郎は流れている音楽が、流行《はや》りのグループ・サウンズのものであることに気が付いた。改めて周囲を見回してみると、奥のステージでは五人のグループが生演奏をしており、薄暗いフロアーでは二十歳前後と思《おぼ》しき男女が激しく身をくねらせゴーゴーを踊っている。

「分かった？」女は輝くような笑いを浮かべると、「踊ろっ」と眞一郎の手を取って、フロアーの中央に進み出た。

「俺、ゴーゴーなんて踊ったことないよ」

「簡単よ。リズムに合わせてこうしていればいいだけよ。じきに覚えるわ」

女は言い放つと、眞一郎の前に立ち、熱に浮かされたように手を振り、腰をくねらせ始めた。

眞一郎は戸惑いながらも、女の動きに合わせて体を動かしてみた。激しいリズムに体が思うようについていかない。まるでゴリラか猿が餌《えさ》欲しさにおねだりしているよ

うなぎこちなさに情けなくなる。曲が何度か変わっても、どうしてもリズムに乗れないことに嫌気がさした眞一郎は、

「俺、もう帰る」

相変わらずゴーゴーに熱中する女に向かって言った。

女の動きが止まった。眞一郎の耳元に顔を近づけると、

「今帰っちゃだめ。帰らないで」

大声で叫んだ。

「だってもう随分な時間だぜ。終電に間に合わなくなる。ただでさえあの騒ぎだ。国電は今日は動きはしないだろう。あぶれた乗客が私鉄に殺到するに決まってる。小田急線の最終に乗りっぱぐれれば、明日まで家に帰れない」

「今出て行かれると困るの」

「どうして」

「駅の近辺には、機動隊や私服がごろごろしている。そこにこんな格好で出て行ったら、捕まっちゃうかもしれないでしょう」

「じゃあ、どうすりゃいいんだよ」

「深夜になれば、きっとタクシーもつかまると思うの。それまで一緒にいて」

「俺、そんな金持ってないよ」

「私が払う。それから今夜はあんたのところに泊めてよ」

眞一郎の体内で、ドラムのリズムに合わせるように心臓が強い鼓動を打ち始めた。エレキギターの音に感電したように体が硬直して動かない。

「なんで俺がお前を泊めなきゃなんないんだよ」

「私のところは門限があるのよ。まさか女の私を、明日の朝まで外に放りだしておくつもりじゃないでしょうね」

女は唖然《あぜん》とする眞一郎を見やりながら艶然《えんぜん》とした笑みを浮かべると、室内に渦巻く音に合わせて再び身をくねらせ始めた。


「そう言えば、まだ聞いてなかったな」

女の体の重さを腕に感じながら、眞一郎はぽつりと訊いた。

カーテンが閉じられたままの部屋の中は、いつにも増して薄暗い。天気のいい日なら、東に面した窓からは朝日が差し込んでくるはずだが、太平洋を北上している台風のせいだろうか、今朝は光に勢いがない。時折吹き付ける風が窓を揺らし、唸《うな》りを上げている。

「何を？」

女が気《け》だるい声を上げた。

「君のことさ。名前も、学校も、何一つ聞いちゃいなかった」

「そんなこと聞いてどうするの。初めての女の名前を記憶の中に留めておきたいの」

「そういうわけじゃないけど……」

にべもない女の言葉に、眞一郎は押し黙った。

「だったらそんなことどうでもいいじゃない。一度寝た女が自分の所有物になると思ったら大間違いよ。セックスなんて経験するまではあれこれ考えるものだけど、一度してしまえばどうってことない。やってみて分かったでしょ」

「どうして俺と寝たのさ。セクトに属して運動を続けている連中は、俺のような人間をノンポリだとか、帝国主義者の手先とか言って軽蔑しているんじゃないのか」

「借りを返しただけよ」

「借り？　そんなものがどこにあるんだ。ゴーゴー・キャバレーの料金だって、タクシー代だって君が払った」

「何も分かっちゃいないのね。私があの場から逃げるためにあんたがどれだけ役に立ったか」

「どういうことさ」

「学生を捕まえようとしていたのは、何も制服を着た機動隊員だけじゃない。駅の周辺には群衆に交じって私服が山ほど潜んでいたはずよ。捕まることは怖くはないけど、検挙されれば少なくとも拘置期限が過ぎるまでは留置場を出られない。もちろん完黙を貫きはするけど、指紋も取られれば写真だって撮られる。つまり最低限の記録は権力の手に握られるってわけ。目的が達成されるまで、私は運動をやめるつもりはないわ。当然これから先、警察に捕まることは充分に考えられる。完黙しても、初犯と再犯じゃ取り調べの厳しさが違うわ。場合によっては、起訴されるようなことだってあるかもしれない。そんな時に、過去の検挙歴が明らかになれば、それが罪状に加算されることになる。要は捕まる覚悟はしていても、捕まらないに越したことはないのよ」

「でも、あの時一緒に逃げろと言って、俺の腕を引っ摑んだのは君だぜ」

女は頭を動かし、潤んだような瞳を向けると白い歯を見せて笑った。

「一つ訊くけど、あんたあの時私と一緒に警官に検挙されそうになったらどうした?」

「そりゃあ、事情を話して……」

最後まで言い終えないうちに、女の言葉が遮《さえぎ》った。

「地面に体を押し付けられ、腕をひねり上げられながら、俺は無実だって叫び続けるつもり？　後ろ手に手錠をはめられようとしている最中に、何の抵抗もしないの？　当然あんただって抵抗するでしょ」

考えてみれば女の言う通りかもしれない。眞一郎は沈黙した。

「一人より二人で逃げれば捕まる確率は半分になる。もしあんたが先に捕まれば、その間に私は無事逃げおおせることができる……」

「ひどい話だ。俺を身代わりにしようって魂胆《こんたん》だったのか」

「手っ取り早く言えばそういうこと。あんたには体を張って護《まも》ってもらったんだもの、体で返すのは当然のことじゃない。分かった？　だからあんたと私の間ではこれで貸し借りは一切無しってわけ」

啞然とする眞一郎を尻目に、女は身を起こすと畳の上に散らばった下着を引き寄せた。桃のようなたわわな胸が眞一郎の前で柔らかに揺れた。

考えもしなかった事の真相を知らされた後では、若い裸体を目の前にしても、欲望など起きようはずもない。眞一郎は女から目を背けると、寝返りを打った。背後で女が立ち上がり、身支度を整える気配がする。

「青海《せいかい》の長雲雪山《ちょううんせつざん》に暗し、か……。不退転の決意を謳《うた》った詩ね。王昌齢だったかしら」

女の声が聞こえた。振り返ると服を身に着けた女が机の正面の壁に貼《は》られた漢詩に目をやっている。

「へえっ、運動に没頭していても、漢詩は理解できるんだ」

眞一郎は皮肉を交えて言ったが、女はそれに答えずに、

「楼蘭を破らずんばついぞ還《かえ》らじ……。あんたにとって、楼蘭は何なの？」

逆に問い返してきた。

「言ってもどうせ馬鹿にされるだけだ」

もう青臭い議論はこりごりだ。眞一郎は、不貞腐《ふてくさ》れた声を上げた。

「随分な達筆ね。それも年配の女性の字」

「俺が田舎を離れる時に母が手渡してくれたものさ。もうあれから三年半以上が経つ。その間俺は一度も故郷の土を踏んじゃいない」

「大学に入ってから一度も？」

「ああ、何しろ君たちとは違って日々の生活を送るのがやっとなもんでね。実際、ウチは母子家庭でさ。親父は俺が小学生の時に死んじまって、お袋が小学校の教員をや

りながら、俺たち三人の子供を育ててくれたんだ。姉と妹は、中学を卒業するとすぐに就職して、今でも地元の紡績工場で女工として働いている。だから呑気《のんき》に学生運動なんかやってる余裕なんてありゃしないんだよ」

「そうだったんだ……」

女の表情に微かな変化があった。戸惑い、あるいは動揺とも違う感情の揺らぎが一瞬だが女の顔に浮かんだ。

女は書から視線を転じ、ゆっくりと部屋の中を眺め始めた。鴨居《かもい》には針金でできたハンガーに吊るされた数着の服が掛かり、反対側の壁の前には粗末な本棚が置かれ、中は教科書や副読本で埋め尽くされている。目を引くものがあるとすれば、事務所で使うような冴《さ》えない木製の机と、ポータブルプレーヤー、それに小さなトランジスタラジオがあるだけだ。

もっとも、机はこの部屋の前の住人が置いて行ったものだし、ポータブルプレーヤーは、入学式の折りに上京した母が、秋葉原の安売り家電店でお祝いにと買ってくれたものだ。冷蔵庫はもちろんテレビなんてものもない。誰が見ても、貧しい学生の住まいそのものであることは一目瞭然だった。

「君はどこの出身かは知らないけれど、俺は岩手の、それもひどい田舎の生まれでね」眞一郎は話し始めた。「岩手はまだまだ貧しい所さ。高校どころか中学を卒業すればそのまま就職したっておかしくはないほど家は貧しかった」

「お母さんは教員をなさっていたんでしょう」

「教員と言っても、しばらくは代用教員だったのさ。何しろ戦後は極端に教師が不足していたからね。師範学校出じゃなくとも、女学校卒の学歴があれば何とかなったんだ。まあ、どさくさに紛れて、教職についたというのが本当のところだ。だから収入も知れている。爺さん、婆さんもいたしな。そのせいで、姉や妹は中学卒業と同時に紡績工場で女工として働かざるをえなかった。想像できるかい。小学校、中学校を通して、俺の弁当のおかずはいつも納豆だったんだぜ。アルマイトの弁当箱に麦飯を敷き詰め、その上に納豆を敷く、そしてその上にまた麦飯を重ねるんだ。田舎とは言っても、中には贅沢《ぜいたく》な弁当を持ってくる同級生もいたさ。毎日肉を持ってくるやつもいた。そんな弁当を横目で見ながら、俺は白一色の弁当を見られまいと、蓋《ふた》を盾にして隠しながら昼飯を食うんだ」

女は黙ったまま、じっと眞一郎の言葉に聞き入っている。

「自分で言うのも何だが、俺は小学校の時分から学校の勉強はよくできた。そんな俺に家族は全てを賭けた。進んだ高校は学区外の進学校だった。舗装もされていない道をバスで二時間以上もかかる街にある学校さ。当然、通学は不可能だから下宿生活だ。家にとっては大変な負担さ。それを支えてくれたのは、母と五つ違いの姉と二つ下の妹だ。苦しい家計の中から、下宿代を捻出し、毎月仕送りを欠かさなかった。俺はその期待に応えようと必死で勉強した。クラブ活動や、趣味なんてもんに目をくれずにね。そして俺は現役で東大文Iに合格した。だけど、今でも家の状況は何一つ変わっちゃいない。俺には恩がある。そして何よりも家族を幸せにする義務がある。だから君たちのように革命のまねごとをして、呑気な毎日を送っている余裕なんてこれっぽっちもありゃしないんだよ」

眞一郎が話し終えるのを待っていたかのように、女は本棚の横に立て掛けてあった一枚のレコードを手にした。

「チャイコフスキーの『悲愴』か……。聴いてもいい？」

「ああ」

女はジャケットの中から、ＬＰ盤を取りだすと、それをプレーヤーにセットし、静かに針を置いた。内蔵されたスピーカーから重厚な調べが流れ始めた。

「あんた、自分の弁当の貧しさが恥ずかしくて、隠すようにして昼ご飯を食べたと言ったわね」

女が背を向けたまま言った。

「ああ」

「逆の立場でも同じような苦痛を感じるものなのよ」

「どういうことさ」

女の言っていることの意味がにわかに理解できずに眞一郎は訊ねた。

「私が生まれ育ったのは静岡。それもちょっと田舎の方だけどね」女は出身地を話した。「自分で言うのも変だけど、家は地域の中では裕福でね。私は子供の頃から、何一つ不自由なく育ったわ。だけど、同級生の中には貧しい暮らしを強《し》いられている生徒も多かったの。自分がどれだけ周囲から突出して恵まれた境遇にいるか。それを思い知ったのが、あんたと同じお弁当の時間だった。中には、お弁当の時間になると、どこかに姿を消す生徒もいたわ。きっとお弁当を持ってくることすらできないほど、貧しかったんでしょうね。日の丸弁当だって珍しくはなかった。アルマイトの弁当箱の真ん中が、梅干の酸で腐食して穴が開きそうになったものを使い続けている人もいた。だけど、私のお弁当ときたら、いつもお花畑のように奇麗《きれい》なの。炒り卵や、グリンピース、お肉……。これでもかというほど飾り立てられているの。その傍らでは、あんたのように他人に中身を見られまいと、お弁当を抱えるようにして隠して食べる人もいた。私、そのうちに何だか凄く自分が恥ずかしくなってね。何度も母にお願いしたわ。皆と同じようなお弁当を持たせて下さいってね。だけど母は私の願いなんて聞き入れてはくれなかった。いつの間にか、私は自分のお弁当を隠して食べるようになった。子供にお弁当を持たせることもできないほど貧しい人たちがいる一方で、自分は何一つ不自由しないでいる環境にいることに、いたたまれない思いを抱くようになったのね」

とつとつと話す口ぶりに嘘はなさそうだった。女が突然、眞一郎の方に向き直った。

「私が、運動に加わることになったのは、あの頃の経験があったからだと思うの。同じ人間でも、この世の中には富める者とそうではない者がいる。全身汗みずくになって働いても、満足な収入を得られないでいる人間がいる一方で、苦労をしなくとも富に恵まれ何一つ不自由しない生活を送れる人間もいる。この世の理不尽に気が付かない人間は罪を犯していることになる。歪《ゆが》んだ現実を正そうとしない社会は間違っている」

「どこの世界だって同じじゃないか。万人が皆等しく同じ生活を送れる社会なんてありはしないよ。貧困に喘《あえ》いでいたって、這《は》い上がるチャンスは必ずあるはずだ。可能にするかしないかは、個人の努力と才覚の問題だろ」

「それはあんたが東大という学歴社会の頂点に君臨する大学に入学し、この狂った社会のエリート街道を歩むとば口につけたから言えるのよ。事実今の大学のあり方を考えてみなさいよ。教育の機会均等は、憲法で保障されているはずでしょう。だけど、教育を授ける大学はいまや金儲けの機関に成り下がっている。今の学生運動が、何を発端にしてこれだけの規模になったかの経緯を考えれば明白よ。私立大学は法外な授業料の値上げを企て、そうはさせじと多くの学生が立ち上がった。それが決して間違った行動だとは思えない。少なくとも教育の場というものは、貧富の差にかかわらず、万人に対して等しく開かれるべきよ」

「君たちの運動の目的がその一点にあるなら、大いに共感するところはあるがね。しかし、今の運動はいささか様相が異なっていると思うね。やれ革命だ、反権力だ、あるいは反戦だ、沖縄返還だとか、騒げることなら何にでも飛びつき、ゲバ棒を振り回して暴れ回っているだけじゃないか」

「体制が犯してきた過ちを正すためにはしょうがないわ」

「じゃあ訊くが、体制を正すという君たちの目指すものは一緒なのか。意思統一はできているのかよ。俺にはとてもそうは思えない。実際全共闘なんて気取ってみても、セクトによって言ってることとは違うしね。仮に現体制を覆《くつがえ》すことができたとしても、その後に待ち構えているのは、セクト間の権力闘争じゃないのか。実際、代々木系と反代々木系の学生たちはお互いにいがみ合い、内ゲバを繰り広げているじゃないか」

「じゃあ、あんたはこのままの体制が続くことが、人々のためになるというの。それでいいと思っているの」

「そんなことは思っちゃいないさ。そうした意味では目指すものは君たちと一緒だ。ただ違うのはその手法だ」

「手法？」

「そうだ。俺は俺のやり方で、社会を変えることを考えている」

「どうやってそんなことができるというの。教えてよ」

「体制を変えるための最も早い方法は、権力の中に入り込み、その頂点に立つことだ」

「そんなの何年かかるか分かったもんじゃないわ。必要とされているのは劇的に世の中を変える手段よ。革命よ」

「革命？　そんなものが本当に起こると思っているのか」

「今運動に拘《かか》わっている学生の多くは、これから社会に出て中核を成していく人間たちよ。社会は人間の体と同じだわ。人体が無数の細胞の集まりで構成されているなら、社会は個々の人間によって形造られている。新しい細胞が生きるためには、老いた細胞は排除される運命にある。特に腐った細胞は健全な細胞に取って代わられなければならない。私たち若い細胞が問題意識を共有している限り、革命は必ず為し遂げられる」

女は断言すると、打って変わった挑戦的な目で眞一郎を見つめてきた。

もはやこうなると、議論が堂々めぐりを始めることは明白のように思えた。その一方で、それにしてもと、眞一郎は思った。

女と自分が目指すものは、本質的な意味で同じものであることは間違いない。社会が内包している不条理を正すために、一方は革命という手法を取ることを選択し、もう一方は体制の中に入り込み権力を手にしようとする。つまり目的は同じであるにも拘わらず、全く正反対からのアプローチを試みているのだ。しかも、そうした思いに駆られた動機も、眞一郎が貧しい暮らしを強いられた生い立ちにあるなら、女の場合は裕福な生活を送ったゆえのことと、これもまた全く正反対である。

まさに皮肉な巡り合わせというものだった。

「まあ、いいさ。とにかく俺は自分の信念を貫き通すまでだ」

眞一郎はその一言で議論にピリオドを打った。

「あんたが正しいか、私たちが正しいか、その結末を見る時が楽しみだわ。できることなら私たちが革命を為し遂げた時のあんたの顔を見てみたいものだわ」

「俺も君の顔を見てみたいよ。運動に挫折した時の顔をね」

「どっちが詫《わ》びを入れることになるかしら」

「俺が間違いだったら、君を訪ねて足元にひれ伏してやるさ」

「約束よ」

「ああ」

「その時のためにあんたの名前を聞いておかなくちゃね」

眞一郎が同意をしたのを機に女は立ち上がると言った。

「岡内眞一郎。君は？」

「依田美佐子《いだみさこ》。慶應文学部の三年よ」

女は初めて名を名乗った。

それが美佐子との奇妙な関係の始まりだった。

＊

もはや無法地帯となった大学は、教育の場としての機能を完全に失っていた。このままの状態が続けば授業どころか、来年の入試を行うことさえ困難になる。そんな記事がしきりに新聞を賑《にぎ》わすようになっていた。

キャンパスでは、事態を打開しようとする学校当局側と学生との間で毎日のように折衝《せっしょう》、あるいは団交が行われたが、平行線を辿《たど》るばかりで好転する兆《きざ》しは全く見えないようだった。

法学部が無期限のストに突入して以来、眞一郎は一度もキャンパスに足を運ばなかった。授業が行われない以上、大学に出掛ける理由などなかったからだ。むしろ迂闊《うかつ》に足を運べば、代々木系、反代々木系のいずれを問わず、面倒な議論を吹っかけられることは目に見えている。運動に異議を唱えようものなら、たちまちやれノンポリだとか、日和見主義者だとかの罵声が返ってくるだけだ。

それに大学の様子は、ラジオや新聞で逐一伝えられていたし、あの日以来、度々部屋を訪ねてくるようになった美佐子が詳細に話してくれるようになっていた。

眞一郎と美佐子が運動のことについて激しい論争を繰り広げることは、その後はなかった。紛争がどんな形で決着するのかにしても、敗者が勝者の前にひれ伏す。あの約束で少なくとも二人の間に何らかの形で合意が形成されたのだろうと眞一郎は解釈していた。

三軒の家庭教師のアルバイトで外に出る以外は、四畳半の下宿にこもり、眞一郎はひたすら勉強に励んだ。狭く陰気な空間に息が詰まりそうになると、教科書を手に近くの図書館に出掛け、気分を変えた。

美佐子がやって来るのはいつも突然だった。ドアがノックされると、そこに佇《たたず》んでいるのは決まって彼女だった。さしたる会話を交わすこともなく、お互いの体を貪《むさぼ》り合う。気だるい余韻に耽《ふけ》る眞一郎の腕の中で、美佐子が学内の様子を話す。それがお決まりのパターンになっていた。

実のところを言えば、美佐子とのこうした関係は眞一郎にとって決して悪いものではなかった。学内の様子を聞かされる時には、いささかうんざりすることがなかったわけではない。しかしそれも有り余る性欲を満たしてくれる代償だと思えば、苦にはならなかった。時には腕を組んで下北沢のスナックに出掛け、二人で酒を飲むこともあった。そんな時勘定《かんじょう》を支払うのは決まって美佐子だった。

最初のうちは女、それも自分と同じ親の仕送りを受けているであろう美佐子から酒代の世話になるのに引け目を感じないではなかったが、

「お金なんて持ってる方が払えばいいのよ。どうせウチの親が稼いだ金なんて、額に汗水垂らして手にしたもんじゃないんだから。苦学生の栄養補給のために使うのはそれこそ生きた金の使い道ってもんよ」

と言って、勘定を眞一郎に持たせることは一度たりともなかった。

二人で行くスナックは、いつも決まっていた。長髪のマスターがやっている、十人も入ればいっぱいになる小さな店だった。店内にはいつもグループ・サウンズの音楽が流れていた。

美佐子は酔いが回ると、決まってザ・ジャガーズの『君に会いたい』とか、ザ・ゴールデンカップスの『長い髪の少女』のレコードをかけてくれるようマスターに頼んだ。

若さゆえ　苦しみ
若さゆえ　悩み

心の痛みに　今宵も　ひとり泣く

とか、

長い髪の少女　孤独な瞳
うしろ姿悲し　恋の終わり

なんて歌詞は日頃の美佐子の言動からすれば、女々しい以外の何物でもない。

実際、活動家連中たちの趣味嗜好について詳しいところを知らない眞一郎にしても、彼らを前に、たとえ気配であっても俗物的な音楽や小説を好むことを悟られでもすれば、頭の程度を疑われ、鼻であしらわれることは知っていた。

確かに運動家たちだって、ゲバ棒を振り回し暴れ回っているだけの馬鹿じゃなかった。活動家としての思想統一を図ろうとすることが目的だったとしても、勉強会を開いて難解な論文も読めば、多くの思想書や哲学書に目を通してはいるようだった。

権力からの解放を謳い、運動に明け暮れることが、個人の欲求を抑圧するという矛盾――。彼女がそれに気が付いているのかどうかは分からない。しかし美佐子は運動の目的には共鳴する一方で、組織の中で抑圧され、果たすことのできない欲求を満たすために自分に会いにきているのは間違いないように思われた。少なくとも自分と会っている間は、どんな音楽を聴こうと、どんな本を読もうと非難されることはない。今こうして酒に酔い、音楽に身をゆだねている美佐子。それが本来の彼女の姿なのだ。彼女は少しばかり背伸びをしているだけだ。それが自分の育った環境、それも裕福な環境が引金《ひきがね》となって覚えた社会の矛盾への戸惑いがきっかけになっているのだと思うと、動機も違えば方法も異なるが、体制を変えるという同じ目的を持った美佐子に、眞一郎はいつしかシンパシーを覚えると同時に、愛《いと》おしささえ感ずるようになった。この関係が、このままずっと続けばいいと願うようにさえなっていた。

しかし、平穏に続くかと思われた二人の関係も長くは続かなかった。

それは年が明けた一月十日の深夜のことだった。クリスマス、正月を一人で過ごした眞一郎の元に、美佐子がやってきた。いつものように体を重ねた後、衣服を整えた美佐子は、急にふさぎ込むように押し黙ると、膝《ひざ》を抱えて畳の上に座った。

「どうしたんだ」

そう訊ねた眞一郎に向かって、

「あんた、今日何があったか知ってる?」

美佐子は上目使いに訊ねてきた。

「秩父宮《ちちぶのみや》ラグビー場で大衆団交があったんだろう」

「東大生って、本当に腰抜けばかりね」

「またその話かよ。それなら……」

もう決着はついているはずだろう、と言おうとした。法学部が前年のクリスマスの日に学生大会でスト解除を決議した際に、同じ言葉で詰《なじ》られたからだ。

「それに馬鹿揃いよ」

美佐子は眞一郎の言葉を遮《さえぎ》って続けた。

「秩父宮に集まったのはさ、東大入試中止反対、スト解除、授業再開を要求するあんたのようなノンポリと、民青の連中ばっかりじゃない」

「君らは会場に行かなかったのかい」

「行こうとしたわよ。もちろん目的は違うわよ。私たちは代々木系主導の七学部集会を粉砕するため。だけど私たちを阻止しようと待機していた機動隊に邪魔されて、会場には辿り着けなかった」

「それで集会の結果はどうなったのさ」

「大学はさ、『学園民主化十項目の確認書』なんて代物を提示してきた。民コロとノンポリ連中は、大学当局の思惑通りにそれを呑んだ」

「その十項目ってどんなものなんだ？」

美佐子は確認書のあらましを話した。どう考えても大学が今までの姿勢を改め、学生に譲歩したとしか思えない内容だった。

「それなら君たちの勝利じゃないか」

「そんな単純な思考しかできないから東大生なんて馬鹿揃いだって言っているのよ」

美佐子はあからさまに軽蔑の眼差しを向けてくると続けた。「いい、ノンポリはともかくとして民コロはね、大学の正常化なんてどうでもいいの。やつらの狙いは、七〇年の第二次安保闘争に向けて、体力を温存して運動の主導権を握ることにあるのよ」

「つまり何かい、君たちにしてみれば、ここで民青にいい格好をされて運動が収束に向かえば、振り上げた拳《こぶし》の降ろしどころがなくなるってこと？　だとしたら実につまらない理屈だね。そんなメンツに拘《こだわ》るくらいなら、最初から運動なんてやんなきゃいいんだ」

「冗談じゃないわ。そもそも十項目の確認書なんて、大学当局と民コロ、ノンポリの手によって、事前に準備されたものじゃない。今日の合意だって全くの出来レースよ。民コロの正体ここに見たりよ。何が正統派マルクス・レーニン主義による平和革命よ。まるでこれじゃ資本主義に毒された企業のシャンシャン株主総会に出席する総会屋じゃない」

「彼らに言わせれば、君らは世界急進同時革命・武力革命なんていうトロッキズムに毒された冒険主義者だろ」

「言いたい連中には言わせておけばいいのよ」

「それで、君たちはどうするっていうんだ。大学当局と学生たちが公《おおやけ》の場で大学正常化について合意した以上、さらに闘争を続けるというのであれば、もはや大義名分なんてもんはどこにもありゃしないぜ」

「私たちはあくまでも戦うわ」

「何のために」

「反抗することには理由がある。反体制運動は常に正しいからよ」

「造反有理か。それって『毛沢東語録』にある言葉だよな。じゃあ訊くけど、毛沢東は体制じゃないのかよ。君らがやっている運動ってのは、自分たちが体制に取って代わり新たな体制の座に就くってことになりはしないのかよ」

「今ここで、私たちが運動を止めてしまうことは、闘争の敗北を意味するもの以外の何物でもないわ。そんなことは断じて許されない。多くの同志たちがそう思っている」

美佐子は久しく見せたことのない、活動家の顔で言った。

「まさか、その冒険主義に打って出るというわけじゃないだろうね」

「それも辞さない覚悟はあるわ。『連帯を求めて孤立を恐れず　力及ばずして倒れることを辞さないが　力を尽くさずして挫《くじ》けることを拒否する』安田講堂の時計台の内壁に書かれた言葉よ。その意思を鮮明にするために十五日には本郷で東大闘争勝利労学総決起集会が開かれることになった」

「労学だって？　東大と何も関係ないじゃないか」

「関係ないことないわ。だってそうでしょう。東大はこの国の体制を常に維持するための人材を養成し、輩出してきたのよ。いわば帝国主義的大学の象徴じゃないの。それを解体せずして闘争の勝利はない。搾取《さくしゅ》されてきた労働者にだって闘争に加わる権利はあるわ」

「まさか君も集会に参加するつもりじゃ……」

「当たり前のこと訊かないで」

「よせよ」眞一郎は真顔で言った。「君らがそれほど大規模の集会を開くとなれば、当然民青だって黙っちゃいない。大規模な激突、いや殺し合いになるぞ」

「民コロに何ができるのよ」

「警察だって黙っちゃいない。去年警察が警告しただろう。『今後衝突があった場合、大学側の要請がなくとも警官を学内に立ち入らせることもある』ってさ」

「捕まることは元より覚悟してるわ」

「新宿騒乱事件の時にはそんなことは言わなかった」

「今回はね、ただの集会じゃないの。まさに私たちのこれからの全てを賭けた闘争の始まりなのよ」

美佐子の目には一片の揺らぎもなかった。覚悟を決めた闘士の顔がそこにあった。

総決起集会に何人の人間が集まるのか、そんなことは知らない。しかし、美佐子が属する反代々木系と敵対する代々木系の動員数にさほどの差があるとは思えない。反代々木系の活動家が、それほど大規模な集会を開くとなれば代々木系も黙ってはいまい。激しい内ゲバが繰り広げられるだろう。そんな事態を警察が黙認するはずがない。もしも機動隊が事態鎮圧のために乗り込んでくれば、いかにゲバ棒や鉄パイプで武装していようとも、投石で抵抗しようとも、暴動鎮圧のプロを前にすれば、検挙されるのは時間の問題というものだ。ましてや戦いの場がキャンパスということになれば、街頭とは違って逃げ場などありはしない。まるでロープに囲まれたリングの中でどちらかが力尽きるまで戦い続けるようなものだ。そしてその勝者は最初から決まっている。

警察に捕まる――。かつて美佐子は完黙を貫き通せば、二十三日間の拘置期限を過ぎると不起訴で釈放されると言った。確かに検挙されると言っても、全ての人間が起訴されるわけではない。今までデモの渦中で捕まった人間の大半が無罪放免、前科もつかずに釈放されてきたのは紛れもない事実だ。

だが、紛争の渦中では何が起きるか分からない。内ゲバが始まれば限られた空間の中で無数の投石が飛び交う。ゲバ棒が容赦《ようしゃ》なく振り降ろされる。敵か味方かを見分ける手段は、ヘルメットの色だけだ。男も女も関係ない。とにかく敵を倒す。それが戦いというものだ。それに機動隊が加われば、紛争鎮圧のために、ガス弾が使われるだろう。実際、先に行われた日大芸術学部を攻め落とす際には大量のガス弾が使用された。もしもその弾丸が美佐子を直撃したら。当たりどころが悪ければ、命を失うことだってあるかもしれない。

美佐子を失うかもしれない――。考えがそこに至った時、眞一郎は初めてこの女に寄せる自分の想いの正体を悟った。

俺はこの女を愛している――。

次の瞬間、眞一郎は美佐子を抱きしめていた。不意をつかれて驚いたように見開いた瞳がすぐ間近にあった。

「行くな……お願いだ……」

眞一郎は腕に力を込めると、美佐子の唇を吸い、胸を揉《も》みしだいた。わずかに開いた歯の隙間から、舌を差し入れようとした。

いつもなら、それを受け入れるはずの美佐子は、激しく頭を振ると顔を逸らした。醒めた目で眞一郎を見ると、密着した体の間に腕を入れ突き放してきた。

「どうして……？」

美佐子は肩で息をしながら言った。

「お前を……好きだ……」

「好き？　……それって愛してるってこと」

「そう思ってくれていい」

「あんた、愛してるってことがどんなことか分かって言ってるの」

「愛することに理屈がいるのかよ」

美佐子の顔に歪《いびつ》な笑いが浮かんだ。

「愛してるっていうのはね、その人のためなら全てを擲《なげう》つ覚悟があるってことよ」

「愛してる人間の身を護るためなら、どんなことでもするさ」

「だったら、私と一緒に運動に参加してよ」

ぎくりとした。美佐子を失いたくないという想いに、田舎にいる母や姉、妹の顔が重なった。贅沢とは無縁の貧しい暮らしの中で、精一杯の仕送りを続けてくれるのは、俺の将来に全てを託しているからだ。家族の誰もが俺が革命家気取りの活動家になることなんか望んではいない。俺が家族の期待に応えてやれる道は唯一つ、搾取される側からする側、いやそれすらをも支配する人間になることだ。俺にはその期待に応える義務がある。

かといって美佐子への想いは簡単に捨てることはできなかった。いや、想いの丈《たけ》を口にした今、それはますます強くなってくるように思われた。

「無理だ」

千々《ちぢ》に乱れる心情を悟られまいと、眞一郎は毅然《きぜん》とした言葉を吐くことで乗り切ろうとした。

「どうして？ あんたが私を愛していると言うなら、私が望んでいることを叶《かな》えてくれるのが愛じゃないの」

「君がやろうとしているのは、戦いといっても勝ち目のない自殺行為だ。いや特攻といってもいい。むざむざと死地に赴《おもむ》くのを止めるのも愛だろ」

「そんな都合のいい話はないわ。代償を伴わない愛なんてありはしない」

「そうかな」

「そうよ」

美佐子はゆっくりと立ち上がると、ドアに向かって歩を進める。

「行くな」

美佐子が今この部屋を出ていけば、二度と会えない、そんな気がして眞一郎は呼び止めた。

ドアが開いた。

「私は代償を払うわ。あんたを捨てる。それが私の――」

最後の言葉は聞き取れなかった。ドアの閉まる音がそれを遮った。

廊下を駆けて行く美佐子の足音が急速に遠のいて行く。

部屋の中に静寂が訪れた。天井からぶら下がった裸電球を見ながら、眞一郎は失ったものの大きさをじっと噛《か》みしめた。

美佐子はその日以来、ぷつりと消息を絶った。

今にしてみれば奇妙な話だが、眞一郎は美佐子の住まいを知らなかった。もちろん、何度か訊ねたことはあったのだが、「私のところは男子禁制なの」と言って、決して住まいの場所を明かさなかった。眞一郎のアパートにはピンク電話があり、電話番号を教えているにも拘わらず、訪問はいつも突然で、何の予告もなかった。そのせいで、「あんたを捨てる」と言われても、今にも目の前のドアがノックされ、そこに美佐子が立っているのではないかという期待が眞一郎の胸中を満たして止《や》むことはなかった。

＊

眠れぬ夜が続いた。何とか気を紛らわそうと教科書を広げても、全く集中できない。重要な生活の糧《かて》であるアルバイトも、部屋を留守にしている間に美佐子が来るのではないかと思うと行く気にもなれなかった。冷蔵庫を持たない眞一郎は、その日の食事分の食料を近所の商店街で調達するのが常だったが、頃合いを見計らって全力で駆け、可能な限りわずかな時間で調達することに努めた。銭湯に行くことも止めにしてひたすら美佐子を待った。

そしてついに一月十五日がやってきた。

その朝、眞一郎は本郷に向かうことを決意した。美佐子は集会に参加すると言った。キャンパスに行けば美佐子に会えるかもしれない。そんな淡い期待があったからだ。

昼前にアパートを出た眞一郎は小田急線に乗り込んだ。成人の日の電車は空いていたが、新宿駅で中央線に乗り換えると、明らかに学生と分かる若者が続々と乗り込んで来る。ジャンパーにジーンズという姿からすると、集会に参加する学生たちなのだろう。果たして御茶ノ水の駅に着くと、そのほとんどが電車を降り東大の方角に向かって歩いて行く。中には早々にヘルメットを被《かぶ》り、顔をタオルやマスクで覆う者もいる。

本郷通りを歩きキャンパスに向かった。赤門の前に辿り着くと、黄色のヘルメットを被った学生たちがピケを張っている。民青の活動家たちである。

反代々木系のセクトに属する美佐子がここにいるはずがない。正門に回ると、堅く閉ざされた鉄門中央の上には毛沢東の写真が掲げられ、その下にＭＬ（日本マルクス・レーニン主義者同盟）と書かれた赤旗がぶら下げられている。左側の門柱には『造反有理』、右側の門柱には『帝大解体』の文字が白いペンキで大書きされている。

門からキャンパスの中を見ると、白や赤、青といった各セクトのヘルメットを被った活動家たちが大勢つめかけていた。すでにセクト毎《ごと》の部隊編制が済んでいるらしく、活動家たちは角材を天に突き上げ隊伍を組んでいる。まるで戦国時代の槍を持った歩兵の隊列のようなその先に、荒廃した安田講堂が見えた。時計台の上には各セクトの旗が靡《なび》き、赤地に白く『中核』と染め抜かれた一際大きな旗が、屋上から吊り下げられている。

門の前でじっとしていても、美佐子に出会える確率は極めて低いように思われた。眞一郎は意を決して門を潜《くぐ》った。考えてみれば、構内に入るのは法学部がストに突入して以来のことだから三ヵ月ぶりのことになる。そこにかつてのキャンパスの面影はなかった。銀杏《いちょう》並木の両側に建つ学舎はいずれも列品館《れっぴんかん》や、法学部研究室棟と同じような異様な状態で、いずれの屋上にもヘルメット姿の活動家の姿が見え、無数のセクト旗が風に舞っている。正門から安田講堂に続く道にはいくつものバリケードラインが築かれている。隊列を組んだ活動家たちが、リーダーの先導でヘリ踊りを繰り返す姿もあちらこちらで見られた。赤、白、青、黒——。色が奔流となり、渦となってキャンパスを埋め尽くしている。

眞一郎は時折足を止め、その中に美佐子の姿を探しながら、反代々木系が占拠している構内を一巡した。やがて安田講堂前の広場に出ると、そこは物凄い数の活動家たちがひしめいていた。セクト毎に整然と並んだ活動家たちは、皆一様に安田講堂の方を向いている。玄関上のバルコニー、屋上には各セクト旗が掲げられ、五階部分には白地に赤で『安保共闘』と大書きされた垂れ幕が降ろされている。封鎖された正面玄関の前には、立て看板が置かれていたが、林立するセクト旗やつめかけた活動家たちの姿に隠れ、何が書いてあるかは分からない。

広場は喧騒《けんそう》の坩堝《るつぼ》と化していた。各セクトのリーダーががなり立てる声。それにかぶさるように時計台の屋上に設置された二つのスピーカーから流れてくる演説。とにかく誰が何を言っているのか、聞き取ることなどできるものではない。広場に集まっているのは活動家ばかりではなかった。一般学生、市民、やじ馬――。学生はともかく、明らかに争議とは関係ない人間たちが活動家たちを囲むように群れている。彼らが何を期待してここに集まってきたのかは明白だった。

やがて始まるであろう機動隊との衝突、そうでなければ敵対する民青との学生同士の乱闘だ。実際先の新宿騒乱で警察に検挙された中に活動家は数えるほどしかおらず、その大半は一般市民だった。確かに活動家たちは新宿駅をめちゃくちゃにした上に電車を破壊し、機動隊に投石をしたが、同様の行為を行いながら電車のシートを外し放火したのは活動家連中ではない。一般市民だった。ここに集まった市民ややじ馬の大半は、八百長《やおちょう》もどきのプロレスなんかより、殺し合いにさえ発展しかねない内ゲバを見ることを期待しているのか、あるいは騒ぎに乗じて石の一つでも投げつけるつもりでいるに違いなかった。

眞一郎はその輪の中から抜け出すと、美佐子の姿を追い求め活動家たちの群れの中に入った。ヘルメットも被っていなければ、ゲバ棒を手にしているわけでもなかったが、必ずしもそこに群れた人間たちの全てが同じ格好をしていたわけではない。中には一般学生と同じ格好で集会に参加している学生の姿も散見できたからだ。

人の群れを縫うように歩いた。集まった活動家は圧倒的に男が多く、いかにヘルメットを被り、タオルで顔を隠してはいても女性かどうかは外見で判別できる。中に女性の姿を認めればじっと覗き込んだ。あの涼しげな目元は脳裏に刻み込んである。もちろん美佐子の姿を見つけ出すことができたとしても、彼女を連れてこの場から抜け出すことなど不可能なことは分かっていた。かと言って、自分が美佐子と共に構内に留まり、そのまま運動に参加する気もさらさらなかった。ただ、美佐子が別れ際に言った言葉——。

「私は代償を払うわ。あんたを捨てる。それが私の——」

おそらく美佐子は自分を捨て運動に参加することが愛の代償だと言いたかったのだろう。もしも、そうだとしたら、愛する男を前にして翻意《ほんい》することだってあるかもしれない。可能性は限りなく小さいことは分かっていたが、眞一郎はそれに賭けてみたいと思った。

広場の半分を回っても、美佐子の姿は見つからなかった。もしかすると彼女は最後の最後で、集会に参加することを止めたのではないだろうか。眞一郎は淡い期待を覚えた。しかしそれはあまりにも楽観的すぎる推測であることにすぐに気がついた。

ここに集まっている活動家たちは、今本郷のキャンパスの中にいる人間のごく一部に過ぎないからだ。おそらくここに群れているのと同じ程度の数の活動家たちがすでに安田講堂をはじめとする建物の中に立てこもっているはずだ。そう言えば、彼女が自分の腕の中で話してくれたキャンパスの話は、活動家たちが占拠する建物内部の様子にも及び、それも細部にわたっていたことを眞一郎は思い出した。美佐子はすでに建物の内部に――。

その時だった。いきなり誰かが眞一郎の腕を凄い力で摑んだ。はっとしてその方を見ると、ヘルメットを被りタオルで顔を覆った活動家が殺気を宿した目で眞一郎を見ていた。

「お前、何うろうろしてるんだよ」

男は目を細め、どすを利かせた声で訊ねてきた。

「人を探してるんだ」

「人だぁ？　お前私服じゃねえのか」

この男は、自分を私服の警官だと思ったらしい。その言葉を聞いた、周囲の活動家たちが、たちまちのうちにゲバ棒を構えて取り囲んだ。

耳の奥がしんとなった。頭の中が混乱しそうになり、アジ演説も聞こえなくなった。今にもゲバ棒が脳天に振り降ろされるのではないかという恐怖が全身を駆け抜け、心臓が早鐘《はやがね》を打ち始めた。

「警官なんかじゃない。東大の学生だ」

眞一郎は慌《あわ》ててジーンズのポケットから学生証を取りだすと、男の前に翳《かざ》して見せた。

男は眞一郎の顔と学生証に貼られた写真を交互に見ると、

「女学生の連れションじゃあるめえし。人探しなら後でしな」

どうやら納得した様子で学生証を投げつけるように返してきた。

ほっとした眞一郎の耳に、それまで幾重にも重なってただの騒音としか思えなかった、アジ演説のワンフレーズがはっきりと聞こえた。

『東大を〜、反体制運動のお〜、拠点にせよ！』

その言葉を機に、活動家たちが握ったゲバ棒が一斉に空に向かって突き上げられ、鬨《とき》の声が上がった。群れの前方に林立していた無数の旗が一斉に振られた。

もはや東大構内で起きている紛争は、本来の目的を大きく逸脱し、様々な思惑が複雑に入り交じった出口の見えない闘争へ走り始めていた。

活動家たちの群れが崩れた。リーダーの先導でデモが始まった。こうなると美佐子を探しだすことは不可能だ。眞一郎はいいようのない徒労感に襲われながら、なるべく目立たぬよう、その場を抜け出すと、帰路についた。

＊

安田講堂の中は、異様な緊張感に包まれていた。

まだ日が昇り切らないというのに、早くも起きだした学生たちはヘルメットを被り、活動を開始していた。時刻は午前五時半。講堂内には四百人近くの活動家が立てこもっており、そのうち女子学生は十七名になっていた。昨夜までは、数十名を超える女子学生がいたが、「明日、機動隊が本格的な攻撃をする」という情報が入るや、その多くは各セクトの最高決定機関の意向によって、この場を立ち去っていたのだった。

本来であれば、行動を共にすべきところだったが、美佐子はそれに頑として応じなかった。

もちろんそれには理由があった。

これまで反代々木系の同志として行動を共にしてきた革マルが、昨夜になって占拠していた建物を放棄し、構外に抜け出したのだ。しかもその理由たるや「七〇年安保闘争に向けて兵力温存するためだ」というのである。

いかに講堂をバリケード封鎖し、投石や火炎瓶、はたまた塩酸や硫酸で武装しようとも、一度警察権力が全勢力をあげて立ち向かって来れば、勝ち目はないことは分かっていた。しかし、この講堂内のホールの壁にペンキで大書きされた『連帯を求めて孤立を恐れず　力及ばずして倒れることを辞さないが　力を尽くさずして挫けることを拒否する』あの決意はいったいどこに行ってしまったのか。しかも来《きた》る七〇年安保に向けて——などという理由、いや言い訳が、日頃対峙《たいじ》してきた民コロと同じというのはどういう理由《わけ》なのか。

やつらは日和《ひよ》ったのだ。圧倒的国家権力の攻撃を前に恐怖に駆られ、敵前逃亡を行なったのだ。

そう考えると、美佐子が所属していたセクトが出してきた、女子学生は今夜のうちに、安田講堂を抜け出せ、という指示も理解できない。多くの同志が、絶望的な戦いに挑もうとしているのに、どうして女であるというだけで、ここを去らなければならないのか。

確かにセクトにおいて、『女』は別の意味で温存しなければならない貴重な戦力ではあった。学生運動に関心を持たないノンポリにサークル活動や合同ハイキングを利用して近づく。ある程度親しくなったところで、政治色のない集会に誘い、徐々に雰囲気に慣らし、抜き差しならなくなった時点でセクトへ誘い込む。つまり色仕掛けで、活動家に仕立て上げるのである。ヘルメットを被ったむさい男が近づいてくれば、大半の学生は警戒して言葉を交わすことさえ躊躇するだろうが、一介の女学生にしか見えない自分たちのような人間となれば話は別である。事実、美佐子の美貌と、すでに活動が下火になった慶應の学生という身分を以てすると男は面白いように引っ掛かってきた。これまで、何人の男子学生をそうした手段で、一廉《ひとかど》の活動家に仕立て上げたことか。

ただ一人の例外は、岡内眞一郎である。

あの新宿騒乱事件の夜、眞一郎に声を掛けたのは、そうした狙いがあってのことだ。もちろん色仕掛けでセクトに誘い込むとはいっても、そのことごとくに体を開いたわけではない。出会ったその日に美佐子が眞一郎と関係を結んだのは、東大法学部の学生だという身分があったからだ。

東大闘争とは言っても、実際のところ当の東大の学生活動家はそれほど多くはなかった。輝かしい将来を約束されている東大の学生にしてみれば、現体制が続くことが自分たちの安泰《あんたい》に繋《つな》がると考えこそすれ、その崩壊を望んだりはしないからだ。しかし、美佐子もセクトの首脳部も、東大闘争はこれから始まる長い闘争のほんの端緒に過ぎないと考えていた。実際に権力と力を以てぶつかり合うのは、他大学の学生でい い。東大生をオルグすることができれば、スリーパーとして権力の中に送り込むことだってできる。そんな考えがあった。だからこそ、美佐子は眞一郎に体を開き、それを弱みとしてセクトに取り込もうとしたのだった。

しかし、展開は予期せぬ方向へと向かった。眞一郎の生い立ち。特に、あの弁当の話は、美佐子の心を深く抉《えぐ》った。富裕と貧困の違いはあれ、あの男は、自分と共有できる過去を背負っている。お互いが置かれた立場、目的達成までの手法も全く異なっていたが、美佐子には眞一郎の心情が痛いほどよく分かった。そして、逢瀬《おうせ》を重ねるたびに胸中に芽生えてきた感情——。

あれ以来、美佐子は自分の信ずる道と、眞一郎に寄せる想いの間で揺れ動いた。

この人だけは運動に巻き込むことはできない。貧困の中から這い上がるチャンスを摑《つか》んだ人間の将来をこの手で奪うことはできない——。

もちろん、自分たちの運動の目的が達成されれば眞一郎の将来は全く違う方向に向かうことは分かっていた。だが、自分が静岡で過ごしていた子供の頃、アルマイトの蓋で弁当を隠す学友の中に眞一郎はいたのだと思うと、強引にセクトへ誘い込むことはできなかった。

かといって自分の信念を捨てるわけにも行かない。となれば、取るべき道は一つしかなかった。

眞一郎を捨てること。

それが美佐子の出した結論だった。

そこまでの代償を払ったというのに、土壇場《どたんば》にきて安田を去れ？　冗談じゃない。

それなら私は、何のためにこんなに苦しい思いをしなければならなかったの？

美佐子は断固としてセクトの指示を拒絶した。

「これから始まる攻防戦には、女性だって必要でしょ。この中には四百人もの同志がいるのよ。あんたたちは貴重な戦力。戦いが始まれば、怪我人だって出る。食料の補給だって必要じゃない。私、残るわ」

決然と言い放った美佐子に、他の十六人の女学生が同調した。東大生は一人もいなかった。首都圏の他大学、中には遠い地方の大学から、この攻防戦のために馳《は》せ参じてきた女学生もいた。

時計台の八階部分、ちょうど時計の裏側にあるフロアーの片隅で、美佐子は先頭に立って、夜を徹してガス釜で飯を炊き、塩だけを塗《まぶ》した握り飯を作った。熱い白米を握るうちに、美佐子の手は赤く腫《は》れ上がっていった。

「朝飯、もらって行くよ」

いよいよ始まる戦いを前にして、緊張と興奮を露にした活動家たちが姿を現すと、夜を徹して作った握り飯や備蓄しておいたパンを手渡しで階下に運び始めた。時計台の八階部分に続く階段は、人がすれ違うのがやっとといった狭さであるのに加えてカギ型に折れ曲がり、そこに机、椅子、ロッカー、本棚がぎっしりと詰め込まれている。一つ上の時計台の屋上に続くさらに狭い螺旋《らせん》階段も、同様のバリケードで埋め尽くされていた。

食料の搬出が一段落したところで、その上を乗り越え一人の男が姿を見せると、「ご苦労様。一ついただくよ」、と言うが早いか、山となった握り飯を手に取り頬張った。

肩まで伸びた長髪、痩《や》せこけた顔半分を密生した無精髭《ぶしょうひげ》が覆っている。これから始まる機動隊との戦いに備えて、構内や付近の歩道から剝《は》がしてきたコンクリートブロックを投石に用いるために夜を徹して砕いていたのだろう、ジャンパーやジーンズは汚れ、汗の臭いが漂ってくる。ヘルメットの色からするとノンセクトの男だが、その顔には見覚えがあった。

「どう、外の様子は」

「静かなもんさ。今のところはね」

男は握り飯を咀嚼《そしゃく》しながら美佐子に目を向けると言った。

「本当に来るのかしら、機動隊……」

「来るさ。退去命令を無視したんだ。となれば大学当局が取るべき手段は決まってる。すでに正門と池之端門は閉鎖されちまってるらしいからね」

他人事《ひとごと》のような淡々とした口調で男は言った。

「まずはここを落とす前に、外堀を埋めてしまおうというわけね」

安田講堂は、本郷キャンパスのちょうど中央に位置し、周辺の建物のほとんどは学生によって占拠されている。学生が立てこもっているそれらの砦《とりで》を落とすことなく、一直線に安田講堂を目指そうとすれば、当然投石や火炎瓶、劇薬が頭上から降り注ぐことになる。本丸をまず孤立させる。機動隊が取るべき戦法は素人の美佐子にだって推測がつく。

「おそらくね」男は二つ目の握り飯に手を伸ばした。「しかし、ここはともかく砦が落ちるのは時間の問題だろうな。なにしろ革マルがいた法文経一号、二号館はもぬけの殻だ。列品館と法研（法学部研究室）が落とされれば、正門からここまでは一直線、花道がついたも同然だ。そうなりゃ機動隊は全勢力を上げてここに攻め込んでくる」

「だけど砦に立てこもっている人たちだって、武器の蓄えはあるんでしょう。それに最後まで戦うと覚悟を決めた人たちだもの、必死で抵抗するに決まってる。機動隊だってそう簡単に落とせはしないんじゃない」

「ある程度の抵抗はできるだろうさ。だがね、決して楽観はできないよ。一週間前のことを考えてみろよ。難攻不落と豪語していた日芸（日大芸術学部）だって、あっという間に落とされたんだ。いくら投石用の石や火炎瓶の備蓄があるといっても、量には限りがある。それに比べて機動隊は後方からの補充が利く。放水、催涙弾《さいるいだん》だってバンバン使ってくるに決まってる」

「随分悲観的な見方をしているのね」

「現実的と言って欲しいね」男は冷静な声で返した。「上の連中は安田は十日はもつと言っているが、それだってどうだか分からないぜ」

「そうかしら。機動隊がガス弾や放水で攻めてくるのは予想していたことでしょう。それを防ぐために、階下のバリケードは日大工兵隊が入念に作り上げた。窓という窓は全部ベニヤ板で補強もしたわ。ガス弾を打ち込もうにも、そう簡単に破られやしない。それに連中は私たちの中に怪我人や死者が出ることを恐れている。なにしろこの中には無数の火炎瓶が転がっているのよ。闇雲《やみくも》にガス弾を発射した揚げ句、万が一火炎瓶に引火して、火事にでもなってみなさいよ。私たちに逃げ場がないことは連中だって百も承知でしょ。ここには四百人もの人間がいるのよ。火に巻かれて大量の死者がでないとも限らないじゃない。そんなことになれば世論だって黙っちゃいない。そう無茶なことなんてできやしないわ。十日は無理だとしても五日、いや四日はもつ。そうなれば、構外にいる仲間だって蜂起する。機動隊が後方からの補充を受けられるというなら、私たちにだって……」

「応援が駆けつけるって？」男の顔に白けた笑いが宿った。「連中は暴動鎮圧のプロだぜ。日大でも機動隊に制圧される前に同じような動きがあったからね。あいつらだって馬鹿じゃない。学習すべき点は学習してくる。当然後方支援を断つための備えは怠《おこた》りないさ。悪いことは言わない。逃げるなら今のうちだぜ」

「だったら、あんたは何でここに残っているのよ」

今や学生運動のシンボルとなったこの安田講堂を死守せんと、覚悟を決めてここに残ったというのに、悲観的な言葉しか吐かない男に美佐子は怒りを覚えた。

「自分自身の気持ちに落とし前をつけなきゃならないからだよ」

「落とし前？」

「ああ、そもそも東大闘争の発端は、インターン制度廃止を巡る医学部の問題に端を発したものだ。確かに、俺たちの運動の甲斐《かい》あって、インターン制度は医師法上では廃止された。だけど現実は何も変わっちゃいない。『医師は、免許を受けた後も、二年以上大学の医学部もしくは大学附置の研究所の附属施設である病院又は厚生大臣の指定する病院において、臨床研修を行なうように努めるものとする』つまり俺たちインターンは医師として認められても、研修中の経済的保証や、研修後の身分保証もなく、教授をトップとしたピラミッド構造の最下層で、ただ働きをさせられることに変わりはない。教授に楯を突いた人間に未来なんかありゃしない。今の俺にできることは、最後まで自分の信念を貫き通すこと。その象徴である安田と運命を共にすること。それしかないんだ」

その言葉がきっかけとなって、美佐子は目の前の男が何者かをはっきりと思い出した。

「あなた、鷲津《わしづ》さん……だったわね。東大医学部の」

「へえっ、俺の名前を知っているのか」

「東大医学部の人で、この中に残っている人はあまりいないもの」

「医学部にだって馬鹿はいるさ」鷲津は自虐的な笑いを浮かべると、「卒業したあと、たった二年間の我慢じゃねえかと言われりゃそのとおりかもしれない。だけどね、その二年間でも自分のプライドを捨てて、意にそぐわない人間の下僕として働くことが耐えられない人間だっているのさ。不思議なもんだよ。人間、一旦手にしたものを失う時には、不安や恐怖を覚えるもんだが、それを捨てると覚悟を決めると、今度はどこまで落ちるか見たくなる。医局を追われれば、医者としてまっとうな道を歩むことは断たれたも同然だ。これから先、どんな生き方をするのか、今の俺には皆目見当もつかない。だがな、心の中では舌を出しながらも、米つきバッタのように教授の足元にひれ伏し、靴を舐《な》めるような真似をしながら医局に残るより、遥かにマシってもんさ」

手にしていた握り飯を一気に口いっぱいに頬張った。

「私たちだって同じよ。汚れきった体制に与《くみ》することを良しとせず、新たな……」

「そんなことはどうだっていいんだよ」鷲津はあからさまにうんざりした顔で美佐子の言葉を遮ると、「俺は俺の信念に基《もと》づいてここに残った。これまで取ってきた自分の行動に決着をつけるためにね。君たちが何を考え、何をしようとしているかなんてことには、正直これっぽっちも興味を覚えちゃいないのさ。闘争ってのは、結局のところ自分との戦いだ。他人とのものじゃないってことさ」

鷲津は醒《さ》めた口調でぽつりと漏らすと、「おにぎり美味《うま》かったよ。ありがとう」軽く手を上げ、再び山となったバリケードを乗り越え屋上へと消えて行った。

時計台放送と呼ばれる屋上のスピーカーから、この日最初の一声が響いた。

「全ての学友諸君。本日の戦いを～、大学紛争のお～、天王山としてえ～、勝ち取ろうではないかあ～。全国の戦う学生のお～、団結の証としてえ～この砦を～、守り抜こうではないかあ～」

それに続いて、屋上の学生たちがシュプレヒコールを上げる。

頭上でヘリコプターが舞う音が聞こえ始めた。

腕時計を見ると、時刻は午前七時ちょうどを指している。屋上に備え付けられたスピーカーや、バルコニー、屋根、安田講堂のあちらこちらから学生たちががなりたてる闘争宣言が流れ始めた。

いよいよ機動隊が構内に立てこもった学生たちを排除せんと、行動を開始したらしい。

美佐子がいる八階のフロアーも、これまで以上に緊張の度合いが増してくる。広場に面した窓は全てベニヤ板で塞《ふさ》がれているために、外の様子は窺い知ることはできない。いてもたってもいられなくなった美佐子は、バリケードの上に上がり、屋上へと向かった。狭い螺旋階段をよじ登ると鉄の扉があった。それを押し開けた途端、一月の朝の太陽が闇に慣れた目を射た。肌に痛いほどの冷気が頬に突き刺さる。

時計台の上は、ヘルメットを被った活動家たちと、粉砕したコンクリートブロック、火炎瓶、そして薬品と思《おぼ》しきものを詰めた瓶で足の踏み場もない。広場に向けて備え付けられた二つの巨大なラウド・スピーカーから凄《すさ》まじい音量の演説が引っ切りなしに流れる。正門のほうに目を転じると、一直線に伸びた銀杏《いちょう》並木の向こうに、機動隊員の姿が見えた。濃紺のヘルメット、ジュラルミンの盾、紺の出動服に身を固めた機動隊員たちが正門の前で隊列を組む。先頭に立っている隊員の手にガス銃が握られているのが遠目にもはっきりと視認できた。

いよいよ戦いが始まるのだ。

胸苦しいほどに心臓の鼓動が早くなる。

傍らを見ると、仁王立ちになってその光景を見る鷲津の姿が目に入った。さすがに彼の目も血走っている。堅く歯を食い縛りきっと結んだ口元。奥歯を嚙《か》みしめているのだろうか、その頰が痙攣《けいれん》を起こしたようにひくついている。さすがの鷲津も緊張の色は隠せないでいるようだった。

突如、アジ演説に重なって、警察車両から明らかに口調が異なる声が流れてきた。

「本富士《もとふじ》警察署長から警告する。抵抗するのをやめて、ただちに撤去しなさい」

「あほか」

誰かの声が聞こえた。元より戦いは覚悟の上だ。今更撤去などするわけがない。屋上に失笑が漏れた。

しかしそれも長くは続かなかった。構内になだれ込んで来た機動隊員の数は想像を絶していた。ここから見えるだけでも、五手に分かれ、それぞれがどうみても六百人以上の編制になっているように思われた。視認できるだけでも総数三千余。構内に留まる学生の数を遥《はる》かに凌《しの》ぐ大軍だった。

戦いは三四郎池を挟んだ、医学部中央館から始まった。

突如投石が何かにぶち当たる音が聞こえてきた。どうやら機動隊の狙いは、まず手始めに東大紛争の原点となった医学部を制圧することにあるらしい。安田講堂にあちらこちらから気配を察した活動家たちの熱を帯びた声が轟《とどろ》き始める。

「我々はあ〜、最後までえ〜、抵抗するぞお〜」

「東大闘争を〜、勝利するまでえ〜、徹底抗戦するぞお〜」

しかし、決着は予想に反してあっけなくついた。時間にしてものの三十分もかからなかっただろう。息を呑んで成り行きを見守る美佐子の目に、屋上の機械室に追いやられる学生たちの姿が見えた。警察車両からのものだろうか、スピーカーからいやに冷静な男の声が流れると、花火が炸裂するような音が断続的に響き渡った。建物が乳白色の煙で包まれる。催涙弾である。やがて明らかに学生とは違うシルエットが見えるや、その数は瞬《また》く間に増し、学生たちを排除し始めた。

圧倒的な力の差を見せつけられ、講堂の屋上にいる活動家たちの間に重苦しい沈黙が走った。

「あそこには元々大した数はいねえんだ。戦いはこれからが本番だ」

誰かが言ったのをきっかけに、再びスピーカーが演説をがなり立てる。頭上では報道のものだろうか、何機ものヘリが飛び、学生たちの興奮に拍車を掛けた。

おそらく活動家が投じた火炎瓶が炸裂したのだろう。銀杏並木を挟んで建つ工学部列品館と法研の周囲から、黒煙が上がった。

安田講堂前の広場にも、機動隊の大型警備車が侵入してきて、前進後退を続けている。警備車が講堂に近づくたびに、バルコニーから大きなコンクリートブロックが投下され、屋根にぶち当たると、凄まじい轟音《ごうおん》とともに砕け散る。

「陽動作戦だ。あいつら本格突入前に、こっちの武器を少しでも減らすつもりだ。無駄弾を撃つな」

鷲津が叫んだが、興奮の極致にある学生たちにその言葉は届かない。

機動隊広報車が相変わらずの警告広報を流す。

突然、同じ文句の繰り返しだった警告の内容が変わった。

『公務執行妨害罪』『建造物侵入』『不退去』……と具体的な罪状が読み上げられ、最後に『逮捕する』という言葉が聞こえてくる。

そんなことは元より覚悟の上の話である。はいそうですかと言って、のこのここから出ていく人間などいようはずもない。

「再々の警告にもかかわらず退去しないので、只今からガス弾を使用する」

その言葉を待っていたかのように、新宿騒乱事件の時に耳にした、ガス弾を発射する炸裂音が轟いた。列品館の建物の中から、白煙が立ち昇る。火炎瓶のオレンジ色の炎、黒煙が厳冬の清冽《せいれつ》な大気を汚して行く。放水車から吹き付けられる水が、宙を縦横無尽に走る。列品館にいるのはML。向かいにある法研には白いヘルメットの中核が立てこもっている。放水にずぶ濡《ぬ》れになりながらも、彼らは攻撃の手を休めない。

「やるなあ、やつら。見ろよ機動隊もたじたじだぜ」

「革マルのやつらが日和らなけりゃ、機動隊車両もやすやすとここに辿り着けなかっただろうによ」

「革マルなんかいらねえよ。俺たちの持っている弾が石と火炎瓶だけだと思ったら大間違いだ。硫酸や塩酸もたっぷり準備しているからな。あいつを食らえば、機動隊の連中、重装備なだけ脱ぐのも一苦労だ。ただじゃ済まねえ。それに連中、俺たちがニトロを持っていると思い込んでるし」

時計台の上に活気が蘇《よみがえ》った。

列品館の前では、館内に隊員を何とか突入させようと試みているのだろう、大型警備車が建物に横付けしようとしているのだが、路上に散乱した投石やバリケードに阻まれて思うように動きが取れないでいるようだった。そこを目がけて、投石が集中する。やがて、その車両がボーンという音を立てて燃え上がった。誰かが屋上からガソリンを撒《ま》き、火炎瓶を投じたのだ。機動隊車両が炎に包まれたまま後退し、安全圏に達したところで駆け寄った隊員たちが消火器でそれを消し止める。塗装が焼け焦げた無残な機動隊車両の姿は遠目にもはっきりと分かった。まだ熱が冷めきらぬ車両からは、白煙が立ち昇っている。それを見た瞬間、美佐子は中にいた隊員の焼け焦げた姿を見たような気がして、その場で立ちすくんだ。同時に猛烈な嫌悪が込み上げてきた。

焼け焦げた死体の姿を想像したからじゃない。想像を絶する戦いの激しさに、気圧《けお》されたわけでもない。その時、美佐子が覚えたのは、今まで自分が信じて疑うことのなかった権力との闘争が、人の命を奪うことでしか達成されないものだということを目《ま》の辺りにした恐怖と嫌悪だった。

もちろん革命に流血は避けられないことは充分に承知していた。人の命を奪わずして、それが成し遂げられないこともだ。しかし、今ここで行なわれているのは、少なくとも権力を握る当事者との戦いではない。確かに自分たちは、確固たる思想に基づく信念の下に活動をしてきた。だが、機動隊員たちもまた、現体制に作られたものとはいえ、法という名の下に忠実であるために、自分たちと戦っているのだ。

おそらくそうした議論を持ち掛ければ、セクトの人間は、権力の手先、飼い犬が受ける当然の報いだと言うだろう。体制を打破するためには犠牲は付き物だと一言で片づけてしまうだろう。だが、殺し合いの果てにあるものは決まっている。憎悪だ。そしてそれが何を生むのか――。

造反有理――反抗することには理由がある。反体制運動は常に正しい。

美佐子の脳裏に正門に書かれた文字が浮かぶと、眞一郎と最後に会った夜のことが思い出された。

『じゃあ訊くけど、毛沢東は体制じゃないのかよ。君らがやっている運動ってのは、自分たちが体制に取って代わり新たな体制の座に就くってことになりはしないのかよ』

今から考えると、あの時、眞一郎は続けてきっとこう言いたかったに違いない。

それが真実だとすれば、闘争はいつの世にも存在することになる。仮に自分たちの目的が達成されたとしても、必ず反抗する人間が出てくる。その時、君たちはそうした人間たちがいかなる行動に打って出てこようとも当然それを認めるんだろうな、と……。

そんなことはあり得ない話というものだった。少なくとも自分たちのセクトは許しはしない。それどころか異を唱えようとする者がいれば、聞く耳は持たないとばかりに弾圧し、抹殺することすらも厭《いと》わないだろう。

これが私たちの目指した闘争？　これが革命？

撤退する機動隊車両を見て、無邪気な歓声を上げる活動家たちを見ていると、なぜ自分が今この場にいなければならなかったのか、自分が目指していたものが一体何だったのか、それすらも分からなくなってくる。

スピーカーからひっきりなしに流れてくるアジ演説。上空を舞うヘリの爆音が思考の混乱に拍車をかける。脳細胞があらゆる音に反応し、頭蓋《ずがい》の中で溶け散ってしまうような感覚に襲われる。

美佐子は思わず耳を塞《ふさ》ぎ、目を閉じた。しかし渦巻く騒音の中では何の効果も得られなかった。あらゆる音が共鳴し、閉ざされた視界の中で微細な色となって弾け飛ぶ。悲鳴を上げた脳が鋭い痛みを発し始める。

急に上空を舞っていた複数のヘリの爆音が遠ざかった。反射的に目を開いた美佐子の目に、一機のヘリの姿が飛び込んできた。報道のものとは違って機体は二回りほど大きい。真上から急降下し、手が届きそうな高度で停止すると、その場でホバーリングを始める。猛烈なダウンフォースが屋上にいた活動家に降り注ぐ。

猛烈な風圧に、美佐子は顔を覆い、しゃがみ込んだ。スピーカーが鳴りを潜《ひそ》めた。

どすんという音を立てて、何かがすぐ傍らに落ちる気配があった。

「催涙弾だ！　あいつらヘリから催涙弾を投下しやがった」

誰かが叫んだ。ぎくりとして目を開けた。紐《ひも》で括《くく》られた三本の催涙弾が、床の上に転がっているのが見えた。白い煙と粉が飛び散る。活動家の一人が慌ててそれを拾い上げると、

「食らえ！」

叫びながら屋上から地上の機動隊めがけて投げ捨てた。ヘリのローターから吹き付けてくる強いダウンフォースに、催涙弾の中身がたちまち吹き飛ばされる。

「あいつらどうかしてんじゃねえのか。こんな低空で催涙ガスを落としたって、ヘリから吹き付ける風で拡散して効くわきゃねえだろう」

それでも、催涙弾の粉末は床の上に飛散し、こうしているうちにも目から涙が流れ出してくる。目をしばたたかせ、鼻を塞いだ美佐子の前で、活動家の一人がポケットからパチンコを取り出して、ヘリに目がけて、鉄玉を発射する。エンジンの爆音にか

き消されて、当たったのかどうかは分からないが、ヘリは高度を上げると、機体を反転させながら飛び去って行く。

再び活動家の間から歓声が上がった。それを合図に耳元のスピーカーからアジ演説が流れ出す。目と鼻に覚える痛みも伴って、美佐子は堪《た》え難い頭痛と眩暈《めまい》を感じた。たまらず階下に続くドアを開けると、バリケードを乗り越えて、狭い螺旋階段を辿りながら八階に降りた。暗がりの中から女子学生たちがぎらついた目を向けてきた。

「どう、上の様子は」

一人の女子学生が声を掛けてきた。九州の大学から駆けつけた活動家で、名前は村松といったはずだ。

「皆よく戦っているわ。列品館、法研も、機動隊は攻めあぐねている」

「そりゃそうよ。備蓄している石や火炎瓶は半端な量じゃないもの」村松は鼻を膨《ふく》らませて言った。「あいつらだって去年の日大経済学部の攻防戦では、一人殺《や》られているんだもの。そう簡単に手出しはできないわよ。東大の備えは日大の比じゃない。迂闊に踏み込んでくれれば十人やそこらの死者が出る。機動隊と言ったって、所詮は飼い犬じゃない。安月給と引き換えに、命を捨てたりする馬鹿はいないわ」

十六人の女子学生たちが同調して、口々に機動隊を罵《のの》り、仲間たちの活動を賞賛した。

　壮絶な戦いを目の辺りにする以前なら美佐子もその言葉に同調しただろう。だが、はからずも村松の言葉は、逆に美佐子に自分たちが置かれた状況をさらに客観的に認識させるものとなった。

　機動隊員たちは死ぬことなんか恐れちゃいない。一気呵成《いっきかせい》に攻め込んでくるのは容易《たやす》いことだ。それをしないでいるのは、学生、つまり私たちの中に死者が出ることを懸念《けねん》してのことに違いない。そう思っているからこそ、こちらの戦力を削《そ》ぐような行動に出ているのだ。本気で殺し合いを挑んできたのなら、とっくの昔に勝負なんてついている。すでに自分たちの運命は権力の手の中に握られているのだ。

「東大を〜、反体制運動のお〜、拠点にせよ！」

　代わり映えのしないアジテーションが階上から聞こえてくる。呼応して女子学生たちが気勢を上げる。

　何という愚かな人間たち……。

　周囲が活気づけばづくほど、美佐子の中に芽生えた嫌悪の気持ちが強くなっていく。それは周りにいる学生たちに向けられたものではなく、こんな単純な理屈も分からずに活動に没頭した、自分に対しての嫌悪だった。

同調して気勢を上げる気になどなれなかった。ここに留まることすら、我慢ならなかった。

美佐子は、その場で踵《きびす》を返すと、階下に向かって階段を埋め尽くしたバリケードによじ登った。

「依田さん、どこへ行くの」

背後から村松の声が聞こえた。

「警察がヘリから落とした催涙弾が目に染《し》みるのよ。ちょっと顔を洗ってくる……」

とってつけたような理由だが、実際、わずかだが顔に降りかかった催涙弾のパウダーが目に染みていた。おそらく目は赤く充血しているに違いない。果たして、村松はもう何も言わなかった。

懐中電灯を手に、幾重にも積み重ねられたバリケードの山を乗り越えて五階に降り、トイレに入った。中には誰もいない。小窓から、明るい日差しが差し込んで来る。洗面台に向かい水道の蛇口を捻《ひね》った。ふと鏡に映った顔を見ると、やはり目は赤く充血していて、そこから流れた涙と鼻水で顔はぐしゃぐしゃになっていた。水量を最大にし、掌で受けた水で顔を何度も洗った。首から下げたタオルで顔を拭《ぬぐ》う。目の痛みは和《やわ》らぎはしたが、それでも涙は止まることはなかった。

顔を上げ再び鏡を見た美佐子は唖然とした。半開きになった唇が、小刻みに震えだした。

そこに映った自分の姿には、すでに活動家としての面影はなかった。顔にはこれまでの精気はなく、目には無残なまでに何かに怯《おび》えるような影が宿っている。たった数時間の間で、人相というものはこれほどまでに変わるものなのか。

美佐子は身を硬くしてその場に立ちすくんだ。

外では相変わらず機動隊が押しては引きを繰り返しているのだろう。投石が何かにぶち当たる音、それに混じって火炎瓶が砕け散る音が聞こえる。物音が一つ聞こえる度に、屋上から見た機動隊の車が燃え盛る光景が脳裏に蘇る。紅蓮《ぐれん》の炎に包まれて、もがき苦しむ機動隊員の姿が見えるようだった。

とても再び仲間のところに帰る気にはなれなかった。かといって、もうこの安田講堂から抜けでることもできない。

美佐子はどうしていいのか分からなくなった。両手で耳を塞いだ。堪えていた感情が一気に爆発した。絶叫、いや悲鳴か。無意識のうちに身をくの字に折り曲げながら美佐子は力の限り意味のない声を張り上げていた。陶器でできた洗面台を、両の手で何度も叩いた。

どれくらいそうしていたのか、それから何をしていたのかは覚えていない。気が付いた時には、ドアを閉めた個室の中にいた。タイル張りの床にぺたりと腰を下ろし、呆《ほう》けたように股の間にある便器を見ていた。屋上、そして五階のバルコニーにいる活動家たちが何かをがなり立てる度に、便器の中に溜まった水が、弱くなった懐中電灯の仄暗い光の輪の中で共鳴して微《かす》かに揺れた。

何気なく腕時計に目をやると、時刻は午後一時を指そうとしていた。屋上を去ったのは、確か十時を回った頃だったから、三時間近くもこうしていたことになる。

ふと、全ての音が止んだ。異常なまでの静寂が訪れた。構内で対峙し続ける機動隊、学生双方が、息を呑んで何事かに集中しているような気配がある。

「学友の一名が直撃弾で失明した。救出を願いたい。我々を攻撃している隊長、隊長、マイクで答えて欲しい」

「抵抗を止めて降りよ」

「今のは隊長の答えか。そうなんですかっ」

「その通り。全員降りてこい」

しばしの間を置いて、返ってきた答えを聞いて、美佐子は唖然とした。

「ジュネーブ条約……休戦を……戦時捕虜としての……」

小さな拡声器を通して、か細い声が微かに聞こえてきた。声の方角からすると、列品館か、あるいは法研か。いずれにしても凄まじいまでの抵抗を続けていた学生が、ついに機動隊に降伏したのだ。

ベトナム反戦もまたセクトが掲げた運動の目的の一つだ。当然、ジュネーブ条約のことなら知っている。戦地における戦傷病兵や捕虜に対する保護と人道的扱い等を定めた赤十字関係諸条約を改正・統一したものだ。

何て勝手な言い草。何という稚拙《ちせつ》な論理。

命を奪うことだけは何としても避けようとする相手に、本気で殺し合いを挑んだあげく、自分の身が危なくなるとみるや、態度を一変させ命乞いをする。いや、そもそも、ジュネーブ条約などと言わずとも、機動隊の誰が無抵抗の活動家を抹殺したりするものか。小突かれの一つ、最悪でも殴られの一つされれば済むことだ。これじゃまるで幼稚園児の鬼ごっこだ。鬼に捕まりそうになると、『タイム』を掛け、全てをリセットしようとする幼子《おさなご》の遊戯だ。

『安田講堂を死守する』『目的のためなら命を賭ける』『力及ばずして倒れることを辞さないが　力を尽くさずして挫けることを拒否する』

目と耳にこびりついた数々のスローガンが浮かぶ。かつては胸が高鳴り、精神が高揚した文句も、こうなると白々しさを通り越して呆れるばかりだ。日頃、同志と呼んでいたのは、所詮この程度の覚悟しかない連中だったのか。こんな人間たちが何人いたって革命なんて為し遂げられるはずがない。

いったい私が目指したものは何だったのだろう。

ふと笑いが込み上げてきた。こんな馬鹿な連中と運命を共にする。一生を台無しにする。その浅はかさに気が付いたからだ。言い様のない喪失感が胸の中を駆け抜けた。ふ、ふ、ふ、と笑い声が漏れるたびに、浮かされていた熱が体内から吐き出されて行く。美佐子は、もはや戦う気力を完全に失っていた。

扉を開いた。行く当てがあったわけじゃない。こんな所に身を隠していても、なんの意味もない。そんな気持ちがあっただけだ。それともう一つ、外にいる学生たちの動向が気になった。早朝からひっきりなしに報道のヘリが上空を舞っていることを考えれば、東大構内での学生と機動隊の激突はメディアで広く報じられているはずだ。騒ぎを聞きつけた学生たちが、応援に駆けつければ、自分たちが逃げ出すチャンスができるかもしれない。そんな淡い期待もあった。

電源を切られた上に、バリケードで封鎖された廊下は真っ暗だった。山と積まれたロッカーや机に手を掛けた瞬間、その上部を乗り越えてこちらにやってくる人影があった。ヘルメットを被った男の影が闇の中に更に黒く浮かび上がった。腰を屈《かが》めたそのシルエットは、背格好といい体つきといい眞一郎に酷似《こくじ》しているように思われた。

瞬間、美佐子の脳裏に眞一郎の顔が浮かんだ。

今にして思えば、引き返すチャンスは何度もあった。彼にしたところで、今の体制を決して容認などしていない。目指すものは君たちと一緒だ、ただ違うのはその手法だ、と言ったのが何よりの証拠だ。手法、そう私たちの取った手法は間違いだったのだ。

男の影は確実にこちらに近づいてくる。その輪郭がぼやけた。熱い涙が込み上げてくる。眞一郎への押さえきれない思慕の念で胸が張り裂けそうになった。

「誰だ」

男の声が聞こえた。影は足元を確かめるように慎重にバリケードを降りると、美佐子の前に立ちはだかった。電池が切れかかり、豆電球の灯ほどの光しか発しない懐中電灯を向けた。目を凝《こ》らして男の顔を見る。

鷲津だった。ツンと刺激臭が鼻を突いた。目の粘膜が刺激され、新たな涙が頬を伝い始めた。

「鷲津さん……」

「君か」

「どうしたの」

「上はひどい有り様さ。機動隊の連中も考えるもんだぜ。催涙弾の投下が思ったほどの効果がないと分かると、今度は催涙液をヘリでぶら下げてきて、上空からぶちまけやがった。その上放水車まで繰り出して来てな。おかげで目が染みてしょうがねえんだよ。水で洗っておこうと思ってさ」

「状況はどうなの」

「決まってるじゃねえか。元々、戦力は圧倒的に向こうが上なんだ。最初から勝ち目がねえことは分かってる。さっき列品館は落ちた。法研も時間の問題だろう」

鷲津の言葉からすると、先ほどの情けない降伏宣言は、どうやら列品館に立てこもっていた学生のものであったらしい。

「ここはどうなの」

「まだ大丈夫だ。もっとも、法研が落ちればここまでは一本道だ。邪魔立てするものはない。連中は一気に攻撃を仕掛けてくるだろうがな」

淡々とした口調で話す鷲津の声には、相変わらず緊張もなければ悲壮感も漂ってこない。それどころか、その時を待ち望んでいるような響きすらあるような気がした。

「あなた、怖くないの」

美佐子は訊いた。

「怖い？　何が」

「安田が落ちて警察に捕まれば、将来は台無しよ」

「今更何言ってるんだ。そんなこと元より覚悟の上だろう」

「外の様子は？　応援部隊は？」

「さっきラジオで言ってたな。朝から神田、お茶ノ水近辺は大変な騒ぎになっているらしい。だが、ここに辿り着けるかどうかはあまり期待しない方がいいな。機動隊は暴動鎮圧のプロだ。それに比べて全共闘なんてセクトの寄せ集まり、いわば烏合《うごう》の衆だ。指揮系統が確立してるわけじゃない。真正面からぶつかったら勝ち目はない。連中がそれほど強いのなら、とっくの昔にここに姿を現しているさ」

応援部隊に掛けていた一縷《いちる》の望みも完全に断たれてしまったらしい。絶望感が美佐子の心中を満たして行く。指先が小刻みに震えだした。

「お前、怖いのか」

今度は鷲津が訊いてきた。こちらの心情を見透かしたような響きがあった。美佐子は無言のままその場で身を硬くした。

「後悔するんだったら、最初からこんな運動に参加しなけりゃよかったんだ。第一、今更何を恐れることがあるんだ。お前等は既存の体制、既存の社会を否定してるんだろ。ここまでやったんだ。捕まりゃ前科の一つもつくだろうが、そんなものは体制に楯突いた者にとっては勲章だろ。革命家を気取るなら、最後までそのプライドを持てよ」

「それはあなたが捨てるものがないからよ」

「じゃあ、お前には捨てきれないものがあるのか。娑婆《しゃば》に未練があるのか」

美佐子は黙った。

そんなものはないはずだった。そもそも運動に参加したのは、今までの自分の生い立ちや生き方の全てに対して覚えた嫌悪が引鉄《ひきがね》だった。過去を否定し、新たな道を歩む。そう決意したからこそ、セクトに属し、決戦の場となる安田に残ることにしたのだ。

しかし、今となってはその新たに進むべき道が見つからない。今や安田は学生運動のシンボルである。それが落ちたとなれば、全国に広がった運動は急速に勢いを失ってしまうに違いない。その時、取り残された自分には何が残るのか。敗れ去った残党と混じってこの社会の不条理を呪い、社会の底辺に蠢《うごめ》くように細々と叶《かな》えられるはずもない革命を夢見て、運動に身をやつして行くのだろうか。

とてもそんな覚悟はなかった。第一、目的を遂げられない運動に意味などあろうはずもない。

再び眞一郎の顔が脳裏に浮かんだ。やはりあの人は間違ってはいなかった。体制を変えるための最も早い方法は、権力の中に入り込み、その頂点に立つこと。それが最も合理的、かつ早い方法だったのだ。

体の中で何かが音を立てて崩れた。とてつもない後悔と恐怖が心中を満たして行く。

「私……怖い……」

次の瞬間、美佐子は鷲津の胸の中にいた。虚を突かれて、一瞬よろめいた鷲津が腕に力を込め、美佐子の体を抱き締めてきた。顔を上げると、すぐ傍らに鷲津の唇があった。美佐子は自ら進んでそれを自分の唇で塞いだ。鷲津の舌が生き物のように、歯の隙間から内部へと侵入してくる。鼻で息をする度に、鷲津の衣服に染み込んだ催涙液の刺激臭が鼻腔《びこう》の中にまとわりついてくる。

「抱いて……」

美佐子は掠《かす》れた声を上げた。

「来いよ」

鷲津の目が変わった。一瞬にして欲望が頂点に達した牡《おす》の目になった。

美佐子の手を荒々しく引き、女子トイレのドアを開けた。縺《もつ》れあうように中に入ると、鷲津がドアを足で蹴って閉めた。洗面台に手を突かせ、背後から美佐子の胸を揉みしだきながら、もう一方の手がジーンズのベルトを解《ほど》きにかかる。外からは放水が講堂の壁面にぶち当たる音、火炎瓶の炸裂音、投石が何かに当たる音がひっきりなしに聞こえてくる。

「おまえたちがあ〜、バリケードにい〜、近づくことをお〜、絶対に許さないぞお！」

時計台のスピーカーががなり立てる。

それに混じって狭い空間の中に、艶《なま》めかしい二人の息遣《いきづか》いが響く。

鷲津の手が胸から外れた。両の手がジーンズのウエストに掛かり、下穿きと共に一気に引き下げた。医師らしいしなやかな指が、剝き出しになった尻の間を這い、秘所の在処《ありか》を確かめるようになぞる。しかしそれも一瞬のことで、鷲津は自らの手でベルトを外すと、いきり立ったものを背後から挿《さ》し込んできた。まだ十分に潤ってはいない美佐子の肉体がそれを拒む。

「痛い！」

苦痛を訴えても、鷲津は躊躇しなかった。ペニスの先端の位置を微妙に変えながら、入り口の辺りからわずかな所で押しては引きを繰り返す。肉襞《にくひだ》が摩擦に軋《きし》む感覚があった。押される度に、わずかだがペニスは確実に少し、また少しと美佐子の中に侵入してくる。やがて先端が体内に飲み込まれた頃、突如体内から熱い体液が溢《あふ》れ出て来る感覚があった。それを鷲津も感じたのだろう、一瞬の間を置き、硬いペニスを一気に突き上げてきた。それは勢いのまま子宮口に当たり、吸収しきれなかった衝撃で、美佐子の踵《かかと》が浮き上がった。苦痛は快感へと変わった。

陶器の洗面台についた手に力が入った。ふっ、ふっ、ふっ、という鷲津の息遣いが早くなる。体内のペニスの運動が、それに呼応して早くなった。たまらず腕から力が抜ける。冷たい陶器の感触を頬に感じながら、美佐子は叫んだ。

「突いて！　もっと激しく！」

破滅は確実に近づいている。

鷲津の動きが大きくなった。二度、三度と肉襞の内面を往復した。四度目でそれが美佐子の最深部に達した時、鷲津のペニスが膨張したかと思うと、収縮を繰り返し、同時に体内が熱いもので満たされた。

頂点に達した快感に身をゆだねながら、美佐子は更に暗い淵へと落ちて行った。

＊

夜が明けようとしていた。

鷲津の予想通り、法研も前日の午後三時に機動隊の手に落ちた。勢いを得た彼らは、全勢力を安田講堂制圧に向け、何度となく侵入を試みたが、夜間の行動は危険と判断したのか、それも日暮れと同時に終了した。もちろんそうは言っても、機動隊の攻撃が完全に止んだわけではなかった。前日彼らが突破した講堂の裏側と、正面左側の二つの部分には、学生による再封鎖を防ぐための放水が夜を徹して続けられた。

美佐子は持ち場となっていた八階に戻っていた。鷲津とのセックスは、肉体に充分な快感を与えはしたが、所詮成り行きの行為である。もちろん、こうした形でセックスをしたのは、これが初めてのことではない。眞一郎との関係の始まりだってそうだった。そればかりか、眞一郎と関係を持っている間も、別の男と寝たことはあった。

もちろんそれらの行為のほとんどには、明確な目的があった。形の上では刹那的な行為に過ぎなくとも、自分自身の中では充分に納得した上でのものだった。

しかし鷲津との場合はいずれのケースにも当てはまらない。目的のないセックス。自分では制御できなくなった感情の赴《おもむ》くままに自ら男の体を求めた。相手など誰でもよかった。鷲津とああなったのは、たまたまそこに現れたのが彼だったというだけに過ぎない。そんなセックスは初めてだった。

今までの美佐子にしてみれば、それは考えられない行動だった。

鷲津が何も言わずにあの場を立ち去った後、美佐子の中に最初に芽生えた感情はひどい自己嫌悪だった。落ちるところまで落ちた——。そんな気持ちになった。何もかも嫌になった。しかし、それもわずかな間のことで、美佐子の中に新たな感情が持ち上がった。

この先自分はどこまで落ちるのだろう。

度重なる絶望と嫌悪は、自虐的なまでの自分の将来に対しての興味へと繋がって行った。

ざざ、ざざざ——。時折八階にまで届く放水が、窓を塞いだベニヤ板に降り注ぎ、不気味な音を立てる。だが、もはや美佐子はそれにすら何の感情も覚えなかった。

黙々と飯を炊き、握り飯を作る作業に没頭した。

時の流れを知らせるものは、定時になると流れてくるラジオのニュースだけだった。

機動隊の安田攻めを知った学外の学生たちの暴れぶりは凄まじいものがあったらしい。参加した学生の数は数千人にも上り、神田、お茶ノ水、駿河台一帯は、破壊された車や、投石が山となっていて通行は麻痺《まひ》状態にあるという。機動隊の負傷者数は百六十三名、それに対して検挙された学生はわずか二十八名。数字の上では学生の勝利といえるかもしれない。実際それを耳にした、女子学生の間に歓声が上がった。しかし、美佐子だけは別だった。なぜなら彼らの目的が東大構内に立てこもった学生たちを支援するということにあったのだとすれば、敗北であることは明白だったからだ。

さらに気を重くさせたのは、列品館が最終的に学生たちの無条件降伏という形で封鎖が解かれたことだ。あの時ジュネーブ条約云々《うんぬん》と、啞然とするような言葉を持ち出したのは、やはり彼らだったのだ。もっとも、機動隊が使用したガス弾の直撃によって、重傷を負った学生が出たというから、それも無理からぬことではあったのかもしれない。だが、これも冷静に考えれば、機動隊もそれだけ本気で自分たちに戦いを挑んでいるということの証《あかし》である。

誰もが今日が最後の決戦の日になる。籠城を始めた当初は、十日は持つ、と豪語していたものだが、今となってはそんな強気の言葉を吐《は》く者はいなかった。

夜が白々と明け始めた六時半。安田講堂は十二輛の放水車によって取り囲まれ、おびただしい放水が始まった。学生側も再び投石や火炎瓶でそれに応じるが、すでに一階部分には昨日、侵入口が確保されてしまっている。機動隊がそこを突破口として講堂内へと侵入してくるであろうことは容易に推測できた。

時折、階下から階段を覆ったバリケードを乗り越えて、学生が上がって来る。ジャンパーもジーンズもずぶ濡れだ。手にはめた軍手は溝《どぶ》ねずみ色に汚れ、そこからも水が滴《したた》っている。

「機動隊の連中、盾で通路を造って講堂になだれ込んで来やがる。放水も昨日の比じゃない。下は水浸し。踝《くるぶし》までつかるほどだ」

戦いは、すでに講堂内部へと移ったらしく、階段通路を伝って投石の音がひっきりなしに聞こえる。燃え上がる火炎瓶が発するガソリンの臭い、黒煙が八階部分にまで伝わってくる。

ラジオは昨日に引き続き、神田周辺で学生たちが東大闘争支援のために結集し暴れ回っていることを伝えている。

それを聞いて、中には闘志を新たにする者もいたが、そんなものは何の役にも立たないことは、美佐子には分かっていた。神田にだって機動隊が出動しているはずだし、仮にそれを撃破して本郷に辿り着いたとしても、今度は構内を埋め尽くした機動隊と戦わなければならない。講堂内に山と積まれたバリケードは機動隊の行動を阻害しはするが、それ自体が抵抗するわけではない。その点、機動隊は隊員一人ひとりが意思を持ったバリケードであり、状況に応じて戦法を変幻自在に変えてくる。どれほどの学生が、本郷に向かおうとしているのかは分からないが、これだけの敵を相手にしてここに辿り着くのは到底不可能というものだ。

「怪我人が出た！ 救護班の手が足りない。手伝ってくれ！」

突然階下から叫び声が聞こえた。

「どこ？ どこに行けばいいの」

村松が叫ぶ。

「四階テラス、それに五階のバルコニーにもいる」

「依田さん！」

呆然と立ち尽くす美佐子に、村松が救急箱を押し付けてきた。足が動かない。その間にも村松はバリケードをよじ登り、階下に向かおうとしている。美佐子が続く様子がないことを見て取ったのか、「依田さん！」鋭い一喝が飛んだ。「私たちの役割は飯炊きだけじゃないのよ！ 怪我人がでたら救護に当たる。そのためにここに留まったんでしょ。何をしてるの」

居合わせた数人の女子学生の視線が一斉に自分に注がれるのが分かった。

「私が行く。それ貸して」

中の一人が美佐子の抱えた救急箱に手を掛けた。

「いい。私が行く」

美佐子はそう言うと、箱を小脇に抱えてバリケードによじ登った。

負傷した学生のことが気になったからじゃない。ただ、ここに留まり刻一刻と迫ってくる運命の瞬間を待つよりも、何かに没頭している間は、後悔の念や恐怖を忘れることができる。そんな気がしたからだ。

狭い階段を覆ったバリケードを階下に向かって這って進んだ。堆《うずたか》く不規則に積み上げられたスチール製のロッカーや机の上部は凹凸《おうとつ》が激しく、乗り越えて前に進むのは楽な作業ではなかった。ましてや灯一つない闇の中を進むとなれば尚更《なおさら》のことだ。突きだした角にジャンパーが引っ掛かり、ナイロンの布地が裂ける。重心を移しながら一つ前に進む度に、肘や膝に激痛が走った。

やっとの思いで五階に辿り着くと、

「私は四階に行く。五階は頼んだわよ」

村松はそう言い残して、更に階下に向かって這い降りて行く。

一人になった美佐子は、五階のフロアーの中央にある廊下を埋め尽くしたバリケードを乗り越え、ようやくバルコニーに通じるドアに行き当たった。考えている時間などなかった。力を込めてドアを押し開けると、真冬の日差しが目を射た。内部と比べ物にならないほどに立ち込めた催涙ガスに、たちまち涙が噴きだしてくる。猛烈な放水が頭上から降り注ぎ、衣服がずぶ濡れになった。

「怪我人はどこ!」

美佐子は叫んだ。

「こっちだ! 早く!」

ヘルメットを被り、マスクで顔を覆った学生の一人がバルコニーの一画を指で示した。見ると、顔面が血で真っ赤になった一人の男が横たわっている。駆け寄ろうとした美佐子に、

「頭を上げるな! やつらガス銃で狙って来るぞ!」

その言葉が終わらないうちに、唸《うな》りを上げてガス弾が頭上を掠《かす》めた。それは背後の壁に当たると、床に転がり、白煙を上げ始めた。長さは二十センチ、直径は四センチほどだろうか。プラスチックの弾体の先端に、木部と長さ一センチほどの鉄パイプが

ついている。

確か、二十メートル離れてもベニヤ板を撃ち抜くほどの威力があると聞いたことがある。こんなものの直撃を食らったのでは、ひとたまりもない。

幸いバルコニーは胸の高さまであるぶ厚いフェンスで囲まれており、弾を避けるのには好都合な作りになっていた。それに沿って積み上げられた投石の山、火炎瓶――。負傷した男はその間に力なく横たわっていた。口元を覆った手を払いのけると、唇がザックリと裂けている。かろうじて歯茎に繋がっている歯が鮮血の中で生々しく光った。

「ガス弾が掠ったんだ」

背後から誰かが叫んだ。傷を負った男の視線は定まらず、意味の分からない言葉を呟《つぶや》いている。その度に鮮血が口から溢れだし、顎《あご》を伝って滴り落ちた。

「喋《しゃべ》らないで！　しっかりしなさいよ」

一目見て、とても素人には手に負えない傷だということは分かったが、美佐子はとりあえず救急箱の中からガーゼを取りだすと、傷口に押し当て止血をするために手に力を込めた。

「痛《い》てえ……痛てえよう……」

情けない声が男の口から漏れた。

容赦《ようしゃ》ない放水が頭上から降り注ぎ、傷口に当てたガーゼをたちまち濡らして行く。染み出した鮮血が淡い色に変わる。放水の合間を縫って、「死ねえ！　てめえら死ねえ」、背後から学生が叫ぶと、火のついた火炎瓶を投げる。方向は大講堂の屋根だ。

「機動隊はどこまで来ているの」

「もうすぐそこだ！　君は手当てが済んだら上に戻れ。ここは俺たちが死守する。それにこの分だと他でも怪我人が出ているだろう。いくら手があっても足りないはずだ」

「でも、この人を……」

「どこに連れて行ったって同じことだ。逃げ場なんかありゃしねえんだ」

男の言うことに間違いはない。もはや落城は時間の問題だった。美佐子は無駄なこととは知りつつも、濡れたガーゼを取り換えると、さっき来た道を引き返し、再び八階へと戻った。

長い時間が流れた。

午後三時を少し回った辺りになって、数人の男子学生が肩で息をしながら、バリケードを這い上がってきた。

「大講堂に機動隊が侵入した！」

そこは安田講堂の三階の正面玄関を入ってすぐのところにあり、籠城学生の拠点となっていた。玄関のバリケードは、特に頑丈に補強がなされている上に、四階と五階の両側に張り出した屋上には多くの学生たちが、機動隊の侵入を阻止せんと膨大な量の石と火炎瓶を準備して留まっているはずだった。三階の大講堂が突破されたとなれば、機動隊は一気に講堂内になだれ込んでくる。

「正面玄関のバリが突破されたの？」

戻っていた村松が顔を引き攣《っ》らせながら訊ねた。

「玄関は無事だ。さすがに連中もあそこだけは手をこまねいている。下から来たんだ。一階、二階と登ってな」

男子学生は切迫した口調で言うと、屋上に向かってバリケードを登って行く。どちらにしても状況に変わりはない。最大戦力が立てこもっていた三階は機動隊の手に落ちたのだ。

美佐子は四階テラス、五階のバルコニーを見渡せる窓に歩み寄り、様子を窺った。砕かれた石、火炎瓶が散乱する中に、機動隊員たちが次々になだれ込んでくるのが見えた。「ここは俺たちが死守する」と言った学生の言葉が思い出された。当然、真昼の白兵戦が繰り広げられるとばかり思っていたが、学生たちは抵抗する素振りもなく、一斉に手を上げ降伏した。

四階、五階が落ちたとなれば、ここまでは一本道である。もちろん、辿り着くまではそれ相応の抵抗はあるだろうが、残る戦力は限られている。いずれにしても、敗北は決定的だった。

それでもまだ、最後の一人まで徹底抗戦を挑むつもりなのだろうか。それとも列品館に立てこもった学生たちと同様、白旗を掲げるのだろうか――。

美佐子は、どうしたらいいのか判断がつきかねた。ここに留まり、機動隊員によって検挙されるのを待つのか。それとも屋上にいる学生たちと最後まで行動を一緒にすべきなのか。

瞬間、鷲津の顔が、『闘争ってのは、結局のところ自分との戦いだ。他人とのものじゃないってことさ』と言った言葉と共に脳裏に浮かんだ。

あの鷲津はどういう行動をとるつもりなのだろう。自分との戦いに、どう決着をつけるつもりなのか。彼の話を聞けば、自分がとるべき行動のヒントが隠されているような気がした。

美佐子はその場を離れ、螺旋階段を屋上へと向かおうとした。積み上げられたバリケードに手を掛けたその時、見上げた先に人影が見えたかと思うと、屋上から次々と学生たちが降りて来た。階下からも機動隊の検挙を逃れた学生たちが姿を現す。その数はざっと九十人ほどだろうか。狭いフロアーはたちまち人で埋め尽くされた。

時計台放送が鳴りを潜めた。投石の音も、火炎瓶が炸裂する音も聞こえない。放水も止んだ。不気味なまでの静寂が室内、キャンパスを支配した。

誰の顔にも疲労の色がありありと浮かんでいた。催涙ガスのせいで目は充血し、目蓋は赤く腫れ上がっている。無理もない。安田講堂の攻防戦が始まって以来、三十四時間近く、一睡もすることができずに抵抗を続けてきたのだ。絶え間ない放水に晒《さら》された衣服から、水が床に滴り落ちる音が静かに響いた。

美佐子は鷲津を探した。しかし身動きするのもままならない状況では、彼の姿を見つけだすのは困難だった。やがて、一人の男の声が人垣の向こうから聞こえた。

「諸君。残念ながら、安田は間もなく権力の手によって落とされるだろう。しかし、我々の戦いは敗北ではなかった。全国の学生が我々の戦いに力を得て、一斉に立ち上がろうとしている。今この瞬間にも我々の危機を救わんと、身を挺してここ安田に向かわんと戦いを繰り広げている。ここで我々が戦いを放棄することは、立ち上がった同志への裏切りである。我々は最後まで抵抗しなければならない。武器はなくとも、あくまで戦う。その旗幟《きし》を鮮明にし、蜂起した同志を力づけようではないか！」

何とも白々しい言葉に聞こえたが、集まった学生たちはそう取らなかったらしい。果たして、歓声が上がると、続々と屋上へ続く螺旋階段を登り始めた。一人、また一人……。しかしそこにも鷲津の姿を見つけ出すことができなかった美佐子は、彼の姿を追い求め、最後に列に続いた。

八階よりも狭い屋上に、九十人もの学生が詰めかけたせいで、混雑は更に増していた。美佐子がドアを出たところで、鉄の扉が閉められロックされた。これで美佐子自身の退路も断たれたことになった。

誰かが自分たちの連帯を鮮明にするために、『インターナショナル』を歌おうと言い出した。

ロシアに革命の嵐が吹き荒れた二十世紀前半、革命家たちが革命の成功と共産主義勝利を願い好んで口ずさんだ歌だ。

学生たちが一斉にスクラムを組む。インターナショナルの合唱が始まった。

起《た》て飢えたる者よ　今ぞ日は近し
醒めよ我が同胞《はらから》　暁《あかつき》は来ぬ

暴虐の鎖断つ日　旗は血に燃えて
海を隔てつ我等　腕《かいな》結びゆく
いざ闘わん　いざ奮い立て　いざ
ああインターナショナル　我等がもの
いざ闘わん　いざ奮い立て　いざ
ああインターナショナル　我等がもの

セクト旗が振られて、屋上はにわかに活気づいたが、それで状況が変わったわけではない。美佐子もインターナショナルを、雰囲気に流されるままに口ずさんではみたものの、かつては血が沸き立つのを覚えた歌詞もメロディーも空《むな》しく思えてならなかった。

時計台放送を通じてメッセージが流れ始めた。

『我々の最後のメッセージをお送りします。国家権力に支えられ、近代的装備を持った機動隊に対し、我々が無防備に近い肉体によってなぜ戦いを止めないか、皆さんに考えていただきたい……』

今までのアジ演説と違って、一語一句を明確に訴えるような口調。それが安田講堂落城の時近しを一同に知らしめた。

やがて屋上への最後の防壁となった鉄の扉を破壊すべく、エンジンカッターの刃が食い込む音が響き始めた。たった一枚の扉は思ったよりも堅牢で、一時間を過ぎても一向に破壊される様子はない。しかし、この扉一つ隔てたところに機動隊がいる。これが破壊されたら、もう終わりだ。

プレッシャーは時間が長引くにつれ、学生たちに重くのしかかった。金属と金属が触れ合う音が響き渡る度に、確実に学生たちの戦意は喪失し、中には蹲《うずくま》り、涙ぐむ者さえ出る始末だった。

全員の視線が、一枚の扉に集中した。その時がいつ来るのか、息を呑んで待っているようにさえ美佐子には思えた。

しかし最後は、意外な方法で決着を見ることになった。

外側の壁に梯子《はしご》がかかったと思うや、一人の機動隊員が姿を現した。

「抵抗するな！」

姿を現したといっても、梯子を登ってきたのはたった一人である。当然誰かが反撃に転じるものと美佐子は思った。上半身をこちらに乗りだした、その男をちょいと後ろに押してやれば、間違いなく屋上から四階に向けて落下して行くだろう。もちろん、機動隊員の命はないが、元よりそのつもりで投石を行ない、火炎瓶を投げつけてきたのだ。しかし、そうした行動に出る者はただの一人もいはしなかった。

突如、しばらく鳴りを潜めていた時計台放送が息を吹き返した。

『我々の闘いは勝利だった。全国の学生・市民・労働者の皆さん、我々の闘いは、決して終わったのではなく、我々に代わって闘う同志の諸君が、再び解放講堂から時計台放送を行なう日まで、この放送を中止します』

それが最後の抵抗だった。

梯子を登って一人、また一人と機動隊員が屋上に下り立つ。学生たちは素直に手を上げて、その場に並んだ。隊員の一人が扉を開けると、そこから満を持していたように、機動隊員たちがなだれ込んでくる。

「検挙！」

隊長だろうか、一人の機動隊員が叫ぶと、学生たちの間に動揺と怯えの色が走った。

「勘弁して……」

「乱暴はするな」

学生たちの間から懇願するような声が漏れた。

その言葉を聞いて、美佐子は自分が没頭してきたものの正体をはっきりと悟った。私たちがやってきたのは革命なんかじゃなかった。体制に楯突《たてつ》くことが学生の特権と思い込み、単に騒動を楽しんでいただけだったのだ。運動なんて気取ってはいても、所詮は単なる革命ごっこに過ぎなかったのだ。

手を上げた美佐子の腕を機動隊員がむんずと摑むと、躊躇することなく手首に手錠が嵌《は》められた。

がちゃり――。

瞬間、美佐子は自分が支払った代償の重さを初めて知った。かつて経験したことのない恐怖が込み上げてきて、へたり込みそうになった。いや実際、機動隊員に体を支えられていなければ、本当にそうなってしまっていただろう。

手錠を嵌められた学生たちが次々に屋上から連れ出されて行く。美佐子もまた重い足を引きずりながら、腕を押さえられたまま出口へと歩き始めた。

その時だった、まだ手錠を掛けられていない学生の群れの中に、鷲津の顔が見えた。一人の機動隊員が彼の手に手錠を嵌めようとした瞬間、わずかな隙を狙ったかのように、鷲津の手が後ろに回った。手には短い鉄パイプが握られていた。

「触るな!」

鷲津の鋭い一喝が飛んだ。同時に鉄パイプが機動隊員の顔面目がけて振り降ろされた。肉と骨が潰れる鈍い音がした。機動隊員が後ろにのけ反《ぞ》って倒れて行く。噴きだした鮮血か肉の断片か、黒い塊が宙を舞うのがはっきりと見えた。

「鷲津さん！」

思わず美佐子は叫んでいた。声が彼の耳に届いたのかどうかは分からない。

「そいつを押さえろ！」

「逮捕！」

機動隊員の間に怒号が飛び交った。いくつもの濃紺のヘルメット、出動服が鷲津に飛びかかって行くと、たちまちのうちに床に押し付ける。自由を奪われた鷲津の手から、鉄パイプが転げ落ちる。無防備になった顔面に機動隊員の籠手《こて》に覆われた拳が二度、三度と叩き込まれる度に鷲津の鼻からは夥《おびただ》しい血が流れ、口もまた血にまみれて行った。

「行け！　歩け！」

機動隊員が先を促して来る。美佐子は何度も後ろを振り返りながら、屋上を後にした。狭い螺旋階段を一列になって歩きながら、何で鷲津は最後の最後になってあんな暴挙に出たのだろうと考えた。

将来に絶望した自分自身の気持ちに決着をつけるためか。それとも、最後まで自分の信念を貫き通そうとした感情の爆発だったのか――。

いずれにしても、彼が今の行為に対して支払わなければならない代償は、自分たちと比べて遥かに重いものであろうことは紛《まぎ》れもない事実だった。

鷲津はいったいどうなるのだろう。

自分の将来に対する不安、それに鷲津のこれからが気になって、美佐子の心は千々《ちぢ》に乱れた。

しかし、それも長くは続かなかった。講堂の外に出ると、籠城学生たちが検挙される様を写真に撮ろうと、多くのマスコミが群がってきた。無数のフラッシュが薄暗くなった構内に瞬く。

「女だ！　女がいるぞ！」

誰かが叫んだ。

「撮らせろ！　ツラを見せろ！」

罵声と怒号が飛び交う。機動隊員が勝ち誇ったように、美佐子の顎に手を掛けると、ぐいと上げた。そうはさせじとする美佐子の顔が苦痛で歪《ゆが》んだ。唇が歪み、歯が剝き出しになるのが分かった。

ゲバ学生に相応しい、さぞやひどい顔が収められたことだろう。これなら却《かえ》って好都合というものだ。

自分の顔が新聞や週刊誌の一面を飾ることがあっても、気が付く人間などそうはいまい。これから先は厳しい取り調べが続くだろうが、もちろん美佐子は完黙を貫くつもりだった。もっとも、東大に最後まで籠城し、安田講堂を破壊し尽くしたセクトの一味とみなされれば、不起訴、釈放となるのは難しいかもしれない。だが、自分は機動隊に火炎瓶はおろか、石一つ投げてはいない。危害を加えるような行為に加担していないとなれば、問われる罪は建造物侵入、不退去、公務執行妨害がせいぜいで、いずれにしても微罪だ。もちろん、顔写真、指紋といったデータは警察に永久保管され、今後公安にマークされることは変わりがない。それはそれで面倒極まりないことだが、前科を負ってこれから先を過ごさなければならないよりは遥かにマシだ。

しかし、もし自分の顔写真がメディアによって報じられてしまえば、話は違ってくる。親はともかく、友人、知人……多少でも面識のある人間に気が付かれれば、この汚点は一生ついて回ることになる。

二度と運動なんかに参加しないと決めた以上、将来を考えれば、いずれにしても自分の正体を誰にも悟られないこと、それが美佐子にとって最も重要な課題だった。

銀杏並木には、窓を金網で覆った灰色の護送車が待ちかまえていた。次々に連行される学生たちで、護送車はたちまちいっぱいになった。やがて、ドアが閉められると、護送車は東大正門を抜け、本郷通りに出た。周辺は安田講堂攻防戦を一目見ようと集まったやじ馬でごった返していた。

短い距離を走り本富士署に連行された。

最初に写真を撮られ、指紋を採取された。それが終わると早々に、取り調べが始まった。調書を前にして、氏名や住所、学校名を尋ねられたが、美佐子は沈黙を守った。

「お前も黙秘か」

取調官が訊ねてきた。

美佐子は当然だとばかりに頷いた。

「やれやれ……」

中年の係官は、頭を掻《か》きながら溜息《ためいき》をついた。

「お前等、そうやって黙ってりゃ、拘置期限が過ぎて不起訴、釈放になると思ってるんだろうが、世の中そんな甘いもんじゃねえぞ。どんだけ社会に迷惑かけたか分かってんのか。東大は、お前等が構内をめちゃくちゃにしたお陰で、今年の入試がやれるかどうかって状況だ。もしも入試が実施できないなんてことになりゃ、東大目指して勉強してきた学生はどうなる。お前等のおかげで、人生が狂っちまうかも知れねえんだぜ」

以前の美佐子なら、権力の手先を養成するような学校などを目指すのが、そもそも間違いなのだと、意にも介さなかっただろうが、その権力の前にいとも簡単に降伏した学生たちを目の辺りにした後では、さすがに後ろめたさを感じる。しかし、だからといって、自分の正体を明かす気はなかった。

「一応、検挙理由を言っておくからな」取調官は、また一つ小さな溜息を吐くと、

「建造物侵入、不退去、公務執行妨害。罪状はこの三つだ。今後の展開次第では、それに凶器準備集合罪、傷害が加わるかも知れねえが……」

そんな罪状が適用されるわけがないことは分かっている。もし、適用しようとするなら、それに該当する行為を実際に行なったかどうかを証明するのは誰でもない、警察だ。彼らが摑んでいる事実は、自分があの場所にいた。ただその一つしかない。

「何しろ、今日の東大の攻防戦だけでも、警察には何百人もの負傷者が出てるんだ。お前、どっかのセクトに属してるんだろ。だったら弁護士呼べよ」

その手に乗るもんか、と美佐子は思った。確かにセクトに属した際に、警察に捕ま

った時に備えて、セクト御用達《ごようたし》の弁護士が控える電話番号をごろ合わせで暗記させられてはいた。だが、一旦弁護士を呼べば、その時点で自分の身分を明かすことに繋がる。そんなことができるはずがない。

「自分でも身元を明かさない。弁護士を呼ぶつもりもない。あくまでも完黙かよ」

美佐子は無表情を装って、男の顔を見つめた。それが答えだった。

「分かったよ。まあ、拘置期限は二十三日もあるんだ。今日は捕まった連中を、一通り調べなきゃならねえからな。あんた一人に拘《かかず》っている時間はねえ。留置場で頭を冷やすんだな」

取調官は、背後で調書を取っている若い男に合図を送った。

「本富士二十三号、今日の調べはこれで終わりだ。立て」

拘置された検挙者は留置場の番号で呼ばれる。本富士二十三号。それがこれから当分の間、美佐子の名前になるのだ。

「全くどいつもこいつも世話焼かせやがって。昨日と今日の二日間、東大構内の検挙者だけでも六百三十一人だぞ。いったいどうやってこんだけの人数を拘置期限内に取り調べろってんだ」

美佐子は取調官の毒づく声を背中で聞きながら、留置場に向かった。

第三章

霞が関の官庁街から歩いて数分のところに、日比谷公園を見下ろすように建っているオフィスビルがある。大理石で覆われた広いロビーを奥に進み、ダウンライトに照らされた地下一階へと続く階段を下りると、ぶ厚いオーク材でできた扉に行き着く。その傍らの壁面には、金文字で『ＭＥＲＭＡＩＤ』と記された小さなプレートが掲げられている。通りに面して設置されたビルのテナントを示す看板には、同様の文字が記されてはいたが、それが何かを知るものはごく限られた人間しかいない。

ＭＥＲＭＡＩＤは会員制のレストランで、メンバーになるに当たっては決して安くはない入会金を支払う以前に、厳格な資格審査を受けなければならない。つまり財力だけでなく、メンバーに名を連ねるに相応《ふさわ》しい社会的地位があって初めてこの店への出入りを許されるのだ。

有川崇は、ゆっくりとした足取りで階段を下りると、ドアを引き開けた。普通の店ならば、出入り口の近くに置かれているはずのレジもここにはない。MERMAIDでの飲食代は月末にまとめて請求される仕組みになっており、マホガニーでできた小さな受付とクロークがあるだけだ。エントランスの両側の壁は、煉瓦《れんが》が一面に貼られ、その一つ一つにメンバーの名前が彫り込まれている。

まだ早い時間のせいか客の姿はまばらで、光量が程よく調節された照明を反射する調度品が、重厚な輝きを放っていた。

「有川様、お待ちしておりました」メンバーの顔と名前をしっかりと頭に叩き込んでいるマネージャーが丁重に頭を下げると、「本日は、個室をご用意するように承《うけたまわ》っておりますが、それでよろしゅうございますね」慇懃《いんぎん》な語調で訊《たず》ねてきた。

「それでお願いします。料理は連れの者が来てから頼むことにするが、これといったものはあるのかな」

「牡蠣《かき》のいいものが入っております。メインには鴨がお奨《すす》めでございます」

「牡蠣に鴨か……。この時期ならではのものだね」

「牡蠣は唐桑《からくわ》産のブロン、鴨は金沢の青首のものが。しかも網で捕ったものでございます」

「そりゃあ美味《うま》そうだね。是非……と言いたいところだが、相手が何というかな。ジビエには好き嫌いがあるからねえ」

崇は大蔵省にいる時とは打って変わってリラックスした声で言うと、マネージャーの案内で奥へと入って行った。ゆったりとしたスペースでテーブルが並ぶメインダイニングの奥には、寿司を供するカウンターがある。それを横目で見ながら、カーペットが敷き詰められた通路を更に奥へ進むと、個室が並ぶ一画に行き着く。

「こちらでございます」

部屋の中は、壁にシャガールのサインが入ったリトグラフが掛けられており、サイドテーブルの上にはガレのテーブルランプが置かれていた。糊《のり》の利いたテーブルクロス。程よく使い込まれた革張りの椅子。初めて食事を共にする女性を迎えるには申し分のない雰囲気だった。

マネージャーが一礼して下がったあと、一人になった崇は、背広の内ポケットに手を入れ、封筒を取り出した。中には二枚の写真と釣り書が入っていた。

釣り書の内容は完全に頭に叩き込んでおり、今更見るまでもない。崇は二枚の写真を交互に見やった。一枚はスナップ写真で、夏に撮られたものらしく、ノースリーブのワンピースを着用したものだった。ゆったりとしたデザインのせいで体の線ははっきりしないが、ウエストに巻いたベルトの食い込み具合が、服の下に潜む豊満な胸と、左右に張り出したヒップの具合を殊更強調している。

もう一枚は、見合い写真用に撮ったものだろうか、艶《あで》やかな振り袖を着たもので、アップに整えた髪の下で微笑《ほほえ》む顔からは育ちの良さと共に、今花咲かんとしている妙齢の女性特有の仄《ほの》かな色香が漂ってくるようだった。

この女が、俺のモノになるのか……。やはり俺はついている。

思わず頬の筋肉が弛緩《しかん》した。正直言って、自分の伴侶になる女に多くのことを望むつもりはなかった。条件はただ一つ。この国の権力の中枢に入り込み、やがてその頂点に立つ。その足がかりとなる家柄を持ち合わせている女なら誰でもよかったのだ。それを手にできるなら見栄えなどどうでもいい。世の男が目を背けたくなる醜女《しこめ》でも、夜の営みは、灯を消す、あるいは毛布を被《かぶ》せてしまえば同じことだとさえ思っていた。

それがよりによって全ての条件を満たす相手との縁談が持ち込まれるとは――。これは願ってもないチャンスだ。何が何でもこの女との縁談は成就《じょうじゅ》させなければならない。

崇は最後に二枚の写真を交互に見ると、それを封筒に戻し、内ポケットにしまい込み腕時計を見た。約束の時間は午後八時。まだ五分ほどの時間があった。

静かにドアがノックされた。

「どうぞ」

崇は椅子から立ち上がり、スーツを整えながら言った。

「お連れ様がお見えでございます」

ドアを開けたマネージャーの背後に、幾度となく写真で見た女が立っていた。白井尚子だった。

コートはクロークに預けて来たのだろう。濃紺のツーピースに身を包んだ尚子は、緊張しているのか目を伏せたまま視線を向けることはなかったが、

「お待たせいたしました。白井尚子でございます」

それでも凛《りん》とした声で名乗った。

「いや、私もついさっき来たところです。さあ、どうぞこちらへ」

崇はざっくばらんな口調を装い、大仰《おおぎょう》な仕草で正面の席を勧《すす》めた。

マネージャーがすかさず椅子を引き、尚子を席につかせた。

「あのう……」

初対面の人間を前にして、挨拶《あいさつ》を述べようとしたのだろう、尚子が口を開きかけたが、

「尚子さん。堅苦しい挨拶は飲み物を注文してからでいいでしょう。何にします?」

「有川さんにお任せいたします」

尚子は相変わらず目を伏せたまま答えた。

「アペリティフを頼むにしても、料理を先に決めなければいけませんね。ここは和洋どちらでも好きなものを選べましてね。どうぞご遠慮なさらずに、お好きなものを」

「こちらのお店のことは有川さんがよくご存知でしょうから、お任せいたします」

「そうですか。尚子さん、ジビエはお好きですか」

「ええ、父が岩手の出なもので、お正月は雉《きじ》の雑煮と決まってるんです。そのせいで、この季節ジビエはよくいただきますわ」

「それは良かった。今日は金沢の青首が入っているそうなのです。それにブロンも。もしよろしければ、それにしませんか」

「はい」

「お酒は?」

「お付き合い程度でしたら……」

「じゃあ、僕はアペリティフにドライシェリーをいただきますが」

「私もそれで……」

尚子は初めて目を上げると、口元から微かに白い歯を覗《のぞ》かせた。

背筋が粟立《あわだ》った。脳天から足の指先に繋《つな》がる神経に痺《しび》れたような感覚が走った。

長い睫毛《まつげ》の下の瞳は黒く、夜空に輝く星を反射する泉のような透明感と澄んだ輝きを宿していた。真っすぐに通った鼻梁《びりょう》、そして形のいい唇……。目《ま》の辺りにする尚子は、写真で見るよりも遥《はる》かに魅力的な女性だった。

「君、聞いての通りだ。それからワインリストを頼む」

「かしこまりました」

マネージャーがドアを閉めると、

「改めまして、白井尚子でございます」

尚子は、立ち上がると慎ましく頭を下げた。

「有川崇です。本日はわざわざお越しいただき光栄です」崇もまた、丁重に礼を返すと椅子に座りながら、「本来でしたら、仲を取り持って下さった次官が同席するところですが、お忙しいことに加え、堅苦しい儀式めいたことをする時代でもあるまい、お互い素性は間違いないのだから、端《はな》から二人で会った方がいいだろうとおっしゃいましてね。それに尚子さんが今回の話をお断りになるにしても、親同士が会ってしまったのでは、気まずい思いをしないとも限らないと」

崇は、尚子の気持ちを和《やわ》らげようと、軽口を叩き、声を出して笑った。

「お見合いというものは、どちらにしても『ここから先は当人同士で』ということになるものでしょう。それなら最初から二人でお会いするのと変わりありませんわ」

尚子は、もの柔らかに応えながら、くすりと笑った。

「前にもお見合いの経験が？」

「いいえ、これが初めてです。だって、私、去年大学を卒業したばかりなんですよ」

「いやあ、僕は大学を卒業するとすぐに結婚する人間を見てきましたからね。尚子さんなんか立派な適齢期ですよ」

「大蔵省の方は皆さんそんなに結婚がお早いの？」

「いや、そうじゃないんです。アメリカの話です」崇は、巧みに自分の売りの一つであるアメリカ時代の生活に話題を振った。「あの国は世界の大国を気取っていても、田舎者の集まりですからね。ニューヨークやロスなんていうのは例外中の例外、国の中に別の国があると考えていいんです。そんな環境で暮らしていれば、若い人間の余暇の過ごし方も限られる。日が高いうちはスポーツに汗を流し、日が暮れればデートを楽しむ。そんなライフスタイルが高校生の頃になるとでき上がってるんです。そして大学を卒業すれば、そのまま結婚して家庭を持つ……」

「私は、アメリカといえば、そのロスとサンフランシスコにしか行ったことがなくて、そんな事情はとんと存じ上げませんでしたわ」

「もっとも、大都市の、それも将来を嘱望された学生が集う大学は少し事情が異なります。男女のいずれを問わず、キャリア志向が強いですからね。家庭を持つことよりも先に、自己実現のために社会に出て行く傾向が強いのです。それに卒業生の多くが更に上の大学院《グラジュエイト・スクール》で学位を取るのが当然と考えていますからね。どうしても結婚は遅くなる。その点は我が社の連中と似たところがあるんです。何しろ仕事が仕事ですからねえ。毎晩帰りは午前様。なかなか女性と知り合う機会がなくて」

「その割には随分日焼けをなさっているように見えますが」

「そりゃあ、いくら忙しいといっても休みはありますよ。忙中閑《かん》ありというやつです」崇は大仰に溜息をついて見せると、「暇ができればこの時期はスキー、夏はテニス、ゴルフも少々……それも日頃の運動不足を解消するために、朝から夕暮れまで滑りっ放し、コートに立ちっ放し、ゴルフはラウンドハーフ……。大学の体育会ばりに運動するんです。それが僕の唯一のストレス解消法なんですよ。尚子さんはスポーツはお嫌いですか」

「学生時代はテニスをやっておりました。もっとも私は同好会でしたから、ほんのお遊び程度」

「それなら今度是非ご一緒したいものですね。日にちを決めていただければ、コートを予約しますよ」

崇は皇族がメンバーに名を連ねる、麻布にあるテニスクラブの名をさり気なく口にした。

「私なんか、足手まといになるだけですわ……」

尚子ははにかむような笑いを浮かべながら言葉を濁したが、満更でもない様子であることを崇は見逃さなかった。

ドアがノックされると、マネージャーが銀のトレイに載せたアペリティフを運んで来た。クリスタルのグラスの表面は、早くも微細な露の被膜で覆われている。

「それじゃ、今夜の出会いに……」

崇は捧げ持ったグラスを合わせると、冷えたシェリーを口に含んだ。

マネージャーが頃合いを見計らってワインリストを差し出してきた。

「尚子さん、ワインはお詳しいの？」

「いいえ、私はその方はさっぱり……。有川さんにお任せいたしますわ」

「じゃあ、今日はカリフォルニアのワインで行きましょう。ここのコレクションはなかなかのものでしてね、最近ではへたなヨーロッパのワインよりもカリフォルニアの方が美味いものがあるんです」

崇はそう言い、ワインリストを眺めると、白はロバート・モンダビのシャブリの九四年を、赤はオーパス・ワンの八二年をオーダーした。ワインの値段だけでも、キャリアとはいえ国家公務員である崇の月給の四半月分に相当する金額だったが、そんなことは構いはしなかった。そもそもこのＭＥＲＭＡＩＤの会員権にしても、飲食代にしても、全ては有川会に請求されることになっており、自分の懐《ふところ》が痛むわけではない。

「有川さん、二本もオーダーされて大丈夫ですか。私、それほどお手伝いできませんが……」

マネージャーが下がったところで尚子が遠慮がちに言った。ただの女なら、その一言で白けてしまうところだが、尚子が言うと不快感を覚えるどころか初々しさを感ずる。

「何しろ今日は日本でわずかしか作られていないブロンがあると言うのです。それにメインは青首ですからね。やはりワインもそれなりのものを選ばないと。それに、マスコミにいろいろ叩かれ最近でこそ少なくなりましたが、この仕事をしてますとお座敷がかかることが少なくないのです。もちろん、飲んだからと言って、そのまま家に帰ることはめったにありません。適当なところで切り上げ、再び仕事に戻る。ワインの一本や二本で酔っていたのでは仕事になりません。ご心配なく」

崇は豪快に笑うと、シェリーを一息に空けてみせた。

瑞々《みずみず》しいブロンが運ばれて来ると、本格的なディナーとなった。ホースラディッシュを多めに入れたカクテルソースを載せたブロンを頬張ると、仄かな潮の香りとともに、柔らかな甘さと銅の味が口一杯に広がった。それを切れのいいシャブリで洗い流すと、海の精が血流に乗って全身を駆け巡るような陶然とする充足感に満たされた。

それほどは飲めないと言っていた尚子も、初めて経験する味だったに違いない。上品に、小振りのフォークを操る手は休むことなく、三個ほどのブロンをたちまちのうちに平らげ、その間に二杯のワインを飲んだ。

いささか酔いが回ったのだろうか。透き通るような白い肌に赤みが差し、魅惑的な瞳が更に輝きを増した。女性が食べ物を口にする——。その姿がエロティックなものを連想させるということを、崇は初めて知ったような気がした。形のいい唇が開き、大ぶりの乳白色のテロリとした牡蠣が口の中に収まる度に、崇は下半身の一点に熱い血が集中して行くのを感じていた。

やがてメインディッシュの鴨のロースト・オレンジソース添えが運ばれて来た。ワインには不思議な魔力がある。長い年月の眠りから覚めたルビー色の液体は、野趣溢《あふ》れたジビエの奥底に潜んだ旨味を極限まで引き出し、その充足感は尚子の口を饒舌《じょうぜつ》にさせた。

「有川さんは、どうして病院をお継ぎにならなかったのです。全国に五十もの病院を経営なさっているお家の長男ともなれば、医学部を目指されるのが普通でしょう？」薔薇《ばら》色にローストされた鴨の肉片を咀嚼《そしゃく》し、ワインで洗い流したところで尚子は訊ねて来た。「父に聞いたのですが、有川さんは開成時代も常に五番以内の成績を収めていたそうじゃありませんか。理IIIでも慶應医学部でも、望むところへ入れたでしょうに」

「もともと医学の道には興味がなかったんですね。ウチのような環境では特に」

「ご立派な病院じゃありませんか」

「そこが気に食わなかったのかも知れませんね。病院経営者の家に生まれたから家業を継ぐ……。そんなありきたりの人生がね。それに僕は競争が好きなんです。それも自分の能力一つでどこまでのし上がれるか。自分にどれだけの可能性が秘められているのか。到達点を見てみたいんですよ」

どうやらワインが持つ不思議な魔力に引き込まれたのは、尚子だけではなかったらしい。崇は、迂闊な言葉を吐いてしまったものだと後悔した。

考えるまでもなく、今日の自分の地位があるのも、全てが自分の力の賜物《たまもの》だとは言いきれないものがあったからだ。静岡に生まれたにもかかわらず、中学で開成に入学し、東大に進学できたのは、有川家の財力があればこそのことだ。確かに裕福な家庭に生まれたというだけで、最難関の中学に入学し、トップレベルの成績を維持できるとは限らない。しかし、受験はある意味テクニックを駆使するゲームだ。少なくとも、ある程度の能力を持った人間がしかるべき環境に身を置けば、それを身につけることはできる。そういう意味では、学習環境が整備されていない地方の高校を卒業し、同じレベルに到達した人間の方が数段優れているということができるだろう。

もちろん国家公務員上級職試験に合格し、大蔵省に入省できたのは、自分の力で勝ち取ったものだが、ハーバードへの留学はまた別である。アメリカの大学院に外国人が入学する際には、語学能力を証明するＴＯＥＦＬ《トーフル》と大学院別の共通試験を受けなければならない。もちろん、ハーバードクラスの大学ともなれば、最上位の成績が要求される。しかし、ここを目指す人間のスコアなど、誰もが同じようなものだ。そこで物を言うのがキャリアと推薦状である。

ハーバードが世界のあらゆる分野の中心となって活躍する人材を輩出していることはよく知られているが、特にケネディ・スクールはその名の通り、国家の行政の中心を担う人間を養成する場だ。世界に冠たる経済大国日本の大蔵省キャリア。しかも推薦状には一面識もない経団連会長や、ハーバード出身の当時の次官が名を連ねたとなれば落ちるはずがない。卒業生が母国に帰り、その国の中枢で働く存在となれば、それはハーバードにとっても、大学の権威と影響力が増すことに繋がるからだ。

今の自分があるのは、財力に恵まれ、国家という権力の中枢にある組織に身を置くことができたからこそのことだ。自分の能力一つでのし上がったとは、少しばかりおこがましい言葉を吐いてしまった。

崇は、思わず口にした傲慢な言葉を飲み込むように、ワインを啜《すす》った。

「有川さんの到達点というのは何なのかしら」

普通の女なら、傲慢以外の何物でもない言葉を聞けば、白けた顔をするか、嫌悪の色を浮かべて皮肉の一つも言うところだろう。しかし意外なことに、尚子は崇の言葉に興味を覚えたようだった。

「何だと思います？」

考えて見れば尚子がこうした反応を示すのは当たり前のことなのかもしれない。代議士の家に生まれれば、自分の伴侶を意のままに選べないことぐらい先刻承知のはずだ。ほとんどの場合は、家のため、地盤を継ぐための閨閥《けいばつ》づくりに利用される運命にある。

「次官？　いいえ、そうじゃないわ。有川さんが目指しているものはもっと先のものの」

「次官だって同期の中ではトップの人間にしか与えられない椅子ですよ。立派な能力の証明になると思いますがね」

崇は持って回った言い方をした。

「次官は上がりのポスト、それから先はどこかに天下り、外郭団体を転々とするだけでしょ」

「随分厳しいことをおっしゃる」

「最高の能力の証明は、本当の意味で権力を持つ組織の頂点に立つこと」

「つまり」

「大臣……それも一番上の……」

尚子は宙に視線を泳がせ、悪戯《いたずら》っぽく言うと、一転して崇の心中を探るような目を向けてきた。そこには、初めてこの部屋に入って来た時に見せた緊張感や恥じらいは見事に消え失せていた。

「総理大臣？　そんな大それたこと、考えてみたこともなかったな」

「そうかしら」尚子はもう一つのグラスに入った、ガス入りのミネラルウォーターを一口飲むと、微かに付着したルージュをしなやかな指先でそっと拭《ぬぐ》った。「次官なんて所詮は下働きの兵隊の足軽頭。代議士になっても、バッジを付けているだけならただの陣笠。大臣は大名に毛が生えた程度。それで到達点と言えるかしら」

さすがに官僚から代議士に転じた父を持つ家庭で育った娘である。尚子の言葉には官僚や代議士の世界のことを熟知している様子が窺《うかが》い知れた。

確かに、激烈な競争をくぐり抜けたキャリア官僚とはいっても、所詮は一介の公務員に過ぎない。省内には自分と同じ学歴、経歴を持つ者ばかりだ。大学では優劣をつけがたい中で、自らの優位性を見いだすべく、今度は出身高校にまで遡《さかのぼ》りその格を競う。都市部なら、東大合格者を多く出す私立校の出身者、地方出ならばその県のトップスクールの出身者であるか否かといった具合にだ。そして最終的な評価は、いかに省益に貢献したか。つまり数多くいるキャリアや職員たちの、退職後の天下り先をいかに多く確保したかどうかで決まるのだ。

一方の代議士にしたところで同じことだ。国家の政治を担う人間として選出されたにもかかわらず、確固たるビジョンを持ち、実務に精通した議員など数えるほどしかいやしない。大臣にしたところで、国会答弁は全て官僚が事前に用意したものを機械的に読み上げるだけ。しかもそれを恥じ入るどころか、『大臣になんかなるもんじゃないね。SPがつくと煩《うるさ》くてかなわん』。言葉とは裏腹に、鼻を膨《ふく》らまし、驚くほどの厚顔ぶりを発揮する俗人揃いだ。

日頃、そうした人間たちの中に身を置いている崇にとって、そんな人間になることが自分の能力を証明することに繋がるとは考えてはいなかった。

この国を動かす最高権力者は、ただ一人。政権を取った総理大臣ただ一人しかいない。もちろん、歴代の総理大臣の中には、一介の大臣同様、官僚の操り人形に過ぎない者も少なくはなかった。しかし、自分は別だ。少なくともこの国の官僚機構を熟知し、どこをどうつつけば彼らが思い通りに動くのか、その手法を身に付けているという自負があった。あとは、権力への階段をどう登るか。自己実現への道は、ただその一点にかかっている。そしてゴールへ辿り着く、最も早い方法は、この白井尚子を妻に娶《めと》り、白井眞一郎という有力代議士の後ろ盾を得ることだ。

「まあ、こうしてあなたと会うことになったのも、白井代議士が、将来自分の地盤を継ぐに相応しいキャリアはいないかと、国枝次官にご相談なさったのが発端です。もちろん、僕も一介のキャリアで終わるつもりはありませんよ。はっきり言って、国政の場に出たいという気持ちはある。しかしね、政務次官程度なら、何度か当選を重ねればいずれポストは回ってくるでしょうが、大臣、それも総理となると話は別ですよ。実力のある無しじゃない。それこそ、全ては運と巡り合わせの問題ですからね」

崇は、密かに抱く野心を嗅《か》ぎ取られまいと、わざと苦笑を浮かべた。

「官僚としてのキャリアなんて国政の場では別。代議士になったらなったで、丁稚《でっち》よろしく、雑巾《ぞうきん》掛けから始めなきゃならないってこと？」

「それもあります。実に馬鹿げた話ですがね。すでに政策立案能力もあれば、行政に関しての知識も充分に持っている僕たちのような人間でも、一からやり直さないとまともなポストは回って来ない。それがこの国の政治の現実ですからね」

「つまり、有川さんの夢を実現するためには、政治の世界に身を投ずる時期が早ければ早いほどいいということになるわけね」

尚子は念を押すように訊ねてきた。

「そういうことになりますが……。しかし、白井代議士は現職、しかも党の政調会長ですからね。仮に僕があなたと結婚しても、地盤を継ぎ国政に打って出るのはいつのことになるか……」

尚子との縁談は崇の野望を遂げるためには願ってもないことだったが、それが最大の泣き所だった。もし、この縁談が調《ととの》えば、白井眞一郎は有川会の豊富な資金源を背景に勢力を広げ、いずれは一大派閥の長として君臨し、総理総裁のポストを狙うことになる。だがそれは、同時に崇が国政の場に打って出る時期を遅らせることに繋がることを意味する。

「それはどうかしら」

「えっ？」

思わぬ言葉を耳にして、崇は改めて視線を尚子に向けた。

「国枝次官に父がどう言ったかは分かりませんが、父は自分の地盤を継がせるつもりなどありませんよ」

「それ、どういう意味？」

「父は、元々岩手の出でしてね。そこを地盤としている代議士はもう高齢で、次の選挙はともかく、その次の選挙ではおそらく引退するだろうと踏んでいるのです。しかもその方には後継者はいない……」

「それじゃ、その選挙区から君の婿《むこ》になる人間を出馬させようと」

「生き馬の目を抜く政界で、上を目指そうとすれば信頼できる味方が一人でも多いに越したことはないでしょ。ましてや身内ともなればこれほど心強いことはないに決まってる――」

思いもしなかった言葉に、崇は尚子の顔を正面からまじまじと見つめた。尚子の表情には、生臭い話をしたにもかかわらず、何の恥じらいも衒《てら》いもなく、穏やかな笑みを湛《たた》えるだけで、むしろこの縁談の行方を決めるのは自分だという自信を漂わせていた。

やはり、さすがは代議士の家に育った娘だけのことはある。

崇は、清楚《せいそ》な顔立ちの裏に潜む尚子のしたたかさを垣間《かいま》見たような気がしたと同時に、この女こそが自分の伴侶になるに相応しいという確信を抱きながら、縁談を何が何でもまとめ上げなければならないと思った。

＊

『ＭＥＲＭＡＩＤ』を出た時には、時刻は午後十一時になろうとしていた。外はいつの間にか霙《みぞれ》混じりの雨になっていた。

尚子の自宅は世田谷の奥沢にある。送ろうと言った崇の申し出を「有川さんはこれからまだお仕事があるんでしょう」と拒み、尚子は一人タクシーに乗り込んだ。赤いテールライトが首都高速の霞が関ランプに向けて徐々に小さくなって行く。その先にはライトアップされた国会議事堂が見えた。大蔵省の窓には、煌々《こうこう》と灯《とも》が点ってはいたが、もはやそこに戻る気にはなれなかった。

国会開会中は毎日のように足を運ぶ国会議事堂が、いつになく近くに見えた。赤絨《じゅう》毯《たん》を踏むその日がそう遠からず来る。その興奮と、新たな夢への足がかりを掴もうとしている確信が、ワインの酔いと相まって崇の胸中を熱くさせた。

崇はタクシーを拾うと赤坂にあるマンションへ向かうよう運転手に言った。外にいたのはわずかな時間だったが、バーバリーのトレンチコートには無数の微細な水滴が付着していた。フロントガラスを往復するワイパーの虚《うつ》ろな音を聞いていると、たった今別れたばかりの尚子の姿が浮かんでくる。

最初の出会いとしては上々の出来と言っていいだろう。食後のデザートを平らげ、更には食後にリキュールのドランブイまで楽しんだ。店を出る際には、クロークでコートを着せたが、彼女は素直にそれを受けた。柔らかなカシミアの感触。そこに染み込んだ微かな香水の匂い……。思い出すと本能が目覚め、スラックスの股間が窮屈《きゆうくつ》になった。

その一方で、崇はこれからこの縁談をどうまとめにかかるか、その手段を考えていた。

尚子と結婚する。代議士への道が予期していなかったほどの早さで実現する目処《めど》がついた以上、もはや、この話を断る理由などありはしなかった。しかし、問題は肝心の尚子がどう出てくるかだ。確かに感触は悪いものではなかった。しかし、今日の会話の一部始終を思い出してみると、あのお嬢様然とした顔立ちの裏には、一筋縄ではいかないしたたかさが隠されているような気がした。

それはまさに日頃頻繁に顔を合わせる代議士の姿に似ていた。国政を司《つかさど》る選良と言えば聞こえはいいが、大方の議員にそんな自覚はない。連中の行動原理は単純明快で、仕事はといえば、自分の選出された地元にどれほどの仕事を回せるか、単なる斡《あつ》旋《せん》屋に過ぎない。日々押し寄せる陳情者に相槌を打ちながら話を聞く、あるいは利権を与えることを匂わせながら相手の興味を引く。それが奴等の常套《じようとう》手段だ。彼らの本心を知るためには、表向きの顔を二枚も三枚も引っぺがさなければ分からない。腰を上げるか否かは、その仕事が自分の利益に繋がるか否か、その一点にしかない。

思いがそこに至った時、祟の脳裏にふと閃《ひらめ》くものがあった。

利益に繋がるか否か――。代議士の行動原理がそこにあるとすれば、尚子、いや白井家が自分と結婚して得られる利益とは何だろう。もし、白井眞一郎が政界の階段を上り詰めるための基盤を、親子二代が同時に代議士になることで盤石なものにしようと目論《もくろ》んでいるのなら、何も自分でなくともいいはずだ。大蔵省にはそんな人材は掃いて捨てるほどいる。とすると……金か。

白井眞一郎の資金源は、民自党幹事長を務めた源太郎が中興の祖となって大手ゼネコンの一と数えられるまでになった白井建設だ。しかし、白井建設はいまやバブルの後遺症に苦しみ、再建の目処すら立たない状態にある。代議士自ら、あるいは親族が経営する企業の財力を背景にして、政界で絶大な権力を持つに至った人間は数多くいるが、その企業の業績悪化に伴い、権力を失った人間も枚挙に遑《いとま》がない。白井はそれを恐れている。そうに違いない。全国に五十以上もの病院を経営する有川会の長男である自分を娘婿に迎えることで、新たな財政基盤を確保しようとしているのだ。白井建設に匹敵するほどの財力を持った人間は省内広しといえどもそういるものではない。だからこそ、白井眞一郎はこの俺に白羽の矢を立てた――。

祟の顔に不敵な笑いが宿った。

だとすればこの縁談は全く互角のバーター取引ということになる。何も尚子の顔色、白井家の出方を窺う必要などありはしない。いや白井眞一郎の将来がこの縁談の成否如何《いかん》にかかっているとすれば、決定権を握っているのは尚子ではない。この俺だ。

また一つ階段を上がった——。それを確信した瞬間、祟の口から笑い声が漏れた。前席に座る運転手が、ぎょっとした顔をしてルームミラー越しに祟に視線を向けてきた。

「失礼……」

祟の言葉に運転手は小さく頷き、視線を前に戻すと、

「赤坂はどのあたりですか」

と訊ねて来た。

タクシーはすでに溜池《ためいけ》の交差点から、赤坂見附の駅に差しかかっている。

「次の信号を右に曲がってくれ……」

何度か指示を繰り返すうちに、タクシーは赤坂の裏通りに入った。繁華街から少し離れると、周囲の様相は一変し、豪壮なマンションが立ち並ぶ一画に辿り着いた。

「ここでいい」

タクシーが停まった。料金を支払い、路上に降り立った崇は、細い路地をマンションに向かって歩いた。霙混じりの雨の夜に人の姿はない。点々と並ぶ街路灯の光が、狭い路地を薄暗く照らし出している。わずかばかりの距離を歩くと、マンションのエントランスに続く植栽が見え始めた。コートのポケットに手を入れ、鍵を取り出したその手で、マンションの門を押し開いた。その刹那《せつな》、そこに佇《たたず》む人影を見て、崇は足を止めた。ロビーから漏れてくる暖色灯の光の中に浮かび上がった女の顔がこちらを見つめてくる。笹山宣子《ささやまのぶこ》だった。思いつめたような表情を宿す彼女の目に、安堵《あんど》の色が浮かんだ。

「来てたのか……」

冷たいものが高揚した崇の胸中を駆け抜け、急速に熱を奪って行く。

「何度も携帯に電話したんだけど、ずっと留守電になっていたから……」

「それで、ここで帰りを待っていたってわけか」崇は内心で舌打ちをしながら言った。「馬鹿だなあ。仕事が長引いたら、帰りが何時になるか分からないくらいは知ってんだろ」

「終電まで待って、戻らなかったらそのまま帰るつもりだったの」

「君らしくもないな。こんな夜に長いこと外にいたら風邪ひくぞ。仕事に穴をあけたらどうする。外資の銀行のバリバリの為替《かわせ》ディーラーが取る行動とは思えないね」

「だって、今日は……」

宣子は視線を落とすと口ごもった。その手には、スマートな長方形と小振りの正方形の紙袋が二つ、ぶら下げられていた。それを見て、崇は今日が宣子の誕生日であったことを思い出した。

「そうか、今日は君の誕生日だったな」

「誕生日を一緒になんて、子供じみているけど……」

宣子は媚《こ》びるような視線を向けたが、

「悪いが、今日は社内の会合があってね。少し飲みすぎてしまった。誕生日は改めて場を設けるよ」

他人事のような口調で崇は答えた。

「少しだけでいいの。せめてワインを開けて、『おめでとう』って言ってくれるだけでいいの」

「宣子、僕は疲れているんだ。この穴埋めはする。約束するよ。だから今日はこのまま帰ってくれないか」

宣子の視線が落ちた。頭をわずかに傾《かし》げ、崇の投げ掛けた冷酷な言葉に耐えている

ようだったが、やがて顔を上げるとニコリと笑い、

「分かった……また連絡する……じゃあ……」

踵《きびす》を返して門の方に歩き始めた。

霙混じりの雨が宣子の体に降り注ぐ。ベージュのカシミアのコートに無数の水滴が付着し、エントランスから漏れてくる灯を反射して、小さな光を放った。そのうしろ姿を見た瞬間、崇の脳裏に先ほど別れたばかりの尚子の姿が重なった。

「待てよ」

次の瞬間、崇は考える暇もなく宣子を呼び止めていた。

誕生日の夜を自分と過ごすために、長い間待っていた女の労に報いてやろうと思ったわけじゃない。ましてや、悄然《しょうぜん》と肩を落とすうしろ姿に憐愍《れんびん》の情を覚えたわけでもない。尚子とディナーを共にしている間から覚えていた欲望が、宣子という自由になる女を前にして頂点に達したからだ。

宣子の足が止まった。

「入れよ……今夜は泊まっていけばいい」

「いいの？」

振り返った宣子の瞳が輝いた。

「ああ……」

崇はそう言うと、エントランスの壁面に備えられた鍵穴にキーを差し込み、オートロックを解除した。


笹山宣子に出会ったのは、十年前の春、東大のテニスコートでのことだった。この時期、新入生を迎えた大学のサークル活動はにわかに活発になる。女子学生の少ない東大では、他校の女子学生を招いて、練習を共にしたり、合同コンパを開催するのが常だった。

その日は、五月も末に差しかかった休日で、津田塾のテニスクラブと合同練習をしている時、ダブルスのペアを組んだのが笹山宣子だった。垢抜《あかぬ》けたウエアに身を包んだ女子学生の中にあって、素朴ないでたちの彼女の姿は崇の目に新鮮なものとして映った。ポニーテールにまとめた髪。化粧っ気のない顔。そしてプレイの最中にミスをしても、すいませんとだけ言い、媚びる様子もなければ饒舌とはほど遠い口の重さも、この機を利用して東大生をボーイフレンドにしようという魂胆が見え見えの女子学生の中にあって、一風変わった印象を崇に与えた。聞けば宣子は福岡の女子高の出身で、東京で暮らし始めたばかりで、まともに同年代の男性と言葉を交わすのは中学校以来のことだという。中学から東京で暮らし、勉強に追われながらも都会擦《ず》れした同年代の女性とばかり付き合ってきた崇には新鮮だった。

崇が宣子にアプローチすることを決意したのは、深い理由があったわけではない。無色透明にして純朴そのものの女を自分の色に染め上げる。それは崇にとって未知の領域であり、一つのゲームと捉えたからだ。田舎出の娘がファッションに目覚め、化粧を施すようになる。流行《はや》りのレストランを覚え、ブランドものの小物を持つようになる。その変化の一つ一つが、目に見えて現れるようになるのが楽しかった。だが、宣子は崇と付き合うようになっても、容易に体を開くことはなかった。キスまでは許しても、その勢いに任せ崇が胸に手を伸ばそうとした時点で、宣子は身を離し、それ以上の行為を頑《かたく》なに拒んだ。それまでの崇なら、そんな無粋な女は御免だとばかりに、早々に縁を切っただろう。単に欲望のはけ口にするだけの女なら何人もいた。しかし、付き合い始めて半年もすると、宣子は、まるで蛹《さなぎ》から羽化し羽を広げた蝶《ちょう》のように、見事な女へと変貌を遂げていた。それまでに費やした時間と労力を考えると、その代償を得ることなく宣子を捨てることは、ゲームの敗北以外の何物でもない。

この女を落とす。

いつしか崇の中で、それがただ一つの交際継続の理由になっていた。

宣子とついに深い間柄になったのは、出会ってから二度目の春を迎えようとしている頃のことだった。四年生になると、国家公務員上級職試験に向けての勉強に本格的に取り組まなければならない。当然、宣子とはこれまで通りの逢瀬を重ねるわけにはいかなくなる。その事実を告げた時、宣子の態度が一変した。音羽《おとわ》に借りていたマンションで、破瓜《はか》の痛みに耐える宣子の顔を見ながら、崇はついにゲームに勝った満足感を覚えた。もちろん最初の男となったからといって、その責任を取り、彼女と結婚する気などさらさらなかった。地方公務員の家庭に生まれ、閨閥など無縁の環境で育った宣子と結婚しても、自分の将来にプラスになることは何もない。宣子にしても、大学を出れば社会の第一線で働くことを目標としているのは知っていた。結婚どころか家庭を持つという夢を語ることすらなかった。

いつしか宣子は崇にとって、性欲を処理するのに都合のいい女になっていた。公務員試験の勉強に煮詰まると、彼女を呼び欲望を満たす。もちろん避妊を怠《おこた》ることはなかった。

大蔵省に入省しても、関係は続いた。その間も宣子の口からは、一度たりとも結婚という言葉は出たことはなかった。男と伍して社会で働くことを目的とする女と、仕事に忙殺されるキャリア官僚。どちらかが人生の目的を放棄《ほうき》しなければ折り合いがつかないことは明白だった。

この関係はいずれ自然消滅する。

崇にはそんな確信があった。

事実、崇が大蔵省に入省して二年目を迎えた春、宣子は東京にある外資系の銀行に総合職として採用された。それまで週末毎に会っていたのが月に二度になり、ついには一度と二人の関係は疎遠になりつつあった。だが、そんな関係に変化が生じたのは、入省三年目にして崇が国費留学生としてハーバードへ赴《おもむ》き、二年目に入った六月を迎えた時のことである。

ボストンとチャールズリバーを挟んだ所にあるケンブリッジのハーバードの寮に、突然宣子が訪ねてきたのだ。戸口に佇み艶然とした笑みを浮かべる宣子を見て、崇は絶句した。

「驚いた?」

「どうして君がここに?」

崇はやっとの思いで訊ねた。

「MIT(マサチューセッツ工科大学)のスローンスクールに合格したの。アメリカ企業で働くならMBAの学位を持っていなければいつまでたってもただの兵隊。出世は望めないもの」

宣子の言うことはもっともだった。日本ではアメリカは実力勝負の社会だと思われがちだが、大きな間違いだ。アメリカほど学歴がものをいう社会はない。特にビジネスの世界に生きている人間にとって、しかるべき地位を目指そうとするならＭＢＡは必須の学位であると言っていい。そうした背景を考えると、宣子の言葉には説得力があった。

それに彼女がそうした形でケンブリッジにやってきたのは、崇にとっても都合のいいことには違いなかった。

留学生活も四ヵ月を過ぎ、現地事情にも慣れ、学校の様子が分かって来た頃、崇は同じケネディ・スクールに国費留学生として中国からやってきた、一学年上のジージィーという女性と親しく言葉を交わすようになった。北京大学を卒業した彼女は、貿易会社に勤務する父親に付いて、小中学校を東京で過ごしたとあって、完璧な日本語を喋った。肩まで伸びる黒髪。切れ長の目。すらりと伸びた長い足。形のいい胸の膨らみ。何よりも、海外暮らしが長かったせいか、ジージィーの服装や立ち居振る舞いのセンスは、中国人留学生にありがちな野暮ったさは微塵もなく、周囲の学生たちに比べても群を抜いて垢抜けていた。

お互い外地という気安さもあったのだろう、二人で食事をするようになり、やがて自然な流れの中で関係を結んだ。

ジージィーが、ケネディ・スクールを出た後、どんな道に進むのかは分からなかった。ただ、貿易の仕事をしていた父親の姿を見て育ったせいか、行政よりもむしろビジネスの方に興味を持っていることが、言葉の端々から窺えた。急速に経済開放が進み、目覚める龍と言われる中国である。安い労働力を目当てに、西側企業は我先に中国に進出していたが、こうした現象がいずれ中国企業の海外進出へと結びつくことは容易に推測できた。特に、エネルギーや木材、鉱物といった天然資源の調達は、いずれ重要な課題となるはずで、その時に物をいうのはビジネススクールで教わるようなマネージメント知識ではない。国を実質的に動かす人間とのコネクション。特に、まだ発展途上にある国々においては何よりもそれが重要になる。

おそらくジージィーがビジネススクールを選ばずに、ケネディ・スクールへと進学したのは、世界の官界に跨《また》がるコネクションを得る、そんな考えがあってのことだろうと崇は思った。

ジージィーとの関係は、彼女が学位を取得した五月にハーバードを去ると自然消滅した。そこに入れ替わるようにして現れたのが宣子である。異国の地で性欲のはけ口を、労することなく手に入れることができるのは、願ってもないことだった。

しかし今にして思うと、アメリカで過ごした一年間が、二人の絆《きずな》を深めることになったのは否めない。週末には決まってお互いの肉体をむさぼりあった。冬休みにはフロリダに飛び、カリブ海のクルーズを楽しんだ。試験休みにはニューヨークへの旅行にも出掛けた。むしろ日本にいた時よりも濃密な関係が二人の間にはでき上がってしまったのである。

関係は、日本に戻ってからも途切れることはなかった。崇が一足先に帰国してからの一年、そして二十八歳の時に、滋賀県にある都市の税務署長に就任した一年の間こそ、いく分疎遠になりはしたが、理財局総務課長補佐として本省に戻ると関係は復活した。

白井尚子との縁談が持ち上がった今、笹山宣子との関係をどう清算するか。それが崇にとって急務の課題となっていた。

「脱げよ」

部屋に入るなり崇は言った。リビングが二十畳もある2ＬＤＫのマンションは、有川会の名義で借りているものだ。

エアコンは入れられたばかりで、部屋はまだ寒いのに、宣子は嫌がらなかった。まるで崇の言葉に魔力があるかのように、宣子の体からカシミアのコートが床に落ちた。そして上着、スカート、ブラウス……。ダウンライトの下に一糸まとわぬ裸体が浮かび上がった。

崇は彼女が持参してきたワインを開け、ソファに腰を下ろすとそれを無言のまま見つめた。シャトー・トロット・ヴィエイユ一九八八。深いルビー色が印象的なボルドーを啜ると、甘いブラックチェリーとオーク樽からくる燻《いぶ》されたような香りが重なり合い、滑らかな舌触りがした。熟成したワインの味は、目の辺りにする宣子の体そのものを思わせた。

象牙色に輝く肌。滑らかな曲線を描く体の線。発達した形のいい乳房。その先には隆起した乳首が息づいている。そして股間に繁《しげ》る黒い陰り——。

宣子をここまでの女に仕立て上げたのは誰でもない。この俺だ。だが、この裸体を見るのも、そして抱くのも今夜が最後だ。

崇は自分が長い時間をかけて仕上げた作品を見るように、ワインを啜りながら宣子の体を舐《な》め回すように見た。

部屋の温度を上げるために、エアコンから強い暖気が吹き出して来る。宣子の長い髪が微かにそよぎ顔にかかる。

宣子は崇の視線に堪《た》えかね、夢遊病者のような頼りなさで歩を進めようとした。

「動くな！」

崇の鋭い一喝が飛んだ。宣子の動きが止まった。

半開きになった口——。宣子は恍惚《こうこつ》とした表情を浮かべ肩で息を始める。崇はじっと裸体を眺めながら、また一口ワインを啜った。やがて、身中を満たすたおやかな酔いの中に、熱い血が一点に集中し始める感覚が走り始める。窮屈さを感じた崇は、腰をずらしゆっくりとベルトを外した。

「来いよ……」

ようやく崇は許しの言葉を吐いた。待ち構えていたように、宣子が覚束《おぼつか》ない足取りで近づいて来る。彼女は命ずるまでもなくズボンのファスナーを一気に引き下げ、下腹部を剝《む》き出しにすると、怒張したペニスを四つん這《ば》いになって口に含んだ。いや、むしゃぶりついたと言った方が当たっている。隆起した肉棒が充分に潤った粘膜で包まれる。宣子の体温が伝わって来る。舌がその表面を自由奔放に走り回る。

崇はゆっくりとグラスを傾けながら、宣子の行為に身を任せた。十年にわたって味わい尽くした肉体に、今更自ら手を出す気にはなれなかった。やがて、グラスが空になる。それをテーブルに置いた手で、股間に顔を埋めたまま行為に没頭する宣子の前髪を摑み、頭を引き上げた。頸椎《けいつい》が折れたのではないかと思うほど頼りなく、宣子の頭ががくりと上がり顔が露《あらわ》になる。潤んだ瞳、半開きになった口元は唾液と粘液に塗《まみ》れ、白い歯の間から舌先が覗いている。男を迎え入れようとする雌の本能が漂ってくるようだった。その様子からも宣子が充分に自分を迎え入れる状態にあることを悟った崇は、彼女の体を引き上げると膝の上に乗せた。

驚く程のスムーズさで、ペニスが宣子の体の中に飲み込まれる。

切ない溜息が漏れた。宣子は眉間《みけん》に皺《しわ》を寄せ、体内の崇の感触を確かめるように位置を固定し、しがみついてくる。口の粘膜の感触とは違う感覚と熱が伝わってくる。柔らかな肌の下の宣子の筋肉が張りつめる。結合した部分がひくつく。幼子が母親の乳首を求めるように宣子は髪を振り乱し、唇を求めてきた。舌が絡《から》みついてくる。もはや何の思い入れもない女である。それでも申し訳程度に応えてやると、宣子の鼻息が荒くなった。呻《うめ》き声を上げながら、舌が口中を探り唾液が流れ込んでくる。密着した腰を前後に擦《こす》り付けるように動かし始める。それが上下運動に変わると、宣子は唇を離し、声を上げ始めた。目の前で、たわわな乳房が上下する。

酔いのせいか、それとも捨てると決めた女のせいだろうか、ペニスは充分に膨張し硬くなっているにも拘《かか》わらず、放出の予兆はなかなかやってこない。

崇は腰をずらすと体を伸ばし、両足の爪先に力を込めた。神経が結合部分に集中する。亀頭が宣子の膣《ちつ》の前面部分を強く抉《えぐ》り始める。突如、その感触に勢いがついたかと思うと、下腹部から脳天に向けて痺れるような熱が走った。宣子は崇を跨《また》ぐ格好で両足を踏ん張り、中腰になって腰を激しく動かす。断続的に宣子の口から大きな声が漏れる。会陰《えいん》部に熱い塊《かたまり》を感じた崇は、

「どけよ！」

宣子の腰にあてがっていた手に力を込め、上になった体を持ち上げようとした。

「だめ……！」

それが中腰になって上下動を繰り返した疲労からくるものなのか、あるいは絶頂に達したせいかは分からない。宣子は崇のものを飲み込んだまま全体重を結合部分の一点にかけ、深く腰を下ろした。あっと思った時には、ペニスは宣子の中で収縮を繰り返し、先端から熱いものが迸《ほとばし》る感覚があった。狭い空間が滑《ぬめ》りを帯びた放出物で満たされていく。宣子の体が今までになく短い間隔でひくつく。

宣子はがくがくと体を震わせ、崇にしがみついてきた。

放出を終えたペニスが急速に萎《な》えていく。それと同時に、崇の中で後悔の念と怒り

が込み上げて来た。

「どけ!」

崇は、宣子の体を払いのけた。不意をつかれた体がソファから転げ落ちた。彼女の体内から溢れた体液が崇の太股にべっとりとこびりついた。

「何てことをするんだ」崇は立ち上がると、仁王立ちになって宣子を睨《にら》みつけた。

「こんなへまをして、子供ができたらどうする」

「一度くらいで、簡単に子供なんかできやしないわ」

「馬鹿なこと言うな。一度だってできるものはできるんだ。そんなことぐらい、中学生のガキだって知っている。大丈夫なんだろうな」

「何が?」

「決まってるじゃないか。安全日だったかどうかを訊いてるんだ」

「そうじゃなかったらどうだっていうの」

その口調に怯《ひる》んだ様子も、先行きを案ずる気配もない。むしろそうなることを願っている。宣子の目には、してやったり、自分が絶対的優位に立ったといわんばかりの傲慢な表情が宿っていた。

まさか、この女。既成事実を作るために……。

崇の背筋に冷たいものが走ると同時に、自分はこの女を見誤っていたのかもしれない、という後悔の念が込み上げてくる。

「ねえ、崇。今日私がいくつになったか覚えてる？」

そんなことは言われなくても分かっている。

「二十八だろう」

「あなたと付き合い始めてから、もう十年。私だって女よ。子供を産むには決して早い歳じゃないわ」

果たして宣子は、最も恐れた言葉を口にした。

「君が俺の子供を産む？　冗談じゃない」崇はにべもなく宣子の言葉を撥《は》ね付けた。「この際だから一つだけはっきり言っておく。たとえお前が妊娠したとしても、結婚なんかするつもりはない」

別れをどう切り出したものかと思案していたが、こうなれば却《かえ》って好都合と言うものだ。崇は他人事のような口調で応じた。

「それじゃ私と今までどんなつもりで付き合ってきたの。都合のいい情婦だったとでも言うの」

「今更何を言ってるんだ。俺一人が楽しんだわけじゃあるまいし。欲望のはけ口として来たのはお互い様じゃないか。それに子供を産んだら、仕事はどうするんだ。わざわざアメリカくんだりまで出掛けて、MBAを取ったのは、ビジネスの世界で成功を手にするためじゃなかったのか。まさかお前が、結婚して家庭に入るなんて月並みな願望を持っているなんて考えもしなかった」

「もし、私がそういう考えを持っていたら、とっくに私との関係は清算しにかかっていたということかしら」

「ああ、その通りだ」崇はティッシュペーパーで下半身を拭うと、手に触れるのもおぞましいとばかりにそれを屑籠《くずかご》の中に放り投げた。「俺とお前の人生は、決して交わることはない。目指すものが違い過ぎるからな」

「官僚の妻に外銀に勤める女は不釣り合いかしら」

「官僚?」崇は声を上げて笑った。「お前、俺の到達点はそんなちっぽけなものだと思っていたのか」

えっ、という顔をして宣子が口を噤《つぐ》んだ。

「官僚なんか俺にとっちゃ通過点に過ぎない。目指すものはもっと上にある」

「何よ、それ」

「聞かない方がいいだろうね。聞けばお前が俺にとっちゃ何の役にも立たない女だっことが分かっちまう。惨《みじ》めな思いをするだけだ」

「経済力なら今でもあなたよりもずっと上よ。あなたの夢を実現するために、大蔵省を辞めても、私の収入だけで充分養っていけるだけの力はあるわ」

「確かにそうだろうね。お前の今の稼ぎは、俺の五倍以上だ。だがな、金なら俺は不自由しない。考えてもみろよ。一介の官僚がこんなマンションに住めるか？　安月給じゃとうてい賄《まかな》い切れない贅沢《ぜいたく》ができるか？　俺の実家が何をやってるか、知っているだろう」

宣子の視線が落ちた。その口元が屈辱で強《こわ》ばっている。外銀が有能な社員に、日本企業の常識では考えられない高給を支払っていることは知っている。事実、官僚の中にも国費での留学を終え、学位を取得するや否やそれに釣られて転職して行く者が後を絶たない。だが、宣子にしても、キャリア官僚の道を捨てて外国企業に走る連中にしても、崇に言わせれば、所詮は目先の利益に目がくらみ成功者然として振る舞う単なる成り上がり者に過ぎない。

「とにかく、お前がそんな考えを持っていると知ったからには、これ以上関係を持続させるのは無理だ。別れよう」

崇が止《とど》めの言葉を吐くと、宣子は青ざめた顔を上げた。

「私、今日危険日なの……」

「そんなことはどうにでもなる。病院に電話してモーニング・アフター・ピルを処方してもらい、明日君のところに届けさせる。七十二時間以内に服用すれば、問題はないはずだ」

「そんなの絶対に嫌。私、もし妊娠したら産むわ。あなたが結婚してくれなくてもね」

「無茶を言うな」

「アメリカのキャリアでシングルマザーなんてざらにいるわ。一人だって立派に子供を育てて見せる」

宣子はすっくと立ち上がり、ティッシュペーパーを取ると、濡《ぬ》れた股間を拭うこともせずそれを膣に押し当てた。

さすがの崇も瞬時言葉を失ったが、

「宣子。今はもうそんな段階じゃないんだ。お前がここで身を退《ひ》いて、自分の道を歩むか、あくまで我《が》を張って全てをぶち壊すか、二つに一つだぜ」

平静に、即答を促すように言った。

しかし宣子は聞く耳を持たないとばかりに、ショーツを穿くと、

「賭けをしましょうよ」

不気味なほど抑揚の無い声で切り出した。

「賭け？」

「私のお腹にあなたの子供が宿ったかどうか、いずれ分かることだわ。もし、私が妊娠しなかったら別れてあげる。妊娠しても、あなたに結婚してくれとは言わない。だけど、認知はしてよね」

「いやだね」

「いいえ、それだけは絶対に譲れない。あなたがそれを拒むなら、訴訟を起こしてでも絶対に認めさせてみせる」

宣子は、暖色灯の光に照らされて、象牙色に輝く腹を慈《いつく》しむように撫《な》でながら断固とした口調で言い放った。


マンションを出ると霙は雪になっていた。宣子はコートの襟《えり》を立てると、たった今出てきたばかりの祟の部屋を決意を込めた目で見た。

笹山宣子には退くに退けない理由があった。

博多に産まれた宣子の父は、県庁に勤務する公務員だった。仕事柄、決して裕福とまではいかないまでも収入は安定しており、両親と二つ違いの弟に囲まれ、ごく当たり前の環境の中で育った。小学校の頃から、成績がずば抜けて優秀だった宣子は両親の自慢の種だった。学業、家庭環境からいっても、高校に進学するに当たっては地元の公立のトップスクールに進学するものと考えていた宣子に、私立の女子高への進学を勧めたのは父だった。もちろんこちらも女子高としては県でトップ、短大まで併設されている高校だったが、大学への進学を考えれば、見劣りすることは否めない。

なぜ高い授業料を払ってまで私立の女子高にいかなければならないのか。

そう問うた宣子に父は言ったものである。

「女が高い学歴を持つとろくなことにはならん。結婚して幸せな家庭を持つのが一番の幸せたい。大学は短大でよか」

父は宣子がそのまま附属の短大に進み、その後は地元に留まり、しかるべき年齢がくれば適当な相手を探し、家庭に収まることを望んでいたのだった。

しかし、当時の宣子には漠然とだが自分の将来に対するビジョンがあった。生まれ育った九州を離れ、もっと大きな舞台で活躍する。それが何かは分からないが、自分の力が発揮できる場所はもっと他にある。特に、英語が好きだった宣子は、更にそれに磨きをかけ、語学を生かせる職業に就《つ》くことを密かに夢見ていた。

目標が初めて明確になったのは、高校二年の春、修学旅行の時である。東京への道中、初めて乗った飛行機で働くスチュワデスの姿を見て、これこそが語学を生かし、国際舞台で働く仕事だと思ったのだ。洗練された制服に身を包み、隙のない動作できびきびと働くスチュワデスの姿。外国人の乗客と流暢《りゅうちょう》な英語で会話をこなす彼女たちの立ち居振る舞いは、宣子に強烈な印象を残した。その日以来、語学の勉強に、ますます宣子はのめり込んで行った。それは、入学以来所属していたＥＳＳの顧問を務めるアメリカ人教員があきれるほどの熱心さで、全国一斉模試でも英語では常に上位者に名を連ねるほどの成績を残した。もちろん、だからといって、平凡な家庭に収まることを望んでいる父が、東京の大学に進学することを簡単に許すはずがないことは分かっていた。

人間、分をわきまえるということが大切だ。分不相応な大志を抱くと、ろくなことにはならない。平凡な人生を送るのは、簡単なようで一番難しいものだ。

それもまた父が折に触れ口にする言葉だったからだ。おそらく、それは父の生い立ちからくるものだったに違いない。高卒の学歴しかない父にしてみれば、県庁職員という職業は、出世が望めなくとも失業するわけでもなし、収入の目処も立つ最高の職業であっただろう。高きを望むことは、リスクに身を晒《さら》すことと同義語。華やかな仕事に見えても、実はその裏では水中で激しく水を掻《か》かなければ前に進まない水鳥のごとく、身をすり減らすような過酷な日々を過ごさなければならない。そんな人生の処世術めいたものが父の体には刷り込まれていたのだろう。

三年の秋が来て、いよいよ受験となった時、初めて東京の大学へ進学したいと切り出した宣子に、父は当然のごとく反対した。九州を出ることどころか、博多から出ていくことすら許さない。ましてやスチュワデスになって、海外を舞台に働くことなどとんでもないと、頑として首を縦に振らなかった。朝に夕に顔を会わせる度に、それでも食い下がる宣子に苛立《いらだ》ちさえ覚えたのだろう、それまでは退庁時間からほどなくして帰宅する父の帰りは遅くなり、決まって酒を呷《あお》り聞く耳は持たないとばかりに、早々に寝床に入る始末だった。

絶望感と挫折感に苛《さいな》まれる日々が続いた。もはや自分はこの街から一生離れられないのだ、と思いかけた。そんな父の姿勢に変化が現れたのは年も押し迫ったある日のことだった。

ESSの部活から帰ってくると、珍しく素面《しらふ》で帰宅していた父が宣子の部屋にいた。勉強机の上は、使い込まれボロボロになった教科書と参考書が広げられていた。

「お前、本当に東京の大学に行きたいとや」

父がじっと教科書に視線を落としたまま訊ねてきた。こくりと頷いた宣子に向かって、

「一度だけチャンスばやる。こん一度だけたい……。それで、駄目やったら、きっぱり諦《あきら》めるっつぉ。よかか」

娘の努力の痕跡を見て、さすがに胸打たれるものがあったのだろう、ぽつりと言った。

そして二月。宣子は第一志望であった津田塾大学の英文科に見事合格した。三月になっていよいよ上京となった時、狭い居間に座った宣子を前に父は言った。

「東京に出たらいろいろ誘惑があろうたい。宣子、これだけは言うとこう。東京に出るとやったら、将来のある男ば摑め。カスば摑むっちゃない。医者か弁護士。そうやなかったら官僚になるような将来ある最高の男ば摑んでこい」

宣子はその時、初めて父の心中にある屈折した思いを垣間見た気がした。高卒で採用された地方公務員の行く末など知れたものだ。大卒の上級職にどんどん抜かれ、更には年若くして中央官庁から出向してくる国家公務員上級職のキャリアが重要なポストに就く。それを現実として受け止めながらも、内心ではやるせない思いを抱いていたのだ。自分の娘が、そうした社会のエリートと呼ばれる人間と一緒になる。それは

なのだと――。

まさに父にとって胸に勲章を飾ることでもあり、鬱積《うっせき》した思いを晴らす唯一の手だてだから笹山宣子は東京での生活が始まっても、享楽的な学生生活を送ることはなかった。テニスサークルに入ったのは、勉強に差し支えのない程度の活動であった上に、他大学の男子学生と知りあう機会が多いと考えたからである。今にしてみればお笑い草なのだが、テニスは上流階級に属する人間がするスポーツというイメージもあった。

入部と同時に新歓コンパ、他大学との合同練習も頻繁に行われた。早稲田、慶應、一橋……名だたる名門校のテニスクラブとの交流もあった。だが、宣子はそんな大学の男子生徒には目もくれなかった。将来ある最高の男が集う学校――。それはただ一つ。東京大学しかない。

そんな時に出会ったのが有川崇だった。

中学から開成、現役で文科Ⅰ類に進んだ崇は、将来ある最高の男の必要条件を満たしているように思われた。それに加えて崇は見るからに育ちの良さを感じさせる洗練された容姿と、立ち居振る舞いという点でも一頭地を抜いていた。一目惚《ひとめぼ》れという言葉があるのなら、まさにそうだったのかもしれない。幸いなことに、崇も宣子に興味を覚えたらしく、それから程なくして二人は頻繁に逢瀬を重ねるようになった。

それからは何もかもが新鮮な驚きの連続だった。何よりも宣子が驚嘆したのは、その財力である。デートの場所は、到底学生には不釣り合いな高級レストランや寿司屋。そして逢うたびにブランドもののバッグや服を値札を確かめることなくプレゼントする。支払いは常にクレジットカード……。崇の行動は慎《つつ》ましい生活を送ってきた宣子にとって、それまでの常識を根底から覆《くつがえ》した。

慣れというのは恐ろしいものである。最初のうちは、そんな高額なプレゼントは受け取ることはできないと宣子は拒んだが、崇が有川会という全国に多くの病院を持つ経営者の息子だと知ってからは、そんな気持ちは吹き飛んでしまった。それどころか、買い与えられた品々を身につけるに相応しい女になろうと、化粧を覚え、ワインや食事のことも勉強するようになった。もちろん、多額の金を惜しみなく注ぎ込む崇の魂胆が自分の体にあることは端《はな》から承知していた。実際、崇はこの間に何度も宣子を抱こうとした。しかし、キスは許してもそれ以上の行為は頑として拒み続けた。

問題は交際を重ねても崇の本音がどこにあるのか、それが見定められないことだった。医者の家に生まれ、医学部に入るのに充分な成績を残したというのに敢《あえ》て法学の道を選んだということは、家業である有川会を継ぐ意思はないということである。となれば弁護士か、あるいはどこぞの大企業にでも勤務するつもりでいるのだろうか。前者ならまだしも、大企業といっても所詮はサラリーマンである。今は超一流と言われる企業でも、定年までのおよそ三十年少しの間に、斜陽となり滅び去った例は枚挙に遑《いとま》がない。もしそうだとすればそんな男と、抜き差しならぬ関係になるのは御免だった。

もちろん、崇に愛情を覚えていなかったと言えば嘘になる。しかし、一度体を許せば情に溺《おぼ》れ、離れようにも離れられなくなる。そんな予感があった。だから宣子は崇の将来を見定めるまでは決して体を許さなかった。

崇が将来どんな道に進もうとしているのか、それを知ったのは大学二年の終わりのことである。

卒業後の進路として、長年の夢であったスチュワデスの採用試験を受けてみるつもりでいることを告げると、崇は、

「お前、意外とつまらねえ女なんだな。スチュワデスのどこがいいんだよ」

と言い、あからさまに白けた笑いを浮かべた。

「語学も生かせれば、海外を舞台に仕事もできる。それに……」

「何にも分かっちゃいねえんだな」崇はいささかも表情を動かさず、「語学って言う

がな、機内で使う英語なんてそれほど高度なもんじゃない。知れたもんさ。それが証拠に今でこそ、受験資格は短大卒以上になっちゃいるけど、少し前までは高卒以上だったんだぜ。それこそ海外に出る人間が、ごく限られていた時代にな。それにこう言っちゃなんだが、スチュワデスとJRの社内販売員の仕事とどう違うんだよ。カートを押して、飯や飲み物を配るのはどっちも一緒だ。仕事が旅そのものってところもね。お前それで本当に満足できんのか」冷然と言った。

確かにそう言われてみると、崇の言葉はあの仕事の本質を突いているように思われた。

狭い機内でカートを押し、食事を配る。客の世話をする。仕事の内容は街のレストランのウエイトレスやJRの社内販売員とさして変わりがあるわけではない。違いがあるとすれば、それが空の上かどうかということぐらいだ。

思わず押し黙った亘子に崇は更に続けた。

「あのな、世間には見かけの華やかさだけで判断して、物の本質が見えねえ奴ってのはごまんといる。例えばソムリエなんてのはその最たるもんだ。このところの好景気で、世の中にはワイン好きと称する輩《やから》がごろごろしている。その中の少なくない連中がソムリエの資格を取ろうと大枚はたいて学校に行っている。だがな本場じゃそもそも接客業に従事した人間しかなれないものなんだぜ。ソムリエなんて気取ってはみても、所詮は給仕の資格ってことさ。金を払う側の人間が知識を持つことは悪くない。だけど給仕の資格なんか何の自慢にもなりゃしねえんだ。スチュワデスだってそれと同じだ。お前もここまで勉強して来たんだ、どうせ社会に出るなら、金を払った人間に奉仕するよりも、される側に立てよ。払った金に相応しいサービスを受けられる人間になれよ」

「じゃあ、あなたは将来何になろうとしているの。どこかの大企業にでも勤めるつもり？　それとも弁護士にでもなるつもり？」

「俺か？」崇は鼻を鳴らすと、「俺の目標は決まっている。官僚だ」きっぱりと宣言した。

「官僚」

「ああ、そうだ。それもただの官僚じゃない。狙いはただ一つ。大蔵官僚。それが俺の目標だ」

身が震えた。官僚――。それこそが私の思い描いていた理想の相手が就く職業。しかもこの崇がその道を目指そうとしている。何という巡り合わせ。何という幸運。この機を決して逃してはならない。この関係を確固たるものにしなければならない。

宣子はそれから程なくして崇と肉体関係を結んだ。それが崇を繋ぎ止めておく最後のカードだった。スチュワデスへの道も断念した。全ては大蔵官僚の妻として、相応しい女になるため。その一念しか頭にはなかった。

事は思惑通りに進んだように思われた。崇は逢えば決まって体を求め、その度ごとに新たな行為を要求してきた。時には屈辱的ともいえる要求に耐えながら、宣子は自分の体が確実に覚醒して行くのを感じていた。苦痛はやがて快感へと変わり、いつしか積極的に望まれる行為を行なうようになった。未開発の体を自分の色に染め上げて行く。その変化は崇にとっても、己の征服欲を満たすものであったに違いない。放出の瞬間、自分の体内で怒張と収縮を繰り返す崇の肉体の変化を感じながら、宣子はこの男をついにものにしたという確信を抱いた。

そして翌年、崇は国家公務員上級職試験を突破し、大蔵省へ入省した。しかも配属先は本流中の本流とも言える主計局だった。

官僚の日常は多忙を極める。それでも週末になると、入省を機に崇が借りた赤坂のマンションで二人は体を重ねた。しかし、ここに至っても崇は自分たちの将来に関しての言葉は一度たりとも口にすることはなかった。もっとも崇はキャリア官僚になったといっても入省したばかり、宣子はまだ学生の身である。結婚するには早すぎる。

それにへたにこちらから『結婚』という言葉を口にすれば、答えはYESかNOか、二つに一つしかない。もしも後者の言葉が出た時のことを考えると、それを切り出す勇気は宣子にはなかった。

崇の口から思わぬ言葉が漏れたのは、そんなある日のことだった。

「次は国費留学生試験だな」

行為を終えたベッドの中で、崇は天井を見つめながら言った。

「留学するの？　どこへ」

「決まってるじゃないか。世界の頂点にある大学といえば一つしかない。ハーバードだ」

「それはいつ？　何年行くの」

「来年の試験に合格したら、その翌年から二年だ」

「二年も……それじゃその間は離れ離れになるの」

「たった二年の話だ。それが終わればまた本省に戻る」

崇はこともなげに言ったが、いかに情を通わせた間柄でも、距離を置くことがそのまま別れに繋がることはままあることだ。

もしかして崇は留学を機にそれを狙っていたのではないだろうか。いや、自分の将来に関して、確固たるビジョンを持っている崇のことだ。それくらいのことを考えていたとしても不思議ではない。

一度芽生えた疑念が確信へと変わるのに、時間はかからなかった。

もし、崇がそんな気持ちでいるのなら、自分にも考えがある。このままの関係を持続させるには、距離を置かないこと。つまり自分も崇と同時にアメリカに留学することだ。

取るべき道は一つしかなかった。宣子は直ちに就職活動を始め、外資系の銀行に職を得た。おそらく、崇は宣子がキャリアウーマンとして、実業界の最先端で働くことを決意したのだと踏んだのだろう。今まで情事を重ねる場でしかなかったマンションで、実務的な金融知識を惜しみなく与えるようになった。時には外部の人間には到底窺い知ることができないような、大蔵省内部で囁《ささや》かれる金融政策を話して聞かせることもあった。これもまた、宣子が社内で重用されるようになれば仕事に追われるようになり、自然と自分から距離を置かざるを得なくなる。そんな目論見《もくろみ》があったのかもしれない。

新人の中ではただ一人の女性為替ディーラーとして採用された宣子は、瞬《また》く間に頭角を現した。外銀の勤務は過酷なものである。特に為替ディーラーのそれは一旦市場が開くと、席を離れることもままならない。そして世界各国の支店との電話会議は時差があるために、早朝、あるいは深夜にも及ぶ。その合間を縫《ぬ》って、宣子はアメリカのビジネススクールへの入学資格を取得するためにTOEFL《トフル》とGMAT《ジーマット》（経営大学院入学資格試験）を受験した。スコアはトップレベルのビジネススクールに入学するのに充分なものだったが、問題は年間四万ドル以上になる授業料と生活費をどう捻出するかだった。

外資にもビジネススクールへの派遣制度を持つ企業がないわけではないが、その数は決して多くはない。学位の取得はあくまでも自己投資と解釈されるからだ。加えて、ことディーラーという職種は銀行の中でも少し違ったポジションにある。要求されるのはアカデミックな知識より、相場を読む勘だ。勝てば莫大な報酬がボーナスとして支払われる。おそらくこのまま三年、四年と結果を出して行けば、ビジネススクールで学ぶ二年間の学費を貯めることはできるだろう。しかし、その頃崇はとっくに日本に戻っている。それでは留学する意味がない。

宣子は無理を承知で福岡にいる両親に借金を申し出た。

最初はそんな大金がどこにある、アメリカに留学するなどとんでもない、と取りつく島もない答えが返ってくるばかりだったが、宣子の必死の願いについに父親は折れた。わずかな蓄えの全てと、家を担保に銀行から借金をし、それを留学費用に充《あ》てたのである。

　そしてその二年後、宣子はMITのスローンスクールに入学した。完全に同時期とはいえないまでも、目論見通り一年間、崇とつかず離れずの生活を送り、MBAを取得して帰国した宣子は、別の外銀に再び為替ディーラーとして職を得た。ポジションや職種にこだわれば、他にもいい仕事は山ほどあったが、何よりも先にしなければならないのは、親の抱えた借金の返済である。短時間で清算するためには、実績次第で大金が稼げるディーラーが最も手っ取り早い仕事であったからだ。幸い仕事は順調に行き、親からの借金は、三年を経ずに完済した。後に残ったのはただ一つ。有川崇との結婚だけだ。そのために、この身を捧げ血を吐くような思いを自らに強いてきたのだ。その努力を無にするわけにはいかない。

　狭い路地を抜け明るい通りに出ると、深夜にも拘《かか》わらず思いのほか赤坂の街は人通りが多かった。雪になってタクシーが捕まらないのだろう。歩道には空車を拾おうとしてると思《おぼ》しき人影が点々としている。時刻はもう午前三時になろうとしていた。品川に借りているマンションに帰るには、タクシーを拾わなければならない。歩道に佇み、流れ行く車列に目をやったその時、背後からいきなり肩を叩かれて、宣子は振り返った。

「ねえちゃん、車を拾うのは無理だぜ。どうだ、飲み直さねえか」

泥酔した中年の男の姿がそこにあった。

それを目にした刹那、堪《こら》えてきた感情が宣子の中で一気に爆発した。

「馬鹿にすんじゃないわよ。安く見ないで」

手に痺れたような感触が残った。男が掛けていた眼鏡《めがね》が吹き飛び、アスファルトの歩道の上で砕け散る音がした。何かを喚《わめ》き散らす男の声――。それを背後に聞きながら、宣子は毅然とした歩調で歩き始めていた。ハイヒールの踵《かかと》が歩道にぶつかる堅い音が響く。それが宣子には、崇と出会ってからの十年の歳月を刻む時の音に聞こえた。

一度解き放たれた感情は、もはや押さえが効かなかった。視界がぼやけ熱い涙が頬を伝った。

十年よ――。私の一番大切な時を捧げたのに、今更別れるなんて虫がいいにも程がある。絶対に別れてなんかやるものか。あの男がどうしても首を縦に振らないというなら、私にも考えがある。

宣子は決然として顔を上げると、降りしきる雪の中をあてどもなく歩き始めた。

＊

為替ディーリングは博打《ばくち》である。

世にギャンブルと呼ばれるものは数多《あまた》あるが、これだけの大金が動き、しかもビジネスという名の元に公然と行われるものはそう多くはない。利益を上げられるか否かは、理論以上にその人間のツキが左右する。航空機のコックピットを彷彿《ほうふつ》とさせるずらりと並んだモニターに映し出された様々なグラフや数値、絶えず流れるロイターのニュースを見ながら、『売り』と『買い』を繰り返す。それも半端な金額ではない。誰かが「売り、一本！」と叫べば、その一言で百万ドルの金が動く。相場が開く午前九時前になると、フロアー一つをまるまる占有するディーリングルームはにわかに殺気立ってくる。ディーラーの誰もが、モニターを睨み開始の時を待つ。そして開始のベルと同時に、それぞれの席に備え付けられたマイクロフォンを通して怒号が飛び交う。場が終わる午後三時まで、昼の休憩の一時間を除いて一日中それを繰り返すのだ。

崇との一件があって以来、笹山宣子の業績は目も当てられない惨状を呈《てい》していた。

為替の売買は読みとタイミングの勝負だ。判断が一瞬狂えば、その間に相場は変化し、莫大な損を生む。少なくとも場が立っている間は、あらゆるモニターに集中し、的確な判断を下さなければならないのだが、それができない。一つのミスは次のミスを誘い、連戦連敗。この一週間だけでも、軽く十億円以上もの損を出していた。もちろん相場がギャンブルである以上、好不調は付き物というもので、これまでにも何度となく損を出したことはある。しかし、これほどまでに負け続けるのは、宣子にも記憶がない。

その日も、宣子の張った相場は外れに外れた。まさに負の連鎖である。それが何に起因しているかは分かっていた。

何故自分がいとも簡単に、捨てられなければならないのか。今まで自分が捧げてきた時間は何だったのか。今こうして外資系の銀行でディーラーをやっているのも、全ては崇の妻になるに相応しい人間になるためではなかったのか。

一時たりとも脳裏を離れることがないそうした思いは、宣子の集中力、そして仕事への情熱を奪っていた。

調子の良いときには、あっという間に過ぎ去る時間が、逃れようのない悪夢を見ている時のように果てしもなく長く感じられる。変化する数字に判断が追いつかない。

言葉を発する度に、損は膨《ふく》らみ、狭いブースの中から逃げ出したくなる衝動に駆られる。そして午後三時、場の終了を告げるベルが鳴った。モニターに現れた数字を見るまでもなく、今日も莫大な損を出したことは明白だった。

フロアーを満たしていた緊張が緩《ゆる》む。売買を繰り返している最中は、席を立つことも許されないディーラーたちが伸びをし、ある者はトイレへと駆け込んで行く。

「笹山、ちょっと来い」

窓際の席からマネージャーを務める、長妻明良《ながつまあきよし》の声が聞こえた。

席を立った宣子に、ディーリングルームに残った同僚たちの視線が集中する。皆一様に無関心を装っているように見えて、彼らが向ける視線には緊張と、哀れみに満ちた色が宿っていた。長妻が部下の名前を呼び捨てにする時は、激しい叱責《しっせき》、いや罵声が飛び、修羅場と化すと相場が決まっているからだ。

「笹山、お前今日いくら負けた」

マネージャーである長妻の席に置かれたモニターには、もう一つ部下の業績がリアルタイムで表示される画面がある。そんなことを聞かずとも、今日の出来は既に知っているはずだ。それを敢《あ》て訊ねてくるところに、この男の冷酷さがあった。長妻は、日本最大級の都市銀行でチーフディーラーとして辣腕《らつわん》を揮《ふる》った実績を買われ、ヘッドハンティングされてきた男である。腕は今でも衰えてはいない。いやそれどころか、出来高によって収入が大きく左右される外資に来てからは、腕前はますます鋭さを増し、年収は軽く五億を超えると噂されていた。

「聞こえてんのか。いくら負けたかって訊いてんだよ」

蛇のように冷たい目が、じっと宣子を見つめてくる。

負けの数字など見たくもない。宣子は頭を垂れ立ちすくんだ。ぎゅっと握り締めた拳《こぶし》の中に、冷たい汗が滲《にじ》み出て来る。

「答えられねえんなら教えてやる。今日一日で二億の損だ。この一週間負け続け、累積で十二億からの損だ」

「はい……」

ビジネススクールで学んだ二年間を除いて、この仕事に就いて四年。大学卒業しての新人じゃあるまいし、もっとマシな答えを返せて当たり前だが、今の宣子にそれ以上の返す言葉は見つからなかった。

「はいじゃねえんだよ。この役立たず！」

長妻は罵声を上げると、受話器を持ち上げそれを宣子目がけて投げつけてきた。コードがちぎれ、電話が派手な音を立てて机の上に転がった。受話器が宣子の肩口を掠《かす》め、背後の椅子にぶち当たり樹脂が割れる音がした。こうした光景は、ことディーラーの世界においては珍しい光景ではない。莫大な金を転がし、確実に収益を上げることを課せられた人間たちの集団である。その緊張は想像を絶するものがあり、一旦業務から解放されると普通の会社では考えられない奇行に走る人間も少なくない。

実際、担当役員にしても、広い部屋の中をヤンキースのヘルメットを被《かぶ》って走り回ったり、他の役員はゴミ箱の上にバスケットのゴールを設置し、紙を丸めてはシュートの練習に時間を費やしたり、といったありさまである。

そうでもしなければ、莫大な金を転がして利益を追求する緊張感と、正気とのバランスがとれないのだ。それゆえに、部下が思い通りの成果を上げられない時に見せる怒りの凄《すさ》まじさも並大抵のことではない。中にはコーヒーをぶっ掛けられて退社した女性ディーラーもいるくらいだ。

「お前の実績に免じて、今まで黙っていたが、こんだけの損をどうやって取り返すつもりだ。俺たちの仕事は、株の売買とは違う。一銭、二銭といった小金を拾うのが商売だ。莫大な利益を得ようとすれば、それに見合うだけの資金を投下しなけりゃならねえ。お前がスッた十二億もの純益を上げようとすりゃ、どんだけの資金が必要になるか、小学生でも分かんだろ」

「申し訳ありません」

「謝って済むことかよ」長妻の怒りは収まる気配がない。「お前に会社がいくらの給料を払ってると思ってんだ」

こうなれば黙って長妻の怒りが収まるのを待つしかない。宣子は唇を噛《か》んだ。

「四千万は払ってるよな」

個々がもらっている年収については、たとえ社員同士であっても他言しないのが暗黙のルールである。にもかかわらず、長妻はその禁を破り宣子の年収を声も高らかに言い放った。これにはさすがに、オフィスにいる同僚たちの間に声にならないどよめきが起きた。

「今のお前がそんだけの高給を食《は》む資格があんのか。そんだけの貢献をしてんのかよ」

「責任は痛感しております……。実はこのところ体調が優れなくて……」

「体調が戻れば、損は挽回できるのかよ」

「きっと……。どんなことがあっても取り戻してみせます」

「だったら、しばらくポジションを離れろ」

「えっ？」

「何か文句があるのか。こんだけの損を出しているのが体調のせいだってんなら、元に戻るまで、差し障《さわ》りのない仕事をしてもらうしかねえな。当たり前のことだろ」

長妻の言葉には取りつく島がなかった。

確かに、彼の判断は間違ってはいない。宣子にしても、崇との一件が一時たりとも脳裏を離れない今の状態では、損を取り返す自信はなかった。このまま相場を張れば、損はますます膨らみ、取り返しのつかないところに追いやられることは分かっていた。

「分かりました。おっしゃる通りにします」

宣子は悄然として言った。

「電話の取り次ぎでもやってろ。また今のポジションに戻すかどうかは、お前の様子を見て判断する」

「私の様子？」

「一度自分の顔を鏡でよく見てみるんだな。負けが込み始めてからというもの、日を追って顔から精気が失せていってるぞ。お前の今の顔は勝負師の顔じゃねえ。競馬場や競輪場で当たり券が落ちてやしねえかと、ゴミの山を漁《あさ》っている敗残者の顔だ」

長妻はそう言うと、椅子をくるりと回転させ、話は終わったとばかりに宣子に背を向けた。

敗北感と屈辱感が宣子の心中を満たした。声を上げて泣きたい気分になった。それと同時に、自分をここまで追い込んだ、崇に対する恨みの念が胸中に込み上げてきた。

私の一番大切な時を玩《もてあそ》んだだけに留まらず、今まで築き上げた地位さえも台無しにしようとしている。全てはあの男の変心から始まったことだ。私がこれほど苦しんでいる一方で、あの男は自分の夢の実現に向けて確実に階段を昇ろうとしている。そんな虫のいい話があってたまるものか。私にはまだチャンスがある。もし妊娠していれば、あの男の勝手な目論見を覆すことだってできるかもしれない。

ともすると、涙が溢れ出そうになるのを堪えて、宣子は毅然として長妻に一礼すると、踵を返して席に戻りかけた。

その時、下腹部にちくりとした痛みが走った。体内から滑りを帯びた液体が流れ出て来る気配があった。宣子はそのままディーリングルームを出て、トイレに駆け込んだ。暖色灯に照らされた室内には誰もいない。奥にはバスケットが置かれ、女子社員のポーチが置いてある。その中の一つを手に取り個室に入った。便器に腰を下ろすと、月に一度の女性の「しるし」が、スーっと糸をひくように滴《したた》り落ち水面を赤く染めた。トイレットペーパーを手に取り、その部分に当てると、べっとりと鮮血がついた。

崇を自分の元に引き止めておく最後の望みが断たれた――。

かつて学んだ福岡の女子高はミッションスクールで、祈りの時間があった。そこでシスターは神は万人に平等で、祈りは必ず通ずるものだと言った。崇と最後の行為を持ってから、その言葉を思い出し、何度神に祈りを捧げたことだろう。だが今、目にする鮮血は、そんな教えは嘘っぱちだという啓示《けいじ》以外の何物でもない。一体自分のどこに非があったというのだろう。崇の望むことは何でも叶《かな》えてやった。時には屈辱的と思える要求にも耐えてきたのは、どんなことをしようと秘密を共有できる生涯の伴侶となる男と確信していたからではなかったか。

目から熱い涙が溢れ出た。薄紅色に染まった水は、宣子が妊娠能力を持ちあわせていることの証である。本来ならば喜ぶべきところだが、今日ばかりは恨めしい。ナプキンを押し当て、身なりを整えた宣子は、頬を伝った涙を拭うとドアを押し開けた。洗面台の前には鏡が設《しつら》えてある。その前に立ち、改めて自分の顔を目にした宣子は息を飲んだ。

これが私――？

荒れた肌。化粧を施しているにもかかわらず、目の周りには隈《くま》が浮かび、頰はげっそりと痩《や》せこけている。たった今流した涙の跡がファンデーションの上にくっきりと残っている。

宣子は慌ててポーチの中から、化粧道具を取り出すと、入念に涙の跡を消した。

やつれた自分の姿は、崇が与えた苦しみの痕跡である。ここまで自分を追い込んだ、あの男を許しはしない。もはや結婚は諦めざるを得ないだろう。となれば自分にできることはただ一つ。あの男の夢を絶ってやることだ。

もはや涙は流れなかった。今までとは違う、氷塊のように冷え冷えとした感情が宣子の胸中に込み上げてくる。それと共に、崇に対する思慕の念が急速に払拭《ふっしょく》され、感情のベクトルが新たな目標に向いた。

あれだけ計算高い男がはっきりと自分の進む道を明言したのだ。すでにそれなりの腹積もりがないわけがない。それならそれで、打つ手はある。

気が付くと鏡の中の自分の顔には笑みが宿っていた。

「ゲット・イーブン――」

その姿を見ながら宣子は崇への復讐《ふくしゅう》の言葉を呟《つぶや》いた。

第四章

東京からわずか一時間。茨城県阿見《あみ》にある常陸台ゴルフ倶楽部の八番ホールに立った有川崇は上機嫌だった。スコアはいいに越したことはないが、自分たちのペースでプレイができるゴルフほど楽しいものはない。杉や山毛欅《ぶな》の林、鏡のようにさざ波一つたたぬ池が散在する広大なフィールドに、他のゴルファーの姿はなく、こうしているとプライベートのゴルフ場にやって来たような気分になる。平日にプレイするのは一年ぶりのことだ。カートを使わず徒歩で回るのも、芝の感触やコースのアンジュレーションを直《じか》に感じられて心地よい。

「お父さん、飛ばしましょう。ロングホールですからね。ツーオンは無理にしても、ドライバーで距離を稼いでおかないと、パーは取れませんよ」

崇は、オナーとなった和裕に声を掛けた。

「あなたも人が悪いわね。そんなこと言ってプレッシャーかけるつもり?」

傍らで三奈が苦笑を浮かべながら言った。

日頃、多忙を極める三人にとって、有川会の創立記念日に当たるこの日は、年末年始と並び、家族揃って過ごせる数少ない日で、一日をゴルフに費やすのが慣わしとなっていた。

「ここも池越えか。誘われるようで怖いな」

「気にしちゃだめですよ。池は一二〇ヤードも飛ばせば越えられます。ピッチングの距離じゃないですか。よほどひどいチョロを叩きでもしなければ、大丈夫ですよ。連続パーを狙いましょう」

「うむ」

アドレスに入った和裕は、やはり池が気になるのか、そこでもう一度方向を見定めるように頭を上げると、ドライバーを振った。チタン・ヘッドにボールが当たる金属音が鳴り響き、白球が二月の空に舞った。ロングホールである上に、やはり手前の池が気になり余分な力が入ったのか、ボールはスライスして右の杉林へと吸い込まれて行った。

「しまった……スライスだ」

和裕は恨めしげに打球の方向を見ると、頭に手をやりながら場所を譲った。

「力が入っちゃいましたね。体が停まってましたよ。これは今日初めてオナーを取れるチャンスかもしれない」

崇は軽口を叩くと、ボールをティー・アップし、アドレスに入った。自ら進んでゴルフに興じる趣味はなかったが、MOF《モフ》担と呼ばれる銀行の大蔵省担当や、省内の上司と付き合っていくためには、テニスやスキーというわけにはいかない。スコアは百前後といったところだが、迷惑にならない程度にコースを回れるだけの腕は持っていた。

ハーバードに留学していた時分に買い揃え、使い慣れたドライバーを握ると、崇はゆったりと構え無理のないバックスイングを取り、一気に振り抜いた。ヘッドにボールが当たる感触は微かなものであったが、心地よい金属音が耳朶《じだ》を打った。フォロースイングも申し分ない。打球の行く先に目をやると、白球が一直線にフェアウェイのど真ん中を飛び抜けて行く。

「ナイスショット！　こいつは飛んでいるぞ。二六〇ヤードは行ってるんじゃないか」

和裕の声が聞こえた。

「ありがとうございます」

崇は会釈《えしやく》をして応えると、キャディにドライバーを手渡しながら、少し前のレディース・ティーに向かった。

三奈が二度三度と素振りを繰り返すと、アドレスに入る。ドライバーがゆっくりと後方に持ち上がる。柔軟な女性特有の大きなバックスイング。ドライバーが見事な弧を描いてボールを捉えた。もっとも、そこは五十を超えた女性の力である。打球はすぐに勢いを失い、二つ目のバンカーを越えたあたりのフェアウェイの真ん中で止まった。

「さすがだね。やっぱりキャリアが違う」

それでもナイスショットであることには違いない。崇が言うと、

「しっかりボールを捉えていても、やはり歳ね。年々ドライバーの距離が短くなって行く」

三奈は満足した表情を浮かべながらも、どこか寂しげな口調で応えた。

「お母さん、ゴルフは上がってなんぼ。あの位置からならば、スリーオン、ツーパットでパーを狙えるじゃないか。充分だよ。いくら飛ばしたところで、僕だってツーオ

ンが狙えるわけじゃなし。結果は同じだ」

二人が会話を交わしているうちに、林の中に第一打を打ち込んだ和裕は、ボールの行方が気になるのか先に立って一人石橋を歩いて行く。三番ウッドを三奈に手渡したキャディがカートを押しながら、その後を追う。

「結果が同じと言うなら、どう、このホール握らない」

唐突に三奈が言った。

「お母さんと？　何を握るの。まさかお金ってわけじゃないでしょう」

「あなたの縁談のことよ」

「ああ、そのことか」

「そんな言い方はないでしょう。もう何度か逢っているんでしょ」

「どうしてそれを？」

「そんなこと、クレジットカードの明細を見ていれば分かるわよ。最初に逢ったのはMERMAID、それから銀座のお寿司屋さんに――」

「何から何までお見通しってわけか」

「あなた、このお話を進めるつもりでいるんでしょう。だったら、もうそろそろどこのどなたのお嬢さんなのか、詳しいことを話してくれてもいいんじゃない」

尚子と最初に出会ってからもうひと月が経とうとしていた。この間に忙しい仕事の合間を縫《ぬ》って、三度会い食事を共にした。普通の見合いと違って仲人も立てず、親が同席しない極めてフランクなものだとはいえ、もしも尚子がこの縁談を断るつもりならいくらでも機会はあったはずだ。しかし尚子は断りを入れてくるどころか、毎日メールや電話で連絡を取り合うことも厭《いと》わない。

もはやこの縁談がまとまるのは時間の問題だ。

崇はそんな確信を抱きつつあった。

黄金《こがね》色に枯れた芝生の上を歩き続けていた三奈の足が止まった。第一打が落ちた地点に辿《たど》り着いたのだ。右にドッグレッグしているせいで、まだこの位置からではグリーンは見えない。それでも三奈はピンがあると思しき方向に向かってアドレスを取ると、しなやかなフォームで第二打を放った。白球が見事な弧を描き、再びフェアウェイをキープした。

「この分ならスリーオンは間違いないね。握ったとしてもイーブンか、あるいはパッティングでは僕が負けるかもしれない」

崇は再び歩を進めながら言った。

「勝負の決着を見るまでもなく、負けを認めるなんてあなたらしくないわね」

「そうじゃないんだ。いずれにしても早晩この縁談については話さなければならないと思っていたところだし」

「それで、お相手はどんな方なの」

「民自党政調会長、白井代議士の長女、尚子さんです」

「政調会長のお嬢さん！」

三奈の顔に赤みが差した。

「なかなか素敵な女性だよ。年齢は二十三歳。昨年東京女子大の英文科を卒業したばかりでね。さすがに代議士の娘だけあってしっかりした考えを持っている」

「それで、その白井代議士というのはどんな方なの」

三奈がそんな問い掛けをするのも無理のない話だ、と崇は思った。何しろ日本には国会議員と呼ばれる人間が、衆議院五百人、参議院二百五十二人、総計七百五十二人もいるのだ。自分たちのように、日頃当たり前に議員と接触を持っている人間ならともかく、一般の人間にとっては遠い存在でしかない。閣僚の名前を諳《そら》んじている人間などほとんどいないだろう。ましてや与党とはいえ党三役ともなれば尚更のことだ。

「白井先生は元々僕と同じ大蔵官僚でね。民自党幹事長だった白井源太郎代議士の跡を継いで政界に進出した二世議員なんだ。僕も仕事柄何度となくお目に掛かったことはありますが、有能な人物ですよ。次の総選挙で民自党が勝って滝沢政権が続けば、今度は大蔵大臣あたりで再入閣することになるでしょう」

「白井源太郎といえば、確か大手ゼネコンの白井建設の中興の祖と言われた人だったわね」

「よく知ってるね」

「そりゃあ、私たちが学生の頃は、事あるごとに耳にした名前ですもの」三奈はじっと前を見つめながら続けた。「でも、白井代議士って本当に大丈夫なの。あなたは次の選挙に民自党が勝てば再入閣は確実と言ったけれど、本当にそうなるのかしら」

「何か引っ掛かることでも」

「だって白井代議士の活動資金の供給源は白井建設でしょう。あの会社はバブルの後遺症で、今や経営危機に直面していると聞くわ」

「だからこそ白井先生は僕に白羽の矢を立てたんだよ。政治家にとって資金源の枯渇は、政治生命に拘《かか》わる大問題だ。次の資金源を一刻も早く手にする必要がある。お母さん、これはバーター取引なんだ。白井先生を有川会が全面的にバックアップすれば、彼は政界での力を維持することができる。ひいては僕の政界進出も容易なものになる。そう考えれば悪い話ではないだろ」

一瞬、白井眞一郎の出身地である岩手の選挙区から自分を出馬させる心づもりがあることを話して聞かせようかと思ったが、崇はそれを飲み込んだ。

魑魅魍魎《ちみもうりょう》が跋扈《ばっこ》する政界である。ことあの世界において、『確実』という言葉は存在しない。空手形を切ることは日常茶飯事、昨夜交わした約束が翌日には反古《ほご》にされることも当たり前のように起こる。仮に白井眞一郎の考え通りにことが運んだとしても、出馬は次のそのまた次の選挙。ワシントン駐在を終えてからのことだ。その間、状況がどう変化しないとも限らない。

「バーター取引ねえ……」

三奈はぽつりと呟《つぶや》くと、何か釈然としないものがあるのか、口を噤《つぐ》んだ。

その時、右の林の中から白球が飛び出すと、フェアウェイの上を転々と転がった。和裕の見事なリカバリーショットだった。

「さすがお父さん、やるなあ」

崇の第一打が目の前にあった。キャディが駆け寄って来ると、

「あと二八〇ヤードです」

三番ウッドを手渡して来た。遥か先に見えるピンに狙いを定め、崇はクラブを振った。軽やかな音と共に白球が低い弾道を描いて一直線に花道を目がけて飛び去って行

く。会心のショットだった。残りはあと六〇ヤードといったところだろうか。ピッチング・ウエッジで狙える距離だ。

「手堅くスコアをまとめられる場面では確実に……か。あなたの性格そのものね」

三奈の声が聞こえた。

「決める時には決める。それが僕の主義だよ」

「あなたのことだから、任せておいて間違いはないと思うけど、一生の問題ですからね。慎重に進めることね」

「どうぞご心配なく。その点は重々心得ているよ」

崇はクラブをキャディに手渡しながら、ニヤリと笑った。

＊

南麻布のマンションに、三奈と和裕が戻ったのは、午後九時を過ぎた頃のことだった。

茨城のゴルフ場から戻るとそのまま車を地下の駐車場に置き、三人で近所の寿司屋で食事を済ませた。その間、交わされた会話と言えば、もっぱら今日のゴルフのことで、崇の縁談が話題になることはなかった。普通の家庭ならば、父親である和裕にも、崇の相手の素性を話しておかねばならないところだが、有川家においては家庭のことも経営する病院のことについても、実権を握るのは三奈である。それは第三者には奇異に思えることかもしれないが、それが有川家にとってはここ十七年来続けてきた生活で、家族の誰もが何のこだわりも不自然さも感じないことであった。

今は有川姓を名乗る三奈、和裕の双方が元々は別の姓だったからである。

東大闘争の最後の砦となった安田講堂に立てこもった三奈を始めとする女学生の姿は、安田講堂から連行される際に殺到したマスコミによって写真に撮《と》られ、翌日の新聞紙面を大々的に飾った。煤《すす》に塗《まみ》れ、機動隊の放水によって、ずぶ濡れになった上に、催涙弾で目を腫《は》らした三奈の様相は一変していたが、さすがに親の目だけはごまかせなかった。

各セクトの幹部クラス、首謀者については、警察も名前や顔を認識していたし、安田で投石を行った様子を写真に撮られていた学生は言い逃れようがなかったろうが、無名戦士は別である。二十三日間の拘置期限を完全黙秘で通し、容疑不十分で釈放され留置場を出たその目前に父が立っていた。

あの時の光景は、今でも三奈の脳裏に鮮明に残っている。

父の堀沢貞一《ほりさわていいち》は静岡で総合病院を経営する医師だった。普段は院長と呼ばれ、糊の利いた白衣を着、日常の生活でも身ぎれいにしている父だったが、その時の姿は一変していた。娘を再び自分の懐《ふところ》に置かんともう何日もこの場に佇《たたず》んでいたのだろう。シャツは垢《あか》に塗れ、コートも薄汚れていた。洗髪をしていないと思しき頭髪はこわばり、伸びた髭《ひげ》がカビのようになって顔の下半分を覆っていた。娘が検挙されたとなれば、早々に弁護士を雇うことも可能であったろうに、そうしなかったことには理由がある。

その頃すでに三奈には大学卒業と同時に結婚すると決められた相手がいたからだ。もちろん自ら望んだものではない。だが三奈は学生運動に没頭する一方で、その縁談に従順に従う演技をした。頑《かたく》なに親が進める縁談を拒み、家から距離を置こうとすれば、東京で自分が何をしているか、その事実を察知されかねない。つまり自分の本当の姿を摑まれないために、親を欺《あざむ》いたのだ。それに、親が進める縁談を断る手だてはいくらでもあるとも思っていた。最も効果的な方法は、相手の男に簡単に体を開くことだ。女性には処女性が求められていた時代である。相手の男に抱かれ、自分が処女でないと分かれば、それだけで立派に破談になる理由になる。そんな読みもあった。

だから、三奈は最初に見合いをしてからすぐに、自ら誘うようにして相手の男に自分の体を与えた。

しかし、目論見は見事に外れた。

見合いの相手である有川理《さとる》は、三十歳になる青年医師で、最初に関係を持った時から歳《とし》相応の女性経験があることはすぐに分かった。当然、三奈にとって理が初めての男ではないことに気が付いたろうに、彼は何も言わなかった。いや、むしろ理を幻滅させようと、ベッドの中で奔放に振る舞うほどに、理は逆に三奈との縁談を進める意思を強くしていくようになった。

理は当時でも静岡、神奈川を中心に、六つもの病院を経営する医療法人有川会の一人息子だった。総合病院とはいっても、個人経営に過ぎない堀沢病院とでは、規模、財力共に雲泥の差がある。この縁談を断ったとしても、新たな相手を探すのに苦労はしなかっただろう。にもかかわらず、自分との関係を断ち切るどころか、月に一度会う度に体を求めてくる理に、ある日三奈は訊ねたことがある。

「有川さん。私が初めてじゃないってことは知ってるでしょう。こんな傷物の女を妻にしてもいいの」

理は、鼻を鳴らすと、

「君はそれを引け目に思っているのか」

と訊ねて来た。

「申し訳ないと思っているわ……」

三奈は心にもない言葉を吐くと視線を落とし、暗にそれを理由に縁談を破棄されても構わない、という覚悟をしている素振りをした。しかし、理から返ってきた言葉は意外なものだった。

「そう感じているならいい。正直言って君ほどの美人は概して気位の高い女が多い。才色兼備、完璧な女を女房にしたんじゃ、先が思いやられる。君のような女は、何か一つ、亭主に引け目に感ずることを抱えていてちょうどいいんだ」

何という勝手な言い草。何という傲慢な男。単に男性経験のあるかなしかを一生の引け目に感じていけだなんて。

一口に医師といっても個々の能力に歴然とした差があることはいうまでもない。理は地方の私立大学の医学部を卒業したのだったが、そもそも医学部に入れたのは金の力が物をいったからに他ならない。そんな医者の馬鹿息子が、女性観についてだけは妙に一丁前の口を利く。そんなところも気に食わなかった。

三奈はこの場で、理の横っ面をひっぱたき、席を立ちたい衝動に襲われた。しかし、三奈はそれを既《すんで》のところで堪《こら》えた。と言うのも、父が経営する堀沢病院は、大掛かりな設備投資に失敗し、莫大な借金を背負っていて、本来ならば倒産してもおかしくないところにまで追い込まれていた。かろうじて病院を続けていられるのは、貞一と理の父親が同じ大学の出身であった上に、県医師会の会長、副会長の職を担っていたこともあって、有川会が銀行への借金の連帯保証をしてくれていたからである。もはや借金を清算する手段はただ一つ。三奈が有川家に嫁ぎ、縁続きとなることによって、有川会七番目の病院としてその傘下に入るしかなかったのである。

もちろん、借金の形《かた》に意にそわない男の下に嫁ぐことなど、元より三奈の選択肢にはない。

勝ち目のない戦いとは知りつつも、最後まで安田講堂に立てこもったのには、自分が検挙されればさすがの理も縁談を断ってくるに決まっていると思ったからだ。

しかし、落城のあの日、この手首に嵌《は》められた手錠の重く冷たい感触は、そんな自分の考えがいかに浅はかなものであったかを思い知らせることになった。これからの生涯を思うと、有川理の手から、そして堀沢家の呪縛から解き放たれる代わりに支払う代償はあまりにも大きすぎた。二十三日間の拘置期限の間、完黙を貫く一方で、三奈の胸中に込み上げてきたのは、後悔の念以外の何物でもなかった。

警察署を出た三奈の腕を引っ摑んだ貞一は、無言のままタクシーに乗り込んだ。

車が走り始めたところで、

「馬鹿な奴だ。まさかお前がゲバ学生と一緒になって運動に身をやつしているとは思わなかった」

貞一が低い声で吐き捨てるように言った。運転手がいなければ、罵声と共に鉄拳の一つも飛んできたに違いない。

返す言葉がなかった。無言のままうなだれる三奈に向かって、貞一は訊ねてきた。

「それで、お前、自分の正体は喋ったのか」

「喋るわけないじゃない……完黙を貫いたわ……」

「ならばいい」貞一にはそれが最大の気掛かりであったらしい。少し安心した様子で煙草を銜《くわ》えると、深い溜息と共に煙を吐いた。「幸い、家の者を除いては、お前が検挙されたことに気付いてる人はいない。有川君もな。だがな三奈、お前がこんな運動に参加していると分かった以上、このまま東京に置いておくわけにはいかない。このまま静岡に帰るんだ」

それが何を意味するか、聞くまでもなかった。大学を中退し、有川家に嫁げ。貞一はそう言っているのだ。権力の強大さ、そしてあの検挙の瞬間、手首に食いこんだ手錠の重く冷たい感触を味わった今となっては、三奈に返す言葉はなかった。ただ一つ、大学を中退せざるを得なくなったとなると、もう一つ有川理に対する新たな引け目を覚えながら生活を共にしていかなければならなくなった。そんな思いが込み上げてくるだけだった。

実家に戻った三奈を待っていたのは家族の冷たい視線だった。何一つ不自由なく育てた娘が、学生運動に身を投じ、しかも安田講堂に籠城し検挙されたのだ。母は顔を合わせるたびに、娘の不孝を詰《なじ》り、父は中退の事実をどう理に説明したものか、そればかりを口にした。

息が詰まりそうだった。かといって東京に戻り、再び学生運動に身を投じる気にもなれなかった。ただおとなしく自分の部屋にこもり、日がな一日音楽を聴いて過ごす日々が続いた。そんな三奈を外に連れ出したのは理だった。どこから聞きつけたのか、三奈が静岡に帰っていることを知り、連絡を入れてきたのである。

中退の事実を何と告げたものかと頭を痛めている一方で、理からの誘いで出掛けると言えば、両親は文句一つ言うことなく外出を許した。三奈にしても、沈鬱《ちんうつ》な空気が漂《ただよ》う家にいるよりは、意にそわない相手とはいえ、理と逢っていた方がまだマシというものだ。週に一度の逢瀬が二度になり三度になるまでにはそう時間は掛からなかった。

体に変調を覚えたのは、三月の半《なか》ばに入ってのことである。

いつものように、理と夕食を共にしようとレストランに入り、注文した料理の匂いを嗅《か》いだ瞬間、猛烈な吐き気に襲われた。慌ててトイレに駆け込んだ三奈は、洗面台に向かって嘔吐《おうと》した。悪阻《つわり》である。兆候はあった。さほど遅れることなくやってくる月のものが、この三ヵ月ばかりの間は途絶えていた。最初は精神的なストレスと環境の変化からそうしたこともあるものかと考えていたのだが、ここにきて三奈は自分の体に新しい命が宿ったことを確信した。

「妊娠したかもしれない……」その言葉を聞いて、飛び上がらんばかりに喜んだのは、父の貞一だった。未婚の娘から妊娠したなどと言われれば、ふしだらと責めて当然の時代であったにもかかわらず、貞一は叱責するどころか「でかした」とまで言った。

母に至っては、

「やはり神様はいるのね。ちょうど大学は春休み。その間にあなたが妊娠したとなれば、大学を中退する立派な理由になりますもの」

とまで言った。

それから先、有川理との結婚話はとんとん拍子に進んだ。さすがに結婚前に子供ができたという事実を、他人に知られるのはまずいと思ったのだろうか、お腹が大きくなる前にと、急遽《きゅうきょ》披露宴が持たれ、三奈は有川家の人間となった。

そして九月。三奈は男子を産んだ。それが崇である。

それから先は、全てのことが順調に進んだ。堀沢病院は有川会の傘下に収まり、抱えていた莫大な借金も有川会が肩代わりすることで決着がついた。大学のほうも義父の薦めで休学にし、一年後に復学し、無事卒業した。有川会はやり手の義父の精力的な活動のお陰で順調に病院の数を増やし、崇が小学校に上がる頃には十二の病院を抱えるまでになった。

何の不自由もない生活。金は使い切れないほどあった。もっとも理には愛情を覚えはしなかった。いや嫌悪の気持ちを抱き続けていたといってもいい。

『君のような女は、何か一つ、引け目に感じることを抱えていてちょうどいいんだ』

結婚前に言った理の言葉を三奈は一時《いっとき》たりとも忘れてはいなかった。

しかし、富と大病院の将来の会長夫人という地位の前にあってはそんなことを気にしてはいられない。三奈は理に愛情を注ぐ代わりに、崇にその全てを捧げた。

崇が幼稚園に入ると、毎週末は新幹線で上京し、一流の教育を身につけさせようと幼児教室に通わせた。バイオリン、ピアノ、体操教室……。将来必要と思われるものには全て一流の教師をつけた。

その甲斐あって、小学校に入学した崇の成績は群を抜くものとなった。通信簿は常にオール5。生活態度も文句無し、教師の評価は絶賛の文言で埋め尽くされていた。

「崇は、顔もお母さん似だけど、頭の方もお母さんに似たのね。理の小学校の頃の成績とは大違い」

通信簿を見るたびに、決まって義母は無邪気な声を上げるのだったが、それもまた三奈の気持ちを浮き立たせた。

家族の誰もが気付いてはいないが、崇は理の子供ではない。三奈は、崇が成長するに従って、そんな確信を抱くようになっていた。

三奈が安田講堂に最後まで立てこもったゲバ学生の一人だと知っていたら。もしも、セクトに属する女子学生が、どんな役割を担う存在であったか。それを知っていれば、間違いなく家族の誰もが、崇は理の子ではないかもしれないという疑いを抱いたことだろう。

事実、三奈にしても、理と関係を結ぶ一方で、体を重ねた男は他に何人かいた。それは、金の力で医者になった理のようなぼんくらではなく、いずれも激しい受験競争を勝ち抜いた精鋭ばかりだった。遺伝子というものが子に引き継がれ、その成長に大きな影響を及ぼすものだとしたら、間違いなく崇の体内に宿るそれは理のものなんかではない。他の人間のものだ。

誰の子供でもいい。この子の体に流れている血の半分が自分のものでさえあれば……。

三奈は崇を最高の作品に仕上げることが生き甲斐であり、自分に課せられた使命だと思っていた。

理が突然この世を去ったのは、崇が小学校の三年になった時のことである。

死因は心筋梗塞《しんきんこうそく》。しかも倒れた場所は、有川会に勤務する看護婦のアパートという何とも情けない死に様だった。結婚してから九年。富と地位に恵まれた男が浮気に走るのは世間ではよくある話ではある。それにも増して、理が他の女性に走る動機がなかったわけではない。

崇を産んでからというもの、三奈と理の間に夫婦の夜の営みはほとんどなかった。たまさか理が体を求めてきても、三奈はそれに義務的に応じるだけだった。愛情もなければ、刺激もないセックス。三十九歳という男盛りの理が別の肉体を求めたくなるのも理解できないことではない。

しかし、夫婦間が疎遠になっていることなど知る由《よし》もない義父母は、ただただ理の無様な死に様に恥じるばかりで、揚げ句は崇に有川会を継がせるべく、医師を志《こころざ》すよう教育して欲しいという始末だった。

義父は七十、義母は六十八という年齢を考えれば、おそらく願い通りに崇が一廉《ひとかど》の医師となって有川会を継ぐ姿を見ることはあるまい。それに、これだけ大きくなった有川会を、手放すのはあまりにも惜しい。三奈はその申し出を受け、崇に医学の道を進ませることを承諾した。

そのためには今までにも増して崇を一流の教育環境に置かなければならない。

三奈は静岡を出ると、崇を連れ、居を東京に移した。

義父もまた、崇が代を継ぐことを夢見て、病院を拡大することに全精力を注いだ。しかし、老齢の身には負担が大き過ぎたのだろう。それから二年後、理の後を追うようにこの世を去った。この時点で義母は七十歳。病院経営の全てを夫に任せ、理事長夫人として振る舞ってきた人間には、有川会を経営していくことなど不可能な話である。三奈は、それを機に理事長となる医師を雇い、自分は有川会の会長に就任することになった。

鷲津和裕と再会したのは、三奈が有川会会長に就任した翌年のことである。

その頃三奈は、東京の港区にある総合病院を有川会の傘下に収めることに成功していた。ベッド数三百を数える総合病院は、東京にある既存の系列病院に比べても群を抜いて大きく、そこを有川会の中央病院とすることにしたのだが、内科部長にするべき医師を探してみると、適任者がいないという問題に直面したのだ。

有川会のシンボルとなる最大規模の病院の内科部長に相応《ふさわ》しい人間を探して欲しい。

医師専門の人材斡旋業者に依頼したところ、候補の一人として上がってきたのが鷲津だった。

提出された書類の中にその名前を見つけた時、三奈はぎくりとした。鷲津——。あの鷲津だろうか。

かつて安田講堂に立てこもり、機動隊に一人立ち向かい、公務執行妨害、及び傷害の現行犯で逮捕されたあの男？

三奈は、履歴書に素早く目を走らせた。

鷲津和裕　東京大学医学部卒——。

間違いない彼だ。

そこに綴《つづ》られている鷲津の履歴を見ているうちに、三奈の目から涙が溢れてきた。

昭和四十五年　岩手県南磐井郡河南町立河南診療所赴任、現在に至る。
賞罰　公務執行妨害、傷害で一年二ヵ月中野刑務所にて服役。

たった二行の履歴。そこからは、鷲津があの安田講堂落城の時から、今日に至るまでの苦難に満ちた日々が滲《にじ》み出て来るようだった。

あれから十二年。世の中が変わったとはいえ、こと医学の世界においては、旧態依然とした医局制度が残っているのは紛《まぎ》れもなかった。東大医学部という日本の医学界の頂点に君臨する大学を卒業しながら、医局制度の改革を目指し、教授に楯突いた一介の医師が日のあたる職場を見つけることは困難を極める。ましてや安田講堂に立てこもり、服役までした医師を雇う病院などありはしない。おそらく、この住所と『診療所』というところから見ると、僻地《へきち》の無医村に職を得るのが精々だったのだろう。

三奈は鷲津が東大に在籍していた頃の評価を知らない。しかし、改革を志す人間という者は、えてして高い理想と志を持った人間である場合が多い。大学の医局という所は、主任教授が絶対的権力を握る場である。誰が医局長になるのか、講師になるのか、助教授になるのか。そして後任の教授のポストも全ては教授の匙《さじ》加減一つで決まる。能力よりも如何《いか》に教授に気に入られる存在になるか。それが出世の階段を昇る基準である。淘汰された医局員の辿る道は哀れなものだ。系列の田舎の病院に放逐されるか、さもなくば大学を去るしかない。人事権も医学博士の学位の認定も、全ては教授一人の手に握られているのだ。

そんな環境の中にいれば、真っ先に反発を覚えるのは、高い能力を持った人間だろう。明らかに自分よりも能力が劣る人間に媚《こ》びを売り、保身に汲々《きゅうきゅう》とする日常に耐えられるはずがない。鷲津が医学部の制度に先頭立って叛旗《はんき》を翻《ひるがえ》したのは、自らの力に絶対的自信があったからこそのことだったのだろう。

三奈にはそう思えてならなかった。

鷲津が勤務する河南町立診療所に赴いたのは、それから一週間後のことである。

東北本線を一ノ関で降り、タクシーを拾い行く先を告げると、運転手は「河南町ですか？」と問い返して来た。その理由はすぐに分かった。一ノ関から河南町までは三十キロ程の距離があり、普通はローカル線の大船渡《おおふなと》線の途中の駅で下車し、そこからバスかタクシーを拾うのが普通で、タクシーで行くと料金は五千円を越すと言った。

運転手は、三奈の懐具合を心配して親切心から言ったのだろうが、上客に巡り合った幸運を喜ぶどころか、たかだか五千円ほどの料金に気を使う運転手の言葉から、この地で暮らす人々が置かれた生活ぶりが窺い知れた。

タクシーが走り出すと、五分と経たないうちに周囲の光景は一変した。時は二月。周囲は雪に覆われているものと思っていたが、日陰となった部分にわずかな降雪の名残があるだけで、土が剝《む》き出しになった田畑、そして枯れた木々が生い茂る低い山並みが続くだけとなる。かろうじて生命の気配を感じさせるものがあるとすれば、常緑樹の杉の森だけだった。しかしそれも緑というよりは限りなく黒に近いもので、それが荒涼とした光景と相まって、うら寂しさに拍車をかけた。

こんな僻地で、鷲津は息を潜めるように十年もの間を過ごしてきたのだろうか。同じ学生運動の闘士として、最後まで安田講堂にこもった人間が、一方では大病院の会長として何一つ不自由のない生活を送り、もう一方は医学界から見放された上に、世間から身を隠すようにひっそりと暮らすことを強いられた。両者を分けるものがあったとすれば、あの安田講堂落城の瞬間、最後に己の信念を貫き通そうと、機動隊員に一撃を食らわしたか否か、その一点にしかない。

それを思うと、三奈は運命の皮肉さを感ずると共に、言い様のないやるせなさが心中に込み上げてくるのを抑えきれなかった。

診療所に着いた時には、間もなく正午になろうとしていた。

町の高台にある河南町立診療所は、薄汚れたモルタルの平屋で、建設されてから随分の時が経っているらしい。とても医療を施す場と呼ぶには忍びない貧しい佇まいであった。

鈍い光を放つサッシにガラスが嵌められた引き戸を開けると、小さな土間がある。そこには泥にまみれた長靴が脱ぎ捨ててあった。左手には受付があり、その正面は患者が順番を待つ長椅子が一つ置かれていた。フェラガモのブーツを脱ぎ、スリッパに履き替えると三奈は受付の窓越しに声を掛けた。奥から中年の女が姿を現した。白衣を着ているところから、看護婦であることが分かった。どうやらここには受付も、事務員もおらず、看護婦が医療行為以外の全ても行なっているようだった。

「診療ですか？　それなら午前中の受付は終わりましたが……」

明らかに土地の者とは違う三奈の身なりを見て、看護婦は怪訝《けげん》な顔をしながら言った。

「鷲津先生にお目にかかりたくて参りました……私、こういう者です」

三奈は、名刺を取り出し看護婦に渡した。

「有川会の会長さんですか……少々お待ち下さい」

看護婦は名刺を持ったまま、奥の部屋に姿を消した。何事かを話す声が聞こえる。

程なくして戻って来た看護婦は、

「もうすぐ、午前中の診療が終わりますので、申し訳ありませんがそこでお待ちいただけますか」

待合室の長椅子を指差した。

三奈は言われたまま椅子に腰を下ろすと、改めて診療所の中を見渡した。壁面には病気予防を喚起する古ぼけたポスターが貼られている。誰もいない受付と事務室を兼ねる部屋の中の一画には、薬棚があり、どうやら薬局業務も全てここで行われているらしかった。

やがて廊下の奥で、ドアが開閉する気配がした。粗末な和服にモンペを穿いた八十になろうという老婆が現れた。風邪でもひいているのだろうか、三奈の傍らに座った老婆は、二度三度と軽く咳《せ》き込む。

事務室の中に看護婦の姿が見えた。慣れた手つきで薬棚を開け、数種類の錠剤を袋に入れる。

「佐々木さん。佐々木ツキさあん」

「はい」

看護婦の呼ぶ声に老婆が立ち上がった。

「軽い風邪だっつから、この薬、食後に一錠ずつ、一日三回飲んでけらいね。後は温かくしてればいいっつから」

「はあ、はあ、まんず、ありがとうございます」

「ほんでやあ、お大事にね」

老婆は処方された薬を、ナイロンの手提げ袋に入れると、深々と一礼し、診療所を出て行った。

再び廊下の向こうでドアが開閉する音がした。スリッパの音が徐々に近づいて来る。やがて、白衣を着た長身痩躯《ちょうしんそうく》の男が姿を見せると、

「お待たせしました。鷲津です」

軽く頭を下げ、三奈を真正面から見つめてきた。そこにかつて、安田講堂で目にした鷲津の精悍《せいかん》な面影はなかった。無理もないと思った。あれから十二年も経つ。しかもその間には一年二ヵ月の服役。そして事実上医学界から追放されたに等しい生活を送ってきたのだ。まさに島流しとも言うべき僻地での生活は、確実に鷲津を疲弊させていたようだった。

「有川会の会長を務めております、有川三奈と申します」

三奈は改めて身分と名を名乗った。

「こんな所では何ですから、私の家の方でお話を伺いましょうか」

来意はすでに電話で伝えてあったが、ことは鷲津のこれからの身の振り方である。看護婦一人とは言え、聞かれるのがまずいと思ったのか、鷲津は三奈が同意する間もなく先に立って玄関を出た。

鷲津の住まいは、診療所に隣接した平屋建ての官舎だった。

三奈を応接室に通したところで、鷲津はインスタントコーヒーに魔法瓶から湯を注ぐと、テーブルの上に置いた。

「こんな粗末なものでは失礼ですが、何分男の一人暮らしなもので……」

鷲津はすまなそうに言った。

「どうぞ、お気になさらずに。先生はこちらに一人で赴任なさっていらっしゃいますの？　ご家族は？」

「家族というのは妻子がいるかという意味ですか？　それならいません」

「まあ、それじゃ何から何までお一人で」

「独身もこれほど長くなると、日常の生活に困ることはありません。気楽なものです」鷲津は自嘲めいた笑いを浮かべると、「ところで有川さん。お電話では私を有川会に迎えたいとのことでしたが」

三奈が切り出すまでもなく、鷲津は怪訝な表情を浮かべながら言った。

「ええ、もし先生にご異存がなければ」

「どうして私なんです」

「ご迷惑でしょうか」

「いや、有り難い話だとは思います。実は、この診療所も今年の六月で閉鎖されることになっておりましてね。身の振り方については早急に決めなければならないところだったのです。しかし、まさか有川会のような大病院が声を掛けてくれるとは考えもしなかった。誰も行き手のない僻地の診療所が精々だと思っていましたからね」

鷲津は上目遣いに三奈を見ながらコーヒーを啜《すす》った。

「僻地医療に格別な思い入れでもおありなんですか」

「私の履歴書はすでにご覧になっているでしょう」

「ええ」

「だったら分かるでしょう。私がどんな過去を持った人間か」

「東大闘争に参加して、懲役刑を受けたことをおっしゃっているのですか」

「そうです。私は母校に牙《きば》を剝いた人間です。医学界では抹殺された人間も同然です。私がこんな僻地に職を得ることができたのは、この地に赴任する医師がいなかったからです。何しろ前任の医師は台湾から招聘《しょうへい》したくらいでしたからね。その医師が亡くなってからは、来手《きて》がいなかったのです。だからこそ、こんな私でもここに職を得ることができたんですよ。私のような人間でも医師は医師だ。町にとってはいないよりはマシというわけです」

「それならこの診療所が閉鎖されれば、今まで先生に頼っていた患者さんは不自由を強いられることになるんじゃありませんの」

「時代の流れというやつですよ」鷲津は苦い笑いを浮かべると続けた。「有川さんは今日一ノ関からこられたのですよね」

「ええ」

「かつて私が赴任した当時は、一ノ関に出るまで三時間以上の時間を費やさなければならなかった。それが今では三十分。隣町には県立の総合病院もある。そこまでなら十五分もあれば充分だ。この十年の間に道路が整備され、町の人の行動範囲はかつてとは比較にならないほどに広がったんです。今ではここに来る患者は、一人暮らしを余儀なくされ、自分では車も運転できない老人ばかりだ。それも数えるほどしかやって来ない」

「そういうことなんですか」

「だからこの診療所が無くなっても、困る人間なんてそういないんです。隣町の病院に行けばいいだけの話ですからね。実際今でもちょっとした検査を必要とする患者は、そちらに回しているのが実情です。私の人件費、診療所を維持していく経費を考えたら、無料送迎バスを町で運営した方が安く済む。要するに私は用無しってわけです」

「それで新たな職場を求めて人材斡旋業者のところに登録なさった」

「そうです。新たな職場はそう簡単に見つかるものではありませんからね。総合病院というところは例外なく、どこかの大学の系列にあるものです。隣町の病院にしても、自治医大か岩手医大の出身者によって占められている。そんなところに私が入っていけるわけがないことはあなたにも想像がつくでしょう」

部屋を見渡すと壁面を完全に覆い尽くすほど大きな本箱が置かれ、何度も読み込まれた痕跡が窺える医学書がびっしりと詰め込まれている。収まりきれない本は、天井に届く程に積み上げられていた。

こんな僻地で満足な医療行為を行えない環境に置かれていても、医学に対する情熱を鷲津が失ってはいないことを三奈は悟った。

「先生。どうでしょう。もしご異存がなければ、有川会で働いてみる気はございませんか」

三奈は直截《ちょくせつ》に切り出した。

「私が有川会で働くことになれば、何かとご迷惑がかかると思いますよ。確かに有川会は大病院だ。病院としての機能を維持して行くためには多くの医師を確保しなければならない。当然、大学とのパイプは太いものがあるでしょう。そんなところに私のような医師が紛れ込んだことが知れれば……」

「それは会長である私が考えることです。それに今の有川会はただの病院ではありません。医師の供給を受けている大学にしたところで、教授にはそれなりのことはしております。先生もご存知でしょう。現在に至っても、大学の医学部というところが、かつて先生が東大にいた頃と何の変わりもない力学で動いていることを」

その言葉に嘘はなかった。医師を安定供給してもらうために、物をいうのは金である。三奈はそのために、折りに触れ決して安くはない金を関係する大学の教授に渡していた。それは例えば、有川会が開催する勉強会での講演謝礼、あるいは海外で開催される学会出張に際しての餞別《せんべつ》という形でだ。国内の学会にしても、出入りの製薬会社や医療用品会社に命じて、主催者となる教授の面目が立つようにブースを出させ、高額な出展料を支払うことで、甘い汁を吸わせていたのだった。

「東大紛争から、十二年。もう時効ですよ。当時の教授はすでに大学を去っています。いまさら先生に何をするというのです」

「しかし、私はある意味、有名人ですからね」

「有川会から受けている権益を捨ててまで、先生を抹殺しようとする人間などいないと思いますわ」

三奈は、艶然と微笑《ほほえ》んで見せた。

鷲津はしばらく何事かを考えていた様子だったが、やがて口を開くと、

「しかし、分からんなあ。どうして私のような厄介な人間を有川会に迎えようとするのです」

首を傾《かし》げながら訊ねてきた。

「かつての同志の窮状を放っておくわけにはいかないでしょう」

「同志？」

「私もあの日、安田にいたのです」

「あなたが……まさか……」

鷲津は目を丸くして呆《ほう》けたような表情で三奈を見た。

無理もない。セクトの印がペイントされたヘルメットを被り、溝鼠《どぶねずみ》のようになった

女性活動家の姿と、一流ブランド品に身を固め、大病院の会長となった自分の姿が重なるわけがない。

三奈はそれから自分がここに至るまでの出来事を、長い時間をかけて鷲津に話して聞かせた。

二十三日間の拘置期限が来るまで完黙を貫き通したこと。不起訴で釈放された後、有川理と結婚し一子をもうけたこと。その理が急逝し、その後有川会の会長を務めることになったこと――。

ただ一つ話さなかったのは、当時自分はパルタイネームとよばれるセクトから与えられた依田美佐子という別名を名乗り、落城前日に鷲津と安田講堂の中で関係を持ったことだ。

異常な環境の中で起きたただ一度の出来事を彼が今でも覚えているかどうかは分からない。しかし、あの出来事を思い出させることが鷲津の決断にどういう影響を及ぼすかが読めなかった。彼にこの申し出を飲ませるためには、ささいな過去を思い出させる必要はない。幸い鷲津には自分があの時の女だと気づいた様子はない。

全てを話し終えた三奈は最後に言った。

「鷲津さん。私はあの闘争で学んだことがある。もはや権力は民衆の力によって倒される時代は終わったということ。権力を倒すものは新たな権力。そして権力とは金と同義語であることを……。一つお訊きしてもよろしいでしょうか」

「何なりと」

鷲津は医師らしく男にしては繊細な指でカップを摘《つま》むと、コーヒーを啜った。

「運動の先頭に立って安田にこもったこと、後悔なさってます？」

動きが止まった。鷲津はゆっくりとカップを元に戻すと腕を組み、どこか遠くを見るような目で天井を見上げた。

「……ここで暮らした十年の間に思い知ったことがある。突きつけられた現実を前にすれば、信念なんてものはどこかへ吹っ飛んじまう。人間を満足させるのは結果しかないとね。あなたの言うように、権力を倒すものは権力でしかない。そして権力とは金の力なくしてあり得ない。そんな単純な理屈も分からず、大学、いや医局という強大な権力に楯突いた僕は、とんだドンキホーテだったとね」

それだけ聞けば充分だった。

「鷲津さん」三奈は静かに言った。「有川会はすでに十三もの病院を経営しています。この数が何を意味するかに説明はいらないでしょう。大学病院でさえ、直営の病院はせいぜい三つか四つ、もちろん大学以外での系列病院となれば有川会を凌《しの》ぐところもありますが、有川会は特別な大学の影響を受けず、広く人材を受け入れています。つまり独立自尊の経営を確立している。もちろん、これから先も病院の数を増やしていくつもりです。当然、そこでしかるべきポストに就く者が手にする権力は地方の大学教授の比じゃない。あなたはかつて東大の医局制度に叛旗を翻した。当然そこには理想とする形があったはずです。今の有川会にはあなたの夢を叶えられる場と力がある。そして有川会はあなたの力を必要としている」

鷲津は何事かを考えるように、無言のままコーヒーを啜った。彼の視線はテーブルの一点を見つめたまま動かないでいる。二人の間を沈黙が支配し、静かな時が流れた。

「本当に、私を雇って後悔はしませんね」

「もちろん」三奈は断言した。「鷲津さん。あの時、私たちがやろうとしたことは決して間違いではなかったと今でも信じています。ただその方法があまりにも稚拙だっただけ。私は有川会を発展させることで、自分の夢を実現しようと思っている。そのためにはあなたの力が必要なのです」

「夢？」

鷲津が問い返して来た。

「有川会の資金と力を背景に、この国の権力構造の頂点に人を据えること。それが私の夢……」

「夢ね……そんな言葉、この十年の間に忘れちまった」

鷲津はフッと笑いを浮かべながら言った。

「忘れるにはまだ早すぎるわ」

「そうかもしれない……分かりました。この話、お受けしましょう。お世話になります」

鷲津は頭を下げると、新しくできる病院の内科部長として有川会で働くことを受諾したのだった。

かつて安田講堂に最後まで籠城した者同士、決して他人には知られてはならない過去を持つ二人が、特別な感情を抱くまでに時間はかからなかった。

鷲津が東京にやってきた翌年、義母が癌《がん》に冒《おか》され、程なくして死去したのを機に、二人は結婚した。

過去を消すために、鷲津和裕は有川の姓を名乗り、有川会の理事長、兼総院長として病院の実務を統轄する地位に就いた。その後三奈の次男となる透が産まれ、南麻布のマンションに居を構え一家四人の生活が始まった。三奈三十六歳、和裕が四十歳の時のことである。

透が産まれた時、崇はすでに開成中学の二年生になっていた。難しい年頃であるにもかかわらず、崇は継父となった和裕になつき、最初から「お父さん」と呼ぶことを躊躇《ためら》わなかった。それは長く孤独な生活を強いられてきた和裕が、ようやく摑んだ安住の空間をつまらぬ感情の諍《いさか》いでぶち壊すことはあってはならないと、実の子に接するかのように振る舞った努力の賜物《たまもの》でもあったことは間違いない。一方の崇にしたところで、通学している学校の環境もあったのだろう、人を測る尺度を学歴に見るところがあった。その点から言えば、最難関である東大医学部を現役で突破した和裕は賞賛に値する人間でこそあれ、拒絶する理由などあろうはずもなかった。

透を出産したのを機に、変わったことがあったとすれば、三奈が崇の将来にかける心情である。

崇は官僚、そしていずれは政界に、有川会は透に継がせると決心したのだ。

そのためには、病院の経営基盤をさらに盤石なものにしておく必要があった。総合病院の建設には莫大な投資がいる。買収もまた同じことだ。手っ取り早く金を稼ぐためには、保険が利かず、言い値で高額な治療費が稼げる診療科目に重点を置くことだ。そこで三奈が目を付けたのが美容整形である。医学の世界ではどちらかといえば異端視される診療科目だが、一件あたりの治療費はべらぼうに高い。設備投資に至っては、総合病院とは比較にならないほど安くすむ。

思いを告げた時、和裕は逆らわなかった。日頃は父親然と振る舞ってはいても、実の子ではない崇の将来、そして有川会の運営については三奈が取り仕切る。いつしかそういう暗黙の了解が二人の間にはでき上がっていたからだ。

それゆえに、ゴルフの最中に崇から縁談の相手を告げられ、夕食を三人で共にしたにもかかわらず、その話題が持ち出されなかったのは、有川家にとっては何ら不自然なことではなかったのである。

しかし、今夜ばかりはそうも言っていられない。ゴルフバッグをしまい、人心地ついたところで三奈は切り出した。

「あなた、崇の縁談の相手が分かったわ」

「ほう」

和裕はさほどの興味を覚えたふうでもなく、手にした夕刊を広げながら気のない返事を返す。

「まるで無関心なのね。私たちにとっても大切なお話なのに」

「そういうわけじゃない。崇のことだ、君に相手の正体を話したとなれば、問題はないと判断したのだろう。自分の将来がかかった話だ。彼に限って失敗することなどありえない」

新聞の向こうから、和裕ののんびりした声が応えた。いかに実の子ではないとはいえ、崇の縁談は二人が密かに抱き続けてきた野心が実現するか否かの大問題である。少しは関心を示してもよさそうなものをという腹立たしさを三奈は覚えた。

「お相手はね、民自党政調会長の白井代議士の長女だそうよ」

「白井……どこかで聞いた名前だな」

和裕が新聞をたたむと、記憶を探るように小首を傾げた。

「大手ゼネコンの白井建設の一族に連なる人よ。何でも崇の話だと、次の総選挙で民自党が勝てば、大蔵大臣あたりで再閣僚入りが有力視されているとか……」

「ああ、それでか」和裕は二度三度と頷くと、「白井建設のことは最近新聞でよく目にするからね。何でもバブルの後遺症で経営が危機的状況にあると報じられている」

こういう時の和裕の記憶力は、さすがと思わせるものがあった。

「崇が言うには、だからこそ自分に白羽の矢を立てたのだと言うのだけど……」

「確かに、彼の言うことは間違ってはいないだろうね。代議士というのは活動資金の豊富さが、生命線を握る。白井建設が苦境に立たされているとなれば、次の総選挙の資金調達は楽ではあるまい。その点、有川家と縁続きになれば、当面の資金源には事かかない。おそらくそういう狙いがあって、崇に目をつけたのだろう。なにしろ、この十年ちょっとの間で、君が始めた美容整形専門のクリニックは十七軒にもなっているからね。ここから上がる純利益は総合病院十三軒を合せても比較にならないほどでかい。彼にとっちゃさぞや魅力的に映るだろうさ」

「そりゃあ、白井先生が本当に閣僚に名を連ね、総理総裁とはいかなくともそれなりの影響力を持ち続ける存在になるというなら、全面的なバックアップは惜しまないつもりだけど、本当に大丈夫なのかしら」

「政界において、確実とか絶対とかいう言葉は存在しない。たとえ、時の総理総裁と縁続きになったとしても、皆が皆その地位を虎視眈々《こしたんたん》と狙ってるんだ。それに代議士というのは、力があればあるほど、表沙汰になれば即座に政治生命を絶たれかねないスキャンダルネタを抱えているものだ。かつて強大な派閥を形成し、権力の頂点に立った人間がそれで足元を掬《すく》われ、二世、三世議員が、陣笠で冷や飯を食わされている例なんていくらでもある」

和裕は新聞をサイドテーブルの上に置くと、おもむろに立ち上がり、書斎のドアを開けた。

「あなた、どこへ」

そう訊ねた三奈に向かって、

「白井代議士の経歴を調べてみようかと思ってね」

そう言うと、和裕はパソコンの電源を入れた。程なくして画面が現れると、検索エンジンを使って白井代議士のホームページにアクセスを始める。『白井しんいちろう』という名前と共に、彼の顔写真が現れた。

薄くなった頭髪。肉付きのいい顔は艶《つや》のある皮膚に覆われ、笑みを浮かべているにもかかわらず、その目には政治家特有の胸中に密かに抱く野心を感じさせる光が宿っていた。

「ほう、昭和二十二年の早生まれというと、君と一学年違いか」和裕が言った。「東大法学部卒。大蔵省主計局からオックスフォード大学に留学。国際金融局係長を経て東京六区から衆議院議員か。祟の経歴とよく似ている。自治大臣・国家公安委員長、運輸大臣を経験してる」

和裕は再び検索ページに画面を戻すと、『白井しんいちろう　派閥』とインプットした。

「滝沢派か。民自党主流派だな。確かにこのまま行けば、当選回数や実績からして、次の閣僚人事で再入閣したとしてもおかしくはないね」

「自分が築き上げた地盤と影響力を次の世代に残そうとするなら、大蔵官僚である崇はうってつけの人物というわけね」

「おそらく、そうした目論見もあってのことだろうな」和裕は腕組みをすると、「現在の内閣が抱えている問題といえば、バブル以降の日本経済をどうやって建て直すかだ。その点、今の大蔵大臣、通産大臣では力不足だ。当然、次の閣僚人事ではその分野に明るい人材を登用し、どん底にある経済を建て直すことに本腰を入れる姿勢を明確にしなければならない。まあ、確かに有望とは言えるな……で、どうする。この話、進めるつもりかい」

画面を覗き込む三奈を振り返りざまに訊ねてきた。

「崇のことですもの、私たちが考えている程度のことは充分に承知しているはず。自分の将来のためにならないと思えば、縁談を持ち掛けられた時に断っていたに決まってる。度々逢っているところを見ると、決して損にはならない。そう踏んだんでしょう」

「しかし、これは賭けだな。白井代議士がこのまま政界での階段を昇れば、当然、崇にとってこの上ない後ろ盾になる。だが、白井建設という爆弾はいつ炸裂するか分からない。そんなことになれば、崇の大蔵省内での出世にも影響するだろう」

「大きな成果を得るのにリスクはつきものよ。それを恐れていたら、チャンスなんて永久に訪れない。それに、たとえ、白井建設が倒れたとしても、代議士の一人や二人の活動資金を捻出するのは、今の有川会にとってはどうってことない話よ」

三奈は画面に映った白井の顔を脳裏に焼き付けるように凝視しながら頷いた。

確かに、白井代議士は白井建設という爆弾を抱えている。だが、それも考えようだ。白井建設が破綻すれば彼の政治生命を握るのは、有川会ということになる。たとえ白井の政治生命が絶たれるような局面がやってきたとしても、親子二代にわたって引き継いできた地盤を、みすみす見ず知らずの新人候補者に明け渡すとは思えない。当然、血縁関係にある者を立てようとするだろう。つまり白井の失脚は、崇の政界進出への時期を早めることになる。何しろ、白井の政治資金源を握るということは、彼の政治生命を握ったことと同義だからだ。そう考えれば白井建設がどちらに転んだとしても崇には悪い話ではない。

また一つ、崇は権力への階段を登ろうとしている。

そんな確信が三奈の心を浮き立たせた。

三奈は込み上げる笑いをかみ殺しながら、キッチンに向かうと、ワインセラーの中

から、シャンパンのボトルを取り出し、リビングに戻った。一足早くソファに腰を下ろしていた和裕に向かって、

「崇の将来に乾杯しましょう」

そう言いながら、軽やかな音を立てて栓を抜いた。

第五章

新宿駅を出た笹山宣子は、通りを二つ隔てたところにあるホテルに向かって歩き始めた。時刻は、十二時五十分。約束の時間まではまだ十分ほどある。急がずとも充分に間に合うことは分かっていたが、宣子の足は自然と速くなった。

三月を迎えたばかりにしては、暖かな日だった。頬に触れる大気、降り注ぐ日の光の中にも新しい季節が確実に近づいて来る気配を感ずる。

春——。ボストンで暮らしていた頃は、どれだけこの季節の訪れを待ち望んだことだろう。

宣子の脳裏に、彼《か》の地で崇と過ごした日々が浮かんだ。

ニューイングランドの冬は暗く長い。御伽《おとぎ》の国を思わせる彩りに溢れた短い秋が終わると、盛大な炎を上げ燃え盛っていた暖炉の薪《まき》が灰と化したように、街は色を失う。チャールズリバーは全面凍結し、モノトーンに沈んだ街を走る地下鉄の駅は、蛍光灯の光も薄暗く、クラシックというにはあまりに時代がかった車両が、ただでさえ沈鬱な雰囲気に拍車をかける。何から何まで、気を滅入らせるような、いや生きる気力さえ奪い去るような季節……それがボストンの冬だった。

それゆえに春が訪れた時の解放感は、格別なものがあった。木々が浅葱《あさぎ》色《いろ》に芽吹き、やがて若葉が繁る頃になると、週末には決まってチャールズリバーの河岸を崇と共に散歩をしたものだった。川面には漕艇競技のボートが浮かび、鋭角的なウエーキーとオールの波紋を残しながら水を切り裂いて行く。そんな光景を目にしながら、絡ませた腕を通じて直《じか》に伝わってくる崇の体温は今でもはっきりと覚えている。もちろん肌を合わせた時の崇の熱は、それ以上にこの体が忘れはしない。

微かに大気が揺らぎ、人の吐息を思わせる風が宣子の頬を撫でた。瞬間、宣子は崇の腕の中に抱かれたような気がして一瞬立ち止まり、着ていたスプリング・コートを脱いだ。かつては至福の時とさえ思えたあの感触も、今となっては不快なものでしかない。

身震いするような寒気が宣子の体を包む。それが胸中に燃え盛る冷たい炎に新たな空気を送り込んだ。

崇のことは恨んでもいいはずだ、と改めて宣子は思った。

人生の中でも最高の時期を捧げた自分を、あの男はいとも簡単に切り捨てた。もちろん全ての恋愛が結婚という形で大団円を迎えるものではないことは分かっている。しかし、崇は最初から自分に愛情を覚えてはいなかったのだ。そうでなければ別れるにしても、もっと思いやりというものがあってしかるべきだ。恋人でもなければ友人ですらない。ただ己の欲望を満たす都合のいい女。いや情婦と言ってもいいだろう。私がどれだけ、不幸のどん底に叩き落とされたか。どれほど惨めな思いをしたか。そんなことは考えもしなかっただろう。

事態がここまでこじれてしまった以上、今更関係が元に戻るとは思えない。だけど泣き寝入りはしない。あの男には自分が味わった以上の屈辱と絶望を与えてやる。

宣子の心中を満たしているものは、崇に対する憎悪以外の何物でもなかった。

歌舞伎町が近づくにつれて、人通りが激しくなった。金で欲望を処理することを請け負うどぎつい看板。行き交う人々もどこか荒《すさ》んでいて、日頃目にする赤坂で働く人間たちとは明らかに人種が違う。特別な用事でもなければ、こんな街に足を踏み入れるのは御免被《こうむ》りたいところだが、今日ばかりはそうも言っていられない。

宣子はますます足を速め、目指すホテルへ向かった。

磨き抜かれたドアを押し開け中に入る。すぐの所に地下一階に続く階段があり、その先はティールームになっていた。休日の午後を楽しむ客で、席は半分ほどが埋まっていた。その一画、四人掛けの席に一人座る男がいた。一度しか会ったことのない男だが、顔は忘れてはいない。

男は名前を岡田誠といい、新宿にある探偵事務所の調査員だった。歳の頃は三十代の後半といったところか。糊の利いたワイシャツ、仕立てのいいダブルのスーツを一分の隙《すき》もなく着こなしてはいても、どこか胡散《うさん》臭さが漂ってくる。第一、背広の襟にかかるまで伸ばした頭髪だけをとってみても、とても堅気の仕事に就いている人間とは思えない雰囲気があった。

目ざとく宣子を見つけた岡田が、立ち上がり軽く頭を下げた。

宣子は、腕時計をちらりと見、時間に遅れがないのを確かめると、落ち着いた足取りで歩み寄った。

「連絡ありがとう。調べがついたそうだけど」

崇の変心の陰に女がいることは間違いない。とすれば、復讐するにも様々な方法がある。どんな手を使うにしても相手を知らなければ話にならない。

宣子はその第一段階として、祟の素行調査を岡田に依頼したのだった。

「苦労しましたよ。官僚の仕事は深夜まで及ぶ上に、時間も不規則ときている。張り込んだ上に、女性と会う現場を押さえて、更に素性まで探らなければならなかったんですからね」

岡田は断りもなしに煙草に火を点《とも》すと、薄い煙を吐きながら大袈裟《おおげさ》な仕草でレポートが入っていると思しき一通の封書をテーブルの上に置いた。思わず宣子はそれに手を伸ばしかけた。しかし岡田は封書の上に手を置いたまま離そうとしない。

動きを止めた宣子を、岡田が上目遣いに見つめてくる。その瞳には、まるで値踏みをするかのような狡猾《こうかつ》な光が宿っていた。

「お渡しする前に、調査費用をご確認いただきましょうか。それでご異存なければ、このレポートはあなたのものです」

岡田は切りだしてきた。

「調査費用ならば、前払いしてあるじゃありませんか。セット六十時間で、五十万円……」

「時間内で終わらない場合には、三十分五千円の延長料金がかかるとご説明しましたよね」

「時間内では終わらなかったと？」

「ええ」

「まさか二十四時間あの人にべったり張り付いていたわけじゃないでしょ。あなたがさっき言ったように、官僚の仕事は不規則なもの。ウイークデイのほとんどは退庁するのは深夜になってからだから、女と会えるのは週末がせいぜい。行動調査をするにしても土日に集中できたはずだわ。そんなことは素人の私でも分かることよ。それでも六十時間じゃ足りなかったと言うの」

「ご依頼は、有川崇さんの素行調査ということでしたが、同一の女性と度々会っていることが分かってからは、そちらの素性と行動も洗ったもので……。もちろんこれは私どもが独断で行なった調査です。不要とあれば料金はお支払いいただかなくても結構ですが」

岡田は表情を変えることなく、傍らの椅子の上に置いたブリーフケースを開けると、中からデジタルカメラを取り出した。武骨な指先でそれを操作すると、小さな液晶画面を宣子に向けてきた。

おそらくプリントアウトした写真を接写したものなのか、お世辞にも鮮明とは言い難いが、夜の路上に立つ男女の姿が映し出されていた。男は間違いなく崇である。そしてその横に立つ若い女性——。

「人間の行動なんて、誰にも予測できやしませんよ。実際、この写真を撮ったのはウイークデイの夜。張り込んでいなかったらこんな場面はものにできなかった」

岡田の話など聞いてはいなかった。小さな画面の中に映った二人の姿に宣子の目は集中していた。もちろん相手の女性に心当たりはない。だが、周囲の光景には見覚えがあった。日比谷にある会員制レストラン『MERMAID』に違いない。それに気が付いた時、宣子の胸中で猛烈な嫉妬と崇に対する憎悪の感情が渦を巻いた。

崇との初めてのディナーを持った店。選ばれた人間だけが集う場所に相応しく、それまで経験したことのない重厚な雰囲気に気圧《けお》されるような思いをしたことは、今でもはっきりと覚えている。

普通の男なら、狙いを定めた女の気を引くために、持てる富や輝かしい経歴をそれとなく会話の中で匂わせるものだが、崇の場合は少し違う。普段から出入りしているレストランやブランドショップで当たり前のように食事をし、買い物をする。それだけで、自分の地位や財力を相手に悟らせるのだ。

あの場所に特別な感情、いや企みなくして女性を伴うことなどありはしない。崇はこの女を本気でモノにしようとしている。

たった一つの画面を見ただけでも、崇がこの女に寄せる思いの深さが窺い知れた。

そんな感情が顔に出たのだろうか、

「どうです、お分かりいただけましたか」岡田の声が聞こえると同時に、目前からデジタルカメラが消えた。「鮮明な写真、もちろん女性の身元調査書もこの封書の中に入っています」

岡田は勝ち誇ったような顔をしながら、また煙を吐いた。

「いくらなの」

申し出を断ることはできるだろうが、すでに前金は支払ってある。探偵会社を替えたところで、いたずらに時間を費やすだけで、結果は同じことだ。苛《いらだ》立ちを覚えながら宣子は訊《たず》ねた。

「七十二万円になります」

こちらの反応を予期していたように、岡田は懐《ふところ》に手を入れると一枚のペーパーを突きつけてきた。料金明細書だった。

「二十二万円の追加ということ？」

「ええ」

下卑《げび》た笑いが岡田の顔に浮かんだ。微かに煙草の臭いが鼻をついた。いまこの瞬間、岡田の体内に入った空気を共有している。そう思っただけでも、胸がむかつきそうになった。

「分かったわ。その封筒をこちらに頂戴」

「お支払いは」

「話が終わったら銀行に一緒に行って。即金で支払うわ」

「本当ですね」

「馬鹿にしないで。嘘は言わないわ」

語気が荒くなった。その勢いに気圧されたのか、岡田は無言のまま封筒を差し出してきた。

それを受け取った宣子は、すかさず封筒を開けた。中にはA４のペーパーが五枚と、十数枚の写真が同封されていた。ペーパーに素早く目を走らせる。最初の三枚は、『行動調査書』とタイトルが記されており、三週間の二人の行動が時系列でまとめられていた。残りの二枚は『身辺調査書』で、相手の女性の名前や経歴、家族状況が記されていた。

「写真の女性は、白井尚子と言いましてね。民自党代議士で政調会長の白井眞一郎の長女です」

ぎくりとした。最後の別れ際に崇が吐いた言葉が脳裏に浮かんだ。

『官僚なんか俺にとっちゃ通過点に過ぎない。目指すものはもっと上にある』

宣子は崇が内心に抱く野望の匂いを嗅《か》ぎ取った気がした。

大蔵省に限らず官僚を娘婿に迎える代議士は少なくない。代議士として現役のうちは身内に官僚を抱えることは、有能かつ忠実な部下を抱えたのと同じであり、引退の時が来たら、地盤を身内に継がせ、培ってきた利権をそのまま次の世代へと受け渡すことができるからだ。一方の崇にしたところで、黙ってこの白井尚子と結婚すれば、いずれは白井眞一郎の地盤は崇の物となり、有川会という資金源を背景に政界に打って出ることが可能になる。正に両者の利害がぴたりと一致するというわけだ。

「それで、二人は特別な関係にありそうなの」

宣子は、努めて冷静を装って訊ねた。

「特別な関係といいますと」

「つまり……」

思わず口ごもった宣子に、

「肉体関係を結んだ様子はあったかどうかとおっしゃっているのですか」

こうした調査依頼は日常茶飯事なのだろう、岡田は事もなげに言った。

「少なくとも、我々が監視している間にそのような行動はありませんでしたね」

「ええ」

「ただ食事をしただけ？」

「行動調査書を見ていただければ分かりますが、二人はこの三週間の間に、三度会っています。しかし、そういった形跡は一切ありません。食事の後は、バーに行き、白井尚子はそのままタクシーで自宅に戻る。その繰り返しです。少なくともこの三週間はね」

「考えられない……」

宣子は首を振りながら思わず漏らした。だが自分との経緯を考えれば、それも頷けないことはない。崇と肉体関係を持ったのは、出会ってから二度目の春を迎えようとしている頃のことだった。その間あの男は、機が熟すのをじっと待った。自ら強引な手段を用いて女をモノにしようなどという行動には決してでない。それは相手の気持ちを斟酌《しんしゃく》してのことでもなければ、度胸がないからでもない。女が自ら体を開く時をじっと待つ。常に万が一のことを考え、退路を必ず確保する。何から何まで計算ずくで動く。そう、崇とはそういう男なのだ。

ふと視線を転じた先に、テーブルの上に置かれた写真の束が目に入った。深夜、張り込みを続けていた車内から望遠レンズを使って撮ったものだろうか、粒子は荒く、鮮明とは言い難いが、それでも先ほど見せられたデジタルカメラの液晶画面に映し出された画像とは比較にならない。

一枚二枚、そして三枚四枚と写真をめくってみた。その度に大写しになった尚子の顔が現れる。いずれの写真の中でも、彼女は笑顔を浮かべていた。唇の間から覗く歯が、わずかな光を反射して白く光る。化粧は薄いのに、同性の目から見てもかなりの美貌である。もともと顔立ちがいいことに加え、二十三歳という若さのせいもあるのだろう。身に着けている服は、一目で値の張るブランドものとわかり、尚子の年齢では、ともすると嫌みになるところだが、そんな気配が漂ってこないのは、育った環境のせいか。父が民自党政調会長、しかも白井建設という日本有数のゼネコンに君臨する一族に生まれ、おそらくこの歳になるまで苦労という言葉とは無縁の環境の中で育ってきたに違いない。

岡田の調書によると、尚子は幼稚園から高校まで都内有数の女子校で学んだとあった。最終学歴は東京女子大というから、勉強も手を抜くことはなかったのだろうが、自分は、MITの経営学大学院に自らの力で留学しMBAまで取り、外銀で男性と対等の立場で仕事をしてきたのだ。それも常に結果を出すことを強《し》いられる過酷な環境の下でだ。容姿、能力ともに自分が見劣りするとは思えない。二人を分けるものがあるとすれば、それは正に出自《しゅつじ》である。家柄であり財力である。

一介の地方公務員の家庭に育った自分には、崇の野望を支えるだけの財力もなければ、社会的権力もない。もちろん、有川会という大病院がバックにあるだけで、崇が単独で政界に打って出ることは可能だろう。しかし、白井眞一郎という現役代議士を岳父に持つことは、崇の野望の実現を揺るぎないものにすることになる。結婚には愛情は必要だろう。だが、それが全てとは言いきれない部分があるのもまた事実だ。一緒になってからその先、いつまで当初の愛情を維持できるかと問われれば、永遠になどと何の衒《てら》いもなく言い切れる人間はいやしない。自分にしたところでそうだ。もちろん崇に愛情を抱いてはいたが、それ以上に崇を将来ある男と見込んだからこそ、十年もの歳月を費やし結婚する日が来ることを待ち望んでいたのだ。

もし、この女が現れなければ——。

写真を持つ手が小刻みに震えた。尚子の笑顔が大写しになっている写真を、今この瞬間にも握り潰してやりたいとすら思った。込み上げる激情を既《すんで》のところで堪《こら》え、また一枚写真をめくった。

新たな写真を見た瞬間、宣子は思わず手を止めた。心臓が一度大きな拍動を刻み、手の先が硬直した。胸中に氷のように冷たい炎が燃え上がった。

写真にはタクシーに乗り込む尚子の肩に手を掛け、エスコートする崇の姿が写っていた。

こんな優しげな表情をする崇を宣子は見たことがなかった。

崇は打算だけで尚子と結婚しようとしているのではない。崇はこの女を愛している――。

燃え盛る冷たい炎は、無数の氷の刃を散らし、宣子の心に突き刺さった。

怒り、嫉妬、怨嗟……。おおよそ人間が持つ負の感情の全てが宣子の胸中を満たした。

この女が全てをぶち壊したのだ。たまたま富と権力を持った家に生まれただけという女。自分では何一つ、築き上げたもののない女が、私から崇を取り上げた。

尚子に対する憎しみは、同時に自分をいとも簡単に捨て去った崇への憎悪へとたちまちのうちに変わって行く。

許さない。絶対に……。この女も崇も……。二人を一緒になんかさせてなるものか……。

調査結果を手にした以上、岡田に用はない。

宣子は約束通り、彼を伴い銀行に向かうとその場で要求された料金を現金で支払い、一人マンションに戻った。二年前に買ったばかりの2LDKのマンション。ローンだが、もちろん自分が稼ぎだした金で購入したものだ。世間では独身の女がマンションを購入したりすると、結婚を諦め、生涯を仕事に捧げる意思の表明と捉《とら》えられがちだが、宣子にそんな気持ちがあったわけではない。これといった財産を持たない自分が、崇と付き合って行くのは、その富をいずれ手にすることを望んでいることを悟られるのを恐れたのである。それに、自分の城であるこの部屋に崇が訪れ、関係を結ぶことは、彼が自分を欲している証明にほかならない。つまり、崇がこの部屋にやって来る間は、二人の関係は安泰であるということだ、という思いもあった。

しかし、そうした宣子の目論見は、見事に外れた。この二年間というもの、会いに出掛けるのはいつも宣子。崇は唯の一度もこの部屋に足を踏み入れることはなかった。それが何を意味するかに説明はいらない。崇はとうの昔から、いずれ頃合いを見計らって自分との関係を清算したいと思っていたのだ。それを考えると、いつかは崇の伴侶になることを夢見ていた自分が惨《みじ》めさを通り越して滑稽《こっけい》でさえある。

十三畳ほどの広さがあるリビングに足を踏み入れると、ポプリの香りの中に着衣から微かに漂ってくる煙草の臭いが鼻をついた。無遠慮に目の前で煙草を吸い続けた岡田の残り香だった。

宣子は、自分の身がひどく汚れたような気がして、身に着けていたものをソファの上に投げ捨てると、全裸になり浴室に飛び込んだ。バスタブに湯を張る間も我慢ならなかった。蛇口を捻《ひね》り、熱いシャワーを頭から浴びた。シャンプーを手に取り、何度も頭髪を洗う。ボディ・ソープで全身をくまなく清める。香料の香《かぐわ》しい匂いに包まれたところで、ようやくバスタブに身を沈めた。体が温まるにつれ全身の筋肉が弛緩していく。気分がいく分和《やわ》らいだような気がしたが、雑念が取り払われた分だけ、思考は一点に集中し始める。

あの二人にどう復讐するか——。

宣子は広いバスタブの中で体を横たえながら、時に腕を伸ばし、湯で肌を撫でながら考え始めた。生まれて初めての復讐計画の立案である。これまでの半生を振り返っても、気にくわない、あるいは肌の合わない人間との出会いは数多くあった。だが、今までのケースと今回とでは明らかに状況が異なる。プライベートな状況でのことならば、そんな人間は相手にせず一切の関係を絶ってしまえばいいだけの話だ。仕事の上でも気の合わない相手には散々出会ったが、そこは仕事と割り切ることもできた。しかし、二人の関係に決定的ダメージを与えるためには、直接的、間接的にせよ積極的に関わって行かなければならない。復讐を遂げるには周到な準備と並々ならぬ精神力が必要であることは容易に想像がついたが、そんなことは苦にはならなかった。

今まで失敗とか挫折とかいう言葉とは無縁だったあの男が、約束されたと確信した将来が水泡《すいほう》に帰した時どんな顔をするか、それを見たい。

もちろん崇の背後には有川会という後ろ盾がある。独力を以《もっ》てしてでも、いずれ政界に打って出ることは可能だろう。しかし、尚子との縁談が煮詰まったところで破談になれば、白井眞一郎が現役でいる限り、いや引退してもなお、今度は彼の地盤を継ぐ人間が崇の将来に大きな影響を及ぼすことになるだろう。つまり代議士になったとしても、重要なポストにつくのは困難。生涯陣笠の一人として過ごさなければならないことになる。あのプライドの高い崇が、そんな屈辱を強いられる生涯を送る。その姿を見れば、あの男に捧げた十年の間に失ったものを取り戻せると思った。

そう考えると、いちばん効果的な復讐は、まずは二人の縁談を破談に持ち込むことだ。それも尚子の方から断らせることだ。

最終目的は決まった。後は、どういう手法で、尚子の気を削ぐかだ。

宣子は、立ち上がると濡れた体をバスタオルで入念に拭い、バスローブを羽織ると浴室を出た。レースのカーテンを通して西日が射し込むリビングを横目で見ながら、キッチンに入ると、冷蔵庫に入れておいた飲みかけのワインを取りだした。崇に別れを告げられて以来、酒量がめっきり増えた。以前は、ボトル三分の一がせいぜいだったのが、今では三分の二程を飲むのが毎日の習慣となっている。

薄いクリスタルのグラスが満たされると、宣子はワインを啜《すす》った。シャルドネ特有の切れのある甘味が鼻腔《びこう》をくすぐる。火照《ほて》った体に冷えたアルコールが染み渡る。

宣子は、キッチンを抜け出すと、リビングへとゆっくり歩を進めた。テーブルの上には、岡田から渡された調査資料が入った封筒が置かれたままになっている。

革張りのソファに腰を下ろし、封筒の中の書類を改めて手に取った。

まず最初に見たのは、尚子の行動調査である。宣子は西日が射し込む部屋の中で足を組むと、最初から調書を読み返した。

人の秘密を垣間見る疾《やま》しさがなかったと言えば嘘になるが、その一方で、そこはかとない快感が込み上げてくる。二つの相反する感情が宣子の中で複雑な文様を織りなす。

二十二万円の追加請求が妥当なものだったのかどうかは分からない。しかし、少なくともレポートを読む限りにおいて、岡田が三週間の間、尚子の行動を監視していたことは間違いなさそうだった。

何度もそれに目を通しているうちに、最初は気が付かなかったことが見えてきた。崇と会うのは決まって金曜日の夕方から。それも毎週というわけではない。これは崇の勤務状況から考えても不思議なことではない。週末とはいっても登庁を余儀なくされることはキャリア官僚にあってはままあることだ。むしろ、平日、それも金曜の夜に仕事を一旦中断し、食事に出掛ける方が、そのまま帰るか、あるいは再び職場に戻るかは別として時間は作りやすい。

そして何よりも目を引いたのが、尚子は土曜日の午後には必ず料理教室に出掛けていることだ。それは赤坂にある老舗《しにせ》の料亭の板前が主宰しているもので、花嫁修業のつもりだとでも言うのだろうか、午後の三時間をそこで過ごしている。しかも、その後はたいてい一人で青山界隈にあるブティックを何軒か覗いてそのまま家に帰っているところを見ると、教室の中に特に親しい人間はいないらしい。

料理教室か——。

崇に見切りをつけさせるためには、いくつかの条件が必要になる。

まず、尚子にこちらの意図を悟られないように近づき、二人きりになること。もちろんそんな場面を崇に見られてはならないし、こちらの正体を悟られてもならない。とにかく、尚子と顔見知りになり、親しく言葉を交わす間柄になることだが、それ自体は難しい話ではないように思われた。料理教室に潜り込めば、機会はいくらでもある。もちろん、親しくなるかは、尚子がこちらに心を開く、つまり、性《しょう》が合うと判断するかどうかにかかってくる。その基準は何か。第一印象、こちらの醸《かも》し出す雰囲気、そして話題……。要素は色々と考えつくが、自分の話を肯定的に捉える者を拒絶する人間はまずいない。そう、自己を殺し、彼女の行動、一言一句に相槌を打つのだ。そして話の間に彼女が関心を示すような話題を織り込めば、間違いなく興味を示すだろう。

宣子は立ち上がると、書斎にしている部屋に入った。スリープモードにしていたノートパソコンの蓋《ふた》を開け、インターネットに接続する。検索ソフトに料理教室の名前を打ち込んだ。

目当ての教室はすぐに見つかった。トップページには、『新学期生徒募集』の文字がブリンクしている。詳細を見ると、入会金と共に三ヵ月分を前払いとあるから、四学期制になっているのだろう。もし、尚子が崇との結婚を考えているとしたら、更に腕を磨くべく継続してここに通うことは間違いない。入会金は二万一千円。授業料は三ヵ月分で九万六千円。初期投資だけで、十一万七千円の出費になるが、この程度の金で縁談をぶち壊すことができるのなら安いものだ。

とにかく尚子に近づき、言葉を交わす間柄になること。それが復讐への第一歩だ。

宣子は受話器を取り上げると、画面に表示された番号をプッシュした。

＊

四月最初の土曜日、宣子は青山にある料理教室に出掛けた。

考えてみれば、改まった形で人から何かを教わるのは、ボストンでＭＢＡの取得を目指して以来のことである。しかし、ここには学位取得を目指す緊張感はもちろん、人よりも一点でも高いスコアを取り、少しでも条件のいい職にありつこうというぎらついた野心も漂ってはいない。結婚前の一時期、文字通り花嫁修業のために、週末の一時を過ごす。そんな気楽な空気が満ちていた。

部屋の中には四つの調理台があり、それぞれに三人ずつが振り分けられ実習を行なうことになっているらしかった。少しでも早く尚子と顔見知りになるためには同じグループに入らなければならない。宣子はことさら新参者を装い、所在なげに部屋の片隅に立ちながら、様子を窺った。継続して教室に通っている女性たちは、親しげに話をしながら調理台の前に集まり支度を始める。席の大方が埋まったところで、尚子が姿を現した。春らしく、柔らかな桜色のブラウスにアイボリーのスカート。その上にニットのカーディガンを羽織っている。

初めて見る尚子は、岡田が撮った写真で見るよりもずっと若々しく、何よりも身から滲み出てくる気品があった。窓から射し込む柔らかな日差しを浴びながら、支度を始める彼女の姿からは、他の女性たちからは感じられない、オーラが放たれているようにさえ思えてくるほどだ。

やはり育ちは隠しきれない。それが白井建設という莫大な財力、そして民自党政調会長を父に持つ環境によって培われたものだと思うと、宣子は自分の生い立ちへの引け目と、胸を搔《か》き毟《むし》りたくなるような嫉妬の念が頭をもたげてくるのを抑えきれなかった。

尚子は支度を済ませると、空いた席に静かに座った。残る席は二つだけである。それを見計らって、宣子は「ご一緒させていただいてもよろしいでしょうか」と控え目に言い、その隣に座った。「こちらは前から通っていらっしゃるの」

「ええ、もう一年になります」

涼やかな声が尚子の口から流れる。

「私、今日が初めてなんです。お料理教室なんて今まで一度も通ったことがなくて」

「そうですか」

微かに笑みを浮かべながら尚子は応えた。社会的地位のある人間は、どこの何者とも分からない人間とは、正体が知れるまでは距離を置こうとするものだ。相手がどんな目的で近づいてくるか、あるいは背景が知れた時、自分を利用するような厄介な相談事を持ち掛けられないとも限らないことを警戒するからだ。彼女もその例外ではなく、口調こそ如才ないが、迂闊《うかつ》には心を開かない。そんな意思が漂ってくる。一年も通っているのに、他の人間とは交わろうとしないのも、そうしたことに起因しているのだろう。

もちろん、宣子には尚子の反応は想定されていたことだ。彼女のような人間でも、興味をそそられる話題というものがある。いや、一つか二つのキーワードを何気ない会話の中に交えれば、必ず食いついて来るという確信があった。

「私、笹山宣子と申します。どうぞよろしく……」

「申し遅れました、白井尚子と言います」

「若い方ばっかりなのね。私のような歳の方は、いらっしゃらないんですか」

「気になさることはありませんよ。今学期はたまたまそうなっただけです。前の期には主婦の方もいらっしゃいましたから。それこそ子育てを終えられて、改めてお料理を習いたいと通い始めた方も少なくないんですよ」

「何分、これまで仕事に追われていて、本格的なお料理を習う機会がなかったもので……。満足に包丁も扱えなくて、ご迷惑をおかけするかもしれませんが……」

宣子が控え目に言うと、

「誰でも最初は素人ですもの。それにここに通ったからと言っても、先生のようなプロになるわけでもなし。基本を教わるのは皆さん一緒です」

尚子は二十三歳とは思えない落ち着いた口調で言葉を返してきた。

講師が現れると、いよいよ調理実習が始まった。椀物《わんもの》と主菜の二品が今日の課題だった。

宣子は料理が決して不得手ではない。福岡にいた時分から、母を手伝い台所に立つのは当たり前のことで、魚を三枚に下ろすことだってできる。ボストンにいた当時は、崇にまともな日本料理をと、マーケットに出掛け手料理を振る舞ったものだ。もちろん、名だたる料亭の板前が教える料理は別物で、出汁《だし》の取り方から盛りつける器の選択、全ての点において学ぶべきものがあったが、そんなことはどうでもよかった。尚子が慣れた手つきで素材を調理していくのを傍らで手伝いながら、素人然とすることに終始した。

三時間はあっという間に過ぎ去った。最後に一同ができ上がった料理を食べ終え、食器を片づけると教室は終わりとなった。

「白井さん。今日は本当にお世話になりました。またよろしくお願いしますね」

宣子はいち早く、帰り支度を整えると、丁重に礼を言い教室を出た。

ここからが勝負だ。尚子の行動は分かっている。彼女はこれからこの界隈にあるいくつかのブティックを覗くはずだ。そこで彼女と偶然を装って出会わなければならない。それも後から入って行ったのでは意味がない。先に自分がいて、そこに尚子が入ってくる。そうした状況を作り上げることが肝心だ。

宣子は急ぎ足で青山通りを歩くと、一軒のブティックに入った。有名なデザイナーの直営店で、岡田の調査によると尚子は決まって料理教室の後、この店を覗くとあった。店内は一階と地下一階が店舗になっており、早くも夏物の新作が並べられている。尚子の姿を見落とすまいと、宣子は入り口近くのハンガーにずらりと吊るされたブラウスを見ながらその時を待った。

どれくらいの時間が経ったのだろう。ガラスのドア越しに、尚子の姿が見えた。

心臓が大きな鼓動を打った。ここまでは全て読み通りに事が運んでいる。あとは、彼女の興味をうまくそそることだ。

宣子は手順をもう一度脳裏で検証するとタイミングを見計らった。

尚子の顔は既に店員も見知っているのだろう。いらっしゃいませ、という当たり前の声の中にも、親しげな響きが込められている。尚子はこちらに気が付く様子がない。軽く笑顔で応えると、ずらりと並んだ新作に目を走らせ始める。宣子もまた素知らぬ振りをしながら、ゆっくりと歩を進め、次第にその距離を詰めて行く。尚子がハンガーを挟んでほぼ正面に来た時、宣子は満を持して声を出した。

「あら……」

彼女は宣子の顔を見ても、すぐに反応しなかった。何度か、まばたきをするとようやく思い出したように口を開いた。

「笹山さん」

「白井さん。お買い物？」

「特に当てがあってというわけではないのですけど……」

「こちらはよくご利用なさるの」

「よくというわけではないのですが、お気に入りのブランドの一つなんです」

「そう、それは偶然ね。私もここの服が好きでよく買うのよ。もっとも、ちょっとカジュアル過ぎて、職場には着て行けないのが残念なのだけれど」

「そうですか。このくらいの色合いや、デザインの服なら職場に着て行っても大丈夫じゃないかと思うんですけど」

「私、アメリカの銀行で働いているんだけど、外銀とはいっても、やはり仕事柄、服装には何かと気を使うのよ」

「笹山さん、アメリカの銀行で働いていらっしゃるの」

「ええ、為替ディーラーをやってるのよ」

「そうでしたの」

「それに、職場では私の年はバレバレでしょ。ここの服を着ていったりしたら、それこそ年増の若作りなんて言われかねないもの。私、もう二十八よ」

「そんなふうには見えないわ……充分着こなせますよ」

「ありがとう。でもね、この季節になると、どうしてもここの服のように少し派手目のデザインで、明るい色彩の服が着たくなるの。年がいもなくね」

「それは誰だって同じじゃないでしょうか。私だって冬が明けて身軽になると、そんな気持ちになりますもの」

「多分、アメリカで暮らしていた場所のせいかも知れないわね。凄く冬が厳しくて、その分だけ春になると弾けてしまう。その習慣が抜けていないのね」

「笹山さん。アメリカにいらしたの」

「ええ、大学院の二年間、ケンブリッジに……。日本の方にはボストンって言ったほうが通りがいいかしら」

「まあ、ボストンに」

ボストン――。それが尚子に自分へ興味を抱かせることになるであろうと踏んでいたキーワードの一つだった。思った通り尚子の目に、明らかな変化が現れた。

「新緑が芽吹く今の季節や、秋の紅葉の時期なんて、御伽の国みたいに奇麗なんだけれど、冬は最悪。自殺したくなっちゃうくらいに色がなくなるの」

「大学院というと、ビジネススクールですか」

「ええ」

「ハーバード？」

「いいえ」宣子はくすりと笑うと、「私はＭＩＴ。もちろん、ハーバードに知り合いはいたけれど」

「いつ頃までいらしたの」

「帰国したのは二年前。それからはずっと今の職場で働いているの」

尚子の目の色に新たな変化があった。それも道理というものである。二年前に帰国したのなら、アメリカにいた時期は一年だが崇と重なる。

「ごめんなさい、つまらないことをお話ししてしまって……」

宣子は、会話を終わらせるふうを装いながら、さりげなく誘い水を向けた。

「いいえ、凄く興味があるお話。笹山さん。これからのご予定は？」

掛かった、と思った。尚子の態度が一変した。見ず知らずの人間を警戒する本能から解き放たれ、好奇心を剝き出しにしてくる。

「夜に人に会うことになっているけど、それまでまだ大分時間があるわ」

「それでしたら、お茶でも飲みません」

「それは構わないけれど」

「アメリカ時代の話を聞きたいんです。ボストンの話を是非」

尚子は目を輝かせた。

これほどまでに、事がうまく運ぶとは思わなかった。

事態の急速な進展に内心驚きながら、宣子は内心でほくそ笑んだ。ボストンという街を尚子は知らない。それゆえに崇と同時期、彼の地で学んだ宣子から留学生の日常を聞けば、将来の伴侶となるであろう男の生活がどのようなものであったのか、別の視点から垣間見ることができる、そう考えたに違いない。

だが、これからわずかな時間の後、彼女は絶望のどん底に突き落とされることになる。そのための手順は頭の中に叩き込んであり、道具もすでに準備してある。

その瞬間を考えると、宣子は背筋が粟立《あわだ》つような興奮を覚えた。

青山通りにある喫茶店に入り、オーダーを終えたところで先に口を開いたのは、またしても尚子だった。

「ビジネススクールの勉強は大変だったのでしょうね」

「何を以て大変と言うのか、比較するものにもよるけれど、絶対的勉強量ということでは、学部時代とは比べものにならなかったわね」

「笹山さん、学部時代は日本で」

「ええ、卒業したのは津田の英文科」

「それじゃ語学は日本にいた頃から堪能だったのね」

「自分で言うのも変な話だけれど、学部時代はまじめに勉強した方だったし、成績も悪くはなかった。だけど、やっぱりビジネススクールの授業はきつかったわ。当たり前の話だけど、教える方は留学生もネイティブも関係ない。ついて行くのがやっと。課題だって学生がどれだけの科目を履修しているかなんてお構いなし。一日に読む文献の量だけでも五百ページになることだってざらだったもの。白井さん、灰色のトライアングルって言葉知ってる？」

「いいえ」

二人の前に置かれた紅茶を口に運びながら、尚子は首を振った。

「移動と言えば、教室と、図書館と、寮の三ヵ所を行きつ戻りつするだけ。それがビジネススクールやロースクールの学生の日常なの。それを指しての言葉」

「うわあっ、そんな暮らし、私には耐えられない。よほど高い志《こころざし》があったんですね」

「外資で少しでもいいポジション、いい給料を得ようとしたら、MBAは必須の学位ですもの。もちろん充分条件じゃないわ。あくまでも必要条件に過ぎないのだけど……。よしんば、学位を手にしてもそれからが本当の勝負。会社が満足する結果が残せなければ、簡単に放り出されてしまうのよ。それでも誰もが少しでもいい成績を修めて、条件のいい会社に採用してもらおうと必死になって勉強する。正直言って、あの頃はそんな生活が大変だとは思わなかった。当然のことだとすら思ったわ。だって、私の場合、企業派遣でもなければ国費留学生でもない。全て自分の持ち出しだったんですもの。高い学費をドブに捨てるようなことはできない。そうした思いもあったし……」

「それじゃ全てご自分で」

何一つ不自由なく育ってきた尚子には想像もつかないといったふうに、目を丸くして訊ねてきた。

もしも彼女が自分と同じくアメリカに留学を志したとしたら、入学試験はともかく、推薦状にはこれ以上にないほどの名士が名を連ね、卒業できるかどうかは別として、少なくとも思い通りの学校に入学できたことだろう。彼の地での生活も、白井建設の現地法人、あるいは関連会社の駐在員が手厚く面倒を見てくれたに違いない。それどころか、父親の威光を以てすれば、何かにつけ在外公館からの支援を仰ぐこともできたであろう。

もちろん尚子がそうした環境にありながら、大学を卒業した後、職に就くこともなければ更に上を目指そうともしなかったのは、その必要がないからだ。札束で膨れ上がった財布を懐に忍ばせ、いつでも欲しいものを買えるような立場にある人間は、やたらと物を欲しがらない。逆に、金に汲々としている人間に限って分不相応な買い物をしたがるものだ。

その点から言えば間違いなく尚子は前者の部類であり、自分は後者だ。チャンスは自らの手で摑むものではなく、自然と転がり込んでくるもの――。おそらく尚子は人生というものをそんなふうに捉えているに違いない。それを悪いという気はさらさらない。少なくとも自分に害を及ぼさない限りは……。

「これも今にして思えばの話だけれど、勉強以外の日常生活だって悲惨なものだった。銀行のアカウントを見ていると、残高がゼロになるのが早いか、卒業するのが早いか……二年生になった頃なんてそんな気持ちになるのはしょっちゅう。一番安い食パンを買ってきて、朝はトースト一枚と卵を一個。昼食は食パンにベーコンと炒り卵を挟んでね、マヨネーズやケチャップは学食で失敬するの。コーラを買うついでにね。その時、小さな袋に入った食塩や胡椒《こしよう》といった調味料も一緒に失敬する。そんな日々だったわ」

「プライベートで留学なさっている方って、皆さんそんな暮らしをしてらっしゃるの」

「私は特別。だって本当にお金がなかったんですもの。そこまでひどい暮らしをしている人はそういなかったと思うわ」宣子は笑いを交えて言葉を返すと、「その点、企業派遣や国費で留学している方は大違い。何しろ、あの方たちは学費の心配もなければ、お給料やボーナスだってまるまるいただけるんですもの」

さりげなく話題を変えた。

「そりゃそうでしょうねえ。勉強に追われていたら、日頃お金を使う機会はそれほどないでしょうし、考えようによっては日本にいるよりも随分贅沢な暮らしができるかも知れませんよね」

「実際、勉強には追われていても、週末の一日くらいは全てを忘れて、思う存分楽しみたくなるものなのね。もっとも学部の学生と違って、遊ぶといっても、主にパーティを開いたり、日本食のレストランで食事をしたりお酒を飲んだりっていう程度のことなんだけど、私も随分ご馳走になったものよ」

「日本人留学生ってボストンには沢山いらしたの」

「そりゃあ、大学の街ですもの。どれほどの数の学生がいるのかは、分からないけれど、日本人人口は少なくはなかったわね。でも、そんな中でも自然とグループができ上がるのね。私の場合お付き合いがあったのは、院生だけ。主にＭＩＴ、ハーバードとかのね」

「ハーバードの方とのお付き合いって、やはりビジネススクールの方ですか」

「それは様々。もちろんビジネススクールの方もいたけど、ロースクール、ケネデイ・スクール。あっこれは行政大学院で、主に日本の官僚の方が多いんだけど、とにかく一人と知りあえば後は自然と繋がりが出来てくるものなの」

「ケネディ・スクールの方も勉強は大変だったんでしょうね」

「それは、それなりにね」宣子は意識して持って回った言い方をした。「でも、はっきり言って、ロースクールやビジネススクールの人たちに比べれば、多少楽だったとは言えるんじゃないかしら」

「それはどうしてです？」

「だってあそこに集まる人は、将来国家の中枢で働くと目される官僚がほとんど。その点、同じ学位でもＭＢＡやＬＬＭ（法学修士）とは少し意味合いが違うの」

「どんなふうに？」

「母国に帰った後、有能な官僚、あるいは政治家となるための最高の教育を授けてくれることは確か。だけど、そもそも大学があの場に集《つど》う学生に期待しているのは、もっと他の所にあるんじゃないかしら。ケネディ・スクールに留学してくる学生の国籍は百を超える。それこそ、全世界から官僚中の官僚が集まってきて、二年間最高のエリート教育を受ける。そして修了と同時にまた全世界へと散らばって行く。当然その間には学生の間に強固な絆《きずな》が生まれ、ハーバードはそうしたネットワークを通じて世界の行政に隠然たる力を発揮することができる。そうした点から言えば、学生、大学双方の思惑が他のスクールとはちょっと違うの」

「それだけ多くの国の官僚中の官僚が一堂に集う場は、そうあるものじゃありませんものね」

「世界を見渡せば、他にもそうした場がないわけじゃないけど、ハーバードは突出しているもの」

そこに崇の将来を見たのか、宣子の言葉を聞く尚子の顔が自然とほころんだ。

「でも、笹山さんだって、そうした方々とお知り合いになれたのは、これからのお仕事にも役に立つんじゃありません？　ご苦労の甲斐があったというものだわ」

「そうねえ……」

宣子は少し考え込むふりをしながら、複雑な表情を浮かべて見せた。

「何か？」

尚子が邪気のない声で問いかけてくる。

「確かに、今の仕事には満足しているわ。ビジネススクールに行ったことは、間違いなく私の今にプラスに働いているでしょうね。でもねえ、もう一つ先のことを考えると、いろいろと思い悩むこともあるのよ」

「どんなことを」

「正直言うとね、この歳になると、このまま仕事を続けているのが幸せなことなのかどうかとふと思うことがあるのね」

「この歳って、まだお若いじゃないですか」

「二十八が若いと言えるかしら」

「働き盛りですよ」

「だから思い悩むのよ。働き盛りって身体能力がそれだけ高い時期にあるってことでしょ。それは同時に女としての能力もピークに達しているとも言えるのね。失礼だけど、白井さんおいくつ？」

「今二十三です」

「そう……私もあなたくらいの歳の頃はこんなこと考えてもみなかったのだけど、アメリカから帰って二年。日を追うごとに時間に加速度がついていくのが分かるの。真っ逆さまに落ちてくように時が過ぎて行く。もちろん仕事に不満があるわけじゃない。充実感だってあるわ。だけどね、女として生まれた限り、やはり結婚もしたければ、子供も産み育てたい。ふと、そんな気持ちに襲われることがあるの。キャリアを積んで、ビジネスの世界で階段を一つ、また一つと昇っていくのもいいけれど、いずれは、第一線を退かなければならない時がくる。その時、気が付いてみたら、たった一人。それが幸せと言えるかどうか……」

尚子は無言のまま、紅茶に口をつけると、カップの縁についた口紅を拭った。

「女が子供を産める時期は限られている。だけど、一旦子供をもうけてしまったら、やっぱり仕事との両立は難しいと思うのね」

「外資でも？」

「今ではアメリカでも一流の大学を出て、社会に出た女性が家庭に入るケースが多くなっているのよ。仕事に魅力がないわけじゃない。でも、子育てにはそれ以上の喜びと充実感があると言ってね。私もそうした状況になってみないと分からないけれど、実際に子供がいるとなると仕事を続けていくと断言できる自信がないの。そうなれば、私の今までの苦労は一体何だったのか。全く意味のないものになってしまいやしないか……、どうしていいのか分からなくなるの……」

宣子がさも思い詰めたように重々しい口調で言うと、

「笹山さん……もしかして、結婚を考えていらっしゃる方が？」

尚子は心情を思いやるような口調で訊ねてきた。

「アメリカ時代に知り合った人と、三年前からお付き合いしているのだけれど……」

「まあ、それじゃ留学時代に知り合った方と？」

「ええ……その人と結婚すれば、海外勤務だってあるから、お料理がからっきしっていうのも心もとないわよね。ホームパーティを催さなければならないことだってあるでしょ。お教室に通うことにしたのも、もし、そういうことになったら役に立つんじゃないかと思ったの。それにいろいろと思い悩むよりも、結婚に向けて行動を起こしたら、自分の心にも決断がつくんじゃないかともね」

「そうだったんですか」

宣子は、無言のままゆっくりと冷めた紅茶を口に運んだ。

「でも相手の方が三年間も待ち続けるなんて、本当に笹山さんのことを想ってるんですね」

尚子は、邪気のない口調で言った。

「愛情は感じているけど……それも必要条件。充分条件じゃないわ」

「それはそうですよね」

「あなたもそう思う？」

「だって、結婚する時がお互いの愛情のピークだとしたら、その後、二人で生活を維持していくためには、他の理由も必要になるんじゃないかと思うんです」

「それは何だと思う」

「子は鎹《かすがい》といいますからね。やっぱりいないよりはいた方が良いのかも知れませんね。それと……」

「それと？」

宣子は問い返し、先を促した。

尚子は少しばかり思案を巡らすように、視線を宙に向けると、遠慮がちに口を開いた。

「生意気なことを言うようですけれど、結婚って結局のところ家同士がうまくいくかが重要なんじゃないかと思うんです。少なくとも双方の親から祝福されない結婚を当人同士の勢いに任せて踏みきってしまうと、それだけでも将来につまらない火種を残す。そんなものじゃないかと……」

尚子の結婚観はその若さにしては随分と醒《さ》めたものだが、核心を衝《つ》いていることは間違いない。宣子にしたところで、崇には愛情を覚えてはいたが、それにも増して魅力を感じていたのは彼の出自であり将来性だった。しかし決定的に異なるのは、自分の出自である。学歴、頭脳に恵まれても、持って生まれた家柄だけはどうしようもない。尚子と自分との間に決定的な違いがあるとすれば、その一点だけである。そうした言葉を吐く彼女に悪気があったわけではないことは分かってはいる。だが、全ての点において一点の曇りもない人間からそうした言葉を投げ掛けられると、自分の努力ではどうすることもできないことだけに、その一言が棘《とげ》のように宣子の心に突き刺さった。胸の中に、祟に抉《えぐ》られた癒えることのない傷口から、じわりと新たな鮮血が滲み出してくるような感覚が走る。

「白井さんって、お齢の割には随分しっかりした結婚観を持っていらっしゃるのね」

宣子は精一杯の皮肉を込めて言ったつもりだったが、

「そんな……母からの受け売りを言っただけです」邪気のない笑みを湛《たた》えながら応えると、「でも、笹山さんがお付き合いなさっているのはどんな方ですか。三年間も待って下さるなんて、女性としては幸せなことじゃありませんか。それに先ほどお聞きしたところでは、海外へ赴任なさる可能性もおありだとか。きっと将来を嘱望された方なんでしょうね」

と話題を転じた。

「普通の企業ならそう言えるかもしれないけれど、官僚の世界では国費で海外の大学に留学するのは当たり前のことですもの。そんな人間はごろごろしてる。それだけで将来を嘱望されているとは言えないわ」

「官僚？　笹山さんのお相手って官僚でいらっしゃるの」

尚子の顔にまた新たな興味の色が浮かんだ。

「ええ」

「どちらの」

「大蔵省」

「学校はどちらでいらしたの」

「ケネディ・スクールよ」

「あら、それでしたら同時期ケネディ・スクールに留学していた官僚の方を知っていますよ。お名前は何とおっしゃるの」

この期《ご》に及んでも、尚子はその相手が崇とは気が付いていない様子だった。宣子の胸中に残忍な感情が頭をもたげてくる。

「白井さん。大蔵省にお知り合いがいらしたの」

「ええ、幾人かは存じ上げている方が」

「それなら、名前はちょっと……もし、このお話がまとまらないことがあれば、彼にも迷惑がかかるし。ごめんなさい」

宣子はさり気なく腕時計を見た。

「いけない。もうこんな時間」

「笹山さん、もしかしてこれからその方とお会いになるの」

「ええ。仕事が仕事でしょう。ウイークデイはなかなか忙しくて。週末も毎週とまではいかなくて」宣子はバッグを持つと、「そう言えば、まだ私の名刺をお渡ししていなかったわね」

中からビジネス手帳を取り出しページを開けた。瞬間、尚子の目がそこに向けられるのを、宣子は見逃さなかった。表紙の裏側には数枚の名刺と共に、一枚の写真が忍ばせてあった。

女学生でもあるまいし、ビジネス手帳に恋人の写真を忍ばせておくキャリアウーマンなどいようはずもないことは、少し考えれば分かりそうなものだが、そんなことに気が付く様子もない。

尚子の顔が明らかに強《こわ》ばるのが分かった。

無理もない。それはボストンにいた頃、試験休みを利用し、崇と共にニューヨークに旅行にいった際、二人で撮ったものだ。しかも体を密着させ、満面の笑みを湛えた二人の姿が大写しになっている。

差し出した名刺を受け取る尚子の手が微かに震えている。

「あのう――」

おそらく、尚子はその人がお付き合いなさっている方、とでも訊ねたかったのだろうが、宣子は白々しくも、

「ここは年上の私にご馳走《ちそう》させて。これからお教室でいろいろお世話になると思うから」

まだ何か問いたげな尚子を尻目に言い放つと、慌ただしく席を立った。

＊

四谷にあるフレンチレストラン『シェ・オオムラ』は、日曜日の夜にもかかわらず、ほとんどの席が埋まっていた。明かりの落とされた店内に設《しつら》えられたテーブルにはキャンドルの灯が点り、ロマンティックな雰囲気を醸し出している。すでに食事を始めた人々が交わす会話が、潮騒のようにたおやかに空間を満たす中、有川崇は、店の一番奥のテーブルに座り、尚子が現れるのを待っていた。

時刻は六時四十五分になろうとしていた。約束の時間からすでに十五分ほど過ぎている。時間にルーズな人間ならば気にはならないが、尚子は決まって五分前には待ち

あわせの場所に現れる。手持ちぶさたな崇の様子を気づかって、ボーイが「お飲み物を用意いたしましょうか」と声を掛けてきたが、崇はそれを断り、ミネラルウォーターで軽く唇を湿らした。

先にアペリティフの一杯や二杯を体に入れたところで、どうということはない。それでも尚子が来るのを待ったのは、昨夜の電話のせいだ。

「明日時間を作っていただけませんか」

ちょうど、仕事に一区切りついたところで日曜日の予定はない。午前中を休養の時間に当て、それから尚子を食事に誘い出そうかと思っていた矢先のことだった。願ってもない申し出だったが、受話器を通して伝わってくる尚子の声には、いつものような明るさはなく、何事かを思い詰めた重苦しさと、冷たい響きがあるような気がした。しかも彼女は、場所と時間を一方的に指定しただけで、まるで仕事のアポイントメントを取るようなそっけなさで電話を切った。

人にはその時々の気分というものがある。誰もがいつも上機嫌で話をするとは限らない。あの時は、何か面白くないことでもあったのかと、さして気にも留めなかったが、こうした状況に置かれてみると全てがいつもと異なる。第一、彼女の性格からして、遅れるなら遅れるで連絡の一つも入れてきてしかるべきだ。それが十五分経っても何の音沙汰もないのはどうしたことだろう。少なくとも、二人の間において、事態を急変させるような兆しは何一つなかったはずだ。

崇はジャケットのポケットから携帯電話を取り出した。着信履歴はない。

まさかここへ来る途中で、事故にでも遭ったのだろうか。

こうしている間にも、時間は刻々と過ぎ去って行く。二十分が過ぎたところで、崇は携帯電話を手に腰を浮かしかけた。その時だった。入り口のドアが開き、受付のデスクライトの明りに尚子の姿が浮かび上がった。二言三言黒服のボーイと言葉を交わした尚子は、そのまま真っすぐ崇のいるテーブルに向かって歩み寄ってくる。こちらの姿はとうに確認しているはずだ。しかし、キャンドルの灯に浮かび上がった顔は、陰影がきつく表情ははっきりとは分からないが、いつものような笑みはない。

「遅かったね」

尚子は無表情のまま、ちらりと崇を見た。棘を含んだ視線だった。彼女がこんな視線を向けてくるのは初めてのことだ。

「出掛けに、電話が入ったの」

「それならそれで連絡をくれればよかったのに。何かあったんじゃないかと心配したよ」

一言も発せず、尚子は優雅な仕草で、目の前の席に座った。

さすがにここまでくると、ただ事ではない。彼女の仕草からは明らかに自分に不快な感情を抱いている様子が見て取れた。

「一体どうしたんだ。君らしくもない」

「君らしくもないってどういうこと」

「今日の君はいつもと違う。ひどく不機嫌なように見えるけど」

「そう見える?」

尚子は素っ気ない口調で言った。

「ああ、見えるね」

二人の間に、不穏な空気が流れ始めた。次にどちらかが口を開けば、楽しいディナーどころか、尚子の心中に鬱積している何かが弾ける、そんな予感があった。

その時、メニューを抱えたボーイがオーダーを取りにやって来た。

尚子はそれを開くこともせずに、

「アペリティフにキールを。食事は今日のお勧めでいいわ」

とだけ言い、すぐにそれを突き返した。こうまでされると、崇もメニューを見る気にもなれない。

「僕も同じでいい」

ボーイは、「かしこまりました」と言い残し、すぐにその場を立ち去った。

「有川さん。一つ訊きたいことがあるの」

尚子が初めて正面から崇を見つめ切り出した。

「何なりと」

「正直に答えて下さいね。あなた、昨日どこに行っていたの」

「昨日は休日出勤だ。昼に出社して、家に戻ったのは深夜――」

「嘘……」

「嘘なんかついちゃいないさ。何なら明日にでも勤務記録簿をコピーして見せてやろうか」

「そんなもの、いくらでも改竄《かいざん》できるじゃない」

「どうして、そこまでして君に嘘をつかなきゃならない理由が僕にあるんだ。何があったか知らないが、今日の君はどうかしているぞ」

さすがに崇の語気が荒くなった。しかし、尚子は清楚な顔に似付かわしくない皮肉な笑いを浮かべると、

「有川さん。あなたアメリカ留学時代に親しくお付き合いなさっていた方がいたんで

すってね」

崇は一瞬、目を伏せたが、すぐに尚子の顔をじっと見つめた。

「なかったとは言わないさ。僕だって三十だ。独身の男がこの歳になるまで何にもなかったという方がむしろ変な話だろ。過去を詮索《せんさく》し始めたら、そんな話はいくつか出てきて当たり前ってもんじゃないのか」

「それほど親しかった方と、どうして結婚しなかったの」

「多分、君と同じ理由だね」

「どういうこと」

「君だって、いままで恋心を抱いた男性がいなかったわけじゃないだろ。だけど、今こうして僕と結婚を前提にして付き合うようになった。結婚と恋愛は別物だからね。特に、僕たちのような環境にある人間にとってはね」

「それじゃ私との縁談に乗り気になった最大の理由は何？　間に立って下さった次官の顔を立てるため？　それとも父の地位？」

「そんな打算的な結婚をしてもお互い不幸になるだけだ」崇は大仰《おおぎょう》に溜息をついてみせると続けた。「この際だから、正直に言うよ。僕は君を愛し始めている。愛《いと》おしい存在だと思っている。だけど、それだけでこの先の長い結婚生活を全うできるとは思ってはいない。一つ例を上げようか。世の中には清貧なんて馬鹿げた言葉がまかり通っている。だがね、僕にいわせりゃ、そんなものは貧乏人、言葉が悪けりゃ社会の敗残者がほざく世迷言《よまいごと》だ。今日の飯をどうするか、子供の学費をどう捻出するか、生活に追われる人間に哲学を考えている余裕なんてあるわけがない。結婚だって同じさ。生活愛情だけで生活が成り立つか？　愛情だけで貧しい生活に耐えていけるか？　厳しい現実を目の前に突きつけられりゃ、愛情なんてもんはどこかに吹き飛んでしまう。つまりだ、愛情を維持させるのは、充分な生活の糧《かて》と、納得がいく環境があって初めて成り立つものだ。少なくとも、僕は君に愛情を覚えてもいれば、結婚しても生活を維持していくだけの環境がある。だからこの話を進めることにした。それが理由だ」

「あなたのお相手だって、その条件を充分に満たしていたんじゃないの」

「そんな相手じゃなかったな」

「MITでMBAを取った、外銀のディーラーじゃ不足だったってわけ」

再びボーイが現れ、二人の前に静かにキールを置いて立ち去った。

崇は内心の動揺を悟られまいと、わざと余裕のある仕草でそれに口をつけると、

「さすがに白井先生だね。次官の紹介だけでは信用できないとばかりに、大事な娘の結婚相手の身辺調査を行なったというわけか。しかし、誰に調査を依頼したのかは分

からないが、とんだ食わせ者を雇ったものだね。すでに縁の切れた女と僕が今でも逢っていると報告するとは」

「父はそんなことしないわ」

「だったら誰が君にそんな出鱈目《でたらめ》を吹き込んだ」

「その本人からよ。笹山宣子さん。知らないとは言わせないわよ」

尚子は、崇の前に一枚の名刺を投げ出した。紛れもない宣子のものである。さすがの崇も、これには驚いた。

「君……彼女に会ったのか」

「ええ」

「いつ。どこで」

「そんなことはどうでもいいでしょ。問題は、私との縁談を進めようとしている一方で、あなたがこの女との縁を切れずにいるということよ。どうするつもり？　こんなことが父に知れたら、破談になるばかりか、当然事の経緯は次官の耳にも入る。あなたの将来は台無しよ」

崇の中で宣子に対する嫌悪と激しい怒りの感情が燃え盛った。

彼女が尚子と会ったのは偶然なんかじゃない。おそらく何らかの手段を使って、自分たちの行動を監視し、そこから尚子の存在を摑んだに違いない。そして尚子に近づき、二人の過去の関係をばらしたのだ。

何という執念。何という卑劣な女。

事がここに至った以上、改めて宣子とのことは決着をつけなければならない。そのためにはどうしたらいいか。おそらく、こうした行動に出てくるところを見ると、彼女の目的は、この縁談を破談に追い込み、自分との縒《よ》りを戻そうとしてのことではない。未だに未練があるのなら、逆効果になることは少し考えれば分かることだ。狙いはただ一つ。この俺の将来を絶つことにある。だとすればこれは厄介極まりないことだ。怨恨《えんこん》というものは、たとえ目的が達せられようとも、そう簡単には収まるものではない。

どうしたら、宣子を納得させることができるか。

崇は必死に考えた。

一般的に、こうした状況に男が追い込まれた時に取る手段は、慰謝料という名目で金を用意し解決を図るというのが通り相場だ。しかし、宣子は充分な高給を得ている上に自分の懐具合はよく知っている。常識的な金額に色をつけた程度では到底納得しはしまい。金で決着がつくのは、支払う相手にとてつもないダメージを与えたと相手が認識して初めて成立する話だからだ。宣子に一千万や二千万の金を支払ったところで、所詮、出処《でどころ》は有川家だ。仇《かたき》と思っている自分の懐が痛むわけではない。それによしんば彼女が金を受け取ったとしても、それで片がついたと考えるのは早計だろう。

　この難局を乗り越え、尚子と結婚し代議士への道を歩み始めたとしても、二人の関係を表沙汰にしないとも限らない。権力への階段を昇り始めた頃に、そんなことを持ち出されれば致命的なスキャンダルになる。そう考えると、結局のところ、自分は宣子がこの世に存在する限り、彼女の影から逃れることはできないのだろうか……。

　絶望的な感情が胸中を満たしかけたが、崇の脳裏にはたと閃《ひらめ》くものがあった。

　スキャンダル——。そうか、立場を入れ替えれば、宣子にとっても二人の関係が公《おおやけ》になるのは決して好ましい状況ではないはずだ。恋愛関係にあった男女が結婚に至らず別れたなんて話は、世間には掃いて捨てるほどある。こちらが誠意を示した上で更につきまとうとなれば、それは紛れもないストーカー行為だ。そうした行状が表沙汰になれば、宣子は今まで築き上げてきた全てを失うことになる。ましてや自分を追いかけて留学した際には、父親が借金をして学費と滞在費を用立てたのだ。そこまでしてくれた親を裏切り、現在の地位を擲《なげう》ち、社会的に抹殺されるような選択を彼女がするだろうか。そう、大切なのはこちらが世間相場から見て、充分な慰謝料を支払う誠意を見せた、その既成事実だ。そのためには、尚子がこの問題をどう捉えているか。それを確認しておかなければならない。

心中に漂う暗雲の間から、一筋の光が射し込むのを見た気がして、崇はキールを啜ると口を開いた。

「一つ君に確認しておきたいことがある」

尚子は揺るぎない視線を崇に向けながら、黙って頷いた。

「仮に宣子との問題に決着がついたとして、君は今回の話を断るつもりかい」

「普通の女性なら、答えは一つ。この話はなかったことにしたいと言うところでしょうね」

「多分ね」

「でも、私は少し考え方が違うの。正直言って、少なくとも今の時点で破談にするつもりはないわ」

「どうして」

「過去の女性関係をとやかく言い始めたら切りがないってこと。私も政治家の家に育った人間ですからね。人には表裏があるということぐらいは知っているつもりよ。それに、あなたが代議士になる資質を持っていることは事実。親子二代が同時期に代議士になるのは、白井家の悲願なの。それを女の問題で切り捨ててしまうのはあまりにも惜しい。そう思っているわ」

「それじゃ、このまま交際を継続してもいいんだね」

「その前に一つ訊かせて」

「何なりと」

「あなたの目標……。つまり代議士になった後、何を目指すのかを訊きたいの」

「政治の道を志すからには、一介の議員で終わるつもりもなければ、陣笠で終わるつもりもない。それが答えだ」

「自信はあるの？」

「あるさ」崇は煙草を口に銜《くわ》えると火を点し、煙を吐いた。「俺たち官僚の世界はね、マフィアと同じなんだよ。国民から税金というみかじめ料を強制的に徴収して、自分たちの裁量でいいように使う。法律というルールも俺たちが立案する。ファミリーの中にいれば、国民から巻き上げた税金で退職後の受け皿を作り、一生食うに困らない生活を送るんだ。もっとも、旨い汁もランクによって質が違う。キャリアの中での激烈な競争に勝ち抜いた人間から順番に甘い汁の上澄みを舐《な》めて行くんだ。席順が下がるにつれて、質は悪くなる。最高の地位である次官をものにできるのは二年に一人。

キャリアの経歴は、誰もがほとんど一緒。食うか食われるかの戦いをしてるんだ。それに比べりゃ、代議士なんて玉石混交《ぎょくせきこんこう》。知名度があるってだけで、頭数を揃えるためにバッジを付けてる人間はたくさんいるからね。そんなやつらに俺が負けるわけがないだろ。キャリアの世界に比べれば、政治家の世界の権力争いなんて、ほんの一摘みの人間の中での戦いだよ」

「それほど大変な戦いの日々を送っているなら、過去の女の問題を片づけるのは、簡単ってわけね」

「当たり前だ」

「そうよね。いずれは国政の場に打って出て、更に上を目指そうというんだもの、この程度の問題を解決できなければあなたの夢なんか叶《かな》いっこないものね。いいわ、少し時間をあげる。この縁談を無かったものにするかどうかは、あなたのお手並みを拝見してからにするわ」

「いいだろう。君が納得のいく結果を出してみせるさ」

崇は力を込めて言い放つと、残ったキールを一息に飲み干した。

尚子の言うことはもっともだったが、その言葉の背景には、彼女にも自分を無下に切り捨てられない事情がある事を崇は見逃さなかった。父である白井眞一郎の財政基盤はかつてのような盤石なものではない。それどころか、日を追うごとに悪化の一途を辿っている。長年にわたって築き上げてきた今の地位を維持するためには、新しい財政基盤、つまり有川会の助力なくしては、成り立たない。

この女は絶対自分から逃げはしない。そして俺は、白井眞一郎の権力を利用して、国家の中枢を担う地位に登り詰めてみせる。

崇は、込み上げる笑いをかみ殺しながら、宣子との関係を終わらせる算段に思いを馳せた。

第六章

有川会東京中央病院は、港区白金にある。傘下に収めた時にはベッド数三百余だったこの病院も、五年前の改築時に大幅な増床を行い、今では五百を超える規模にまでなっていた。白いタイルで覆われた十階建てのビル。正面玄関から伸びる廂《ひさし》の下の車寄せに一台のタクシーが停まると、中から有川崇が降り立った。

建物に入るとすぐの所に総合案内のブースがある。その背後に広がるロビーには、会計を済ませ、処方箋が出るまでの間患者が待機する椅子が並べられていたが、朝八時という時間では、職員の姿も椅子に座る人影もない。しかしこうしている間にも、患者は続々と押し寄せて来る。彼らは、傍らの壁に設置された自動受付機に診察券を差し込み順番を確保すると、その足で二階、三階に散らばる各科外来診療室に続くエスカレーターへと向かう。

いつ来ても、世の中には病《やまい》を抱えた人間がこんなにいるのか、と思うほどの盛況ぶりである。

崇は、そうした人たちを横目で見ながら、フロアーの中央にあるエレベーターへと向かった。

四階は検査室と手術室。五階から九階は病室。十階は、院長室と会長室、それに会議室と各科の医長室がある。エレベーターに乗り込んだ崇は、十階のボタンを押した。閉ざされた空間が静かに上昇を始め、やがて停止した。会長室はフロアーの右奥にある。長大な廊下を仕切るように立ちはだかる曇りガラスのドア。その前に立つと、鈍いモーター音をたててそれが開き、ダウンライトの柔らかな光に満たされた空間が開けた。二十畳程のスペースはソファが置かれた待合室になっており、側《そば》には秘書が座るブースがある。華やかなピンクのブラウスの上にインクブルーの制服を着た若い女性が立ち上がり、「おはようございます」と恭《うやうや》しく頭を下げてきた。

「おはよう。会長は中かな」

崇が一瞬立ち止まりながら訊《たず》ねると、

「先ほどお入りになりました」

「今日のスケジュールは」

「十時に製薬会社の方とお約束がございますが、それまで予定は入れておりません」

予期した通りの答えが返ってきた。

崇は軽く頷《うなず》くと、ぶ厚いオークの扉をノックした。

中から、どうぞという声が微かに聞こえた。磨き抜かれた金メッキのノブを回す。広い会長室が目の前に広がる。踵《かかと》まで埋もれそうな深い絨毯《じゅうたん》が音を吸収するのだろうか、広い空間は静謐《せいひつ》に包まれている。中央に置かれた白い革張りの応接セット、マホガニーで統一された家具、それらの色合いに相まって、クリムゾンレッドの絨毯が重厚さに拍車をかける。この色は崇の母校でもあるハーバードのスクールカラーで、国費留学生としてケネディ・スクールに入学したのを機に、有川会のコーポレートカラーとなったのだった。

机の上に広げた書類から目を上げた三奈が、意外な人物の訪問に怪訝な表情を浮かべた。

「誰かと思ったら、こんな朝早くから何事？」

有川会会長としての三奈の日常は多忙を極める。もちろん、各病院の日々の業務は事務長が取り仕切るのだが、そこから上がってくる報告書や決裁を仰ぐ書類に目を通すだけでもかなりの時間を要する。加えて、納入される薬や医療機器の最終交渉と決裁は三奈が行うのが有川会の決まりだった。当然日中は時間に追われ、デスクワークに集中することはできない。そのために三奈は東京にいる間は朝八時に仕事を始め、十時になるまで一切の電話の取り次ぎを禁じ、部屋に一人こもるのを習慣としていた。たわいもない世間話なら南麻布のマンションでもできるが、今日の用件を話すには父や弟の耳があると思うとさすがに気が引ける。母子水入らずの時間を確実に確保できるのは、この時しかない。

「実はちょっとお願いがあってね」

崇は、失礼と断りを入れるとソファに腰を下ろした。いつの間にか三奈も老眼鏡を掛ける歳になっている。金縁のフレームに小さなレンズがついたそれを机の上に置くと、腰を上げ崇と相対《あい》する形でソファに座った。

「随分改まったことをするじゃない。それにあなたがお願いなんて珍しいわね」

「珍しいどころか初めてじゃないかな」

「そうね。あなたは子供の頃から物をねだることもなかった。全てのことを自分の意志で決めてきた子だったもの」

「それは欲しがりそうなものを先回りしてお母さんが与えて下さったからでしょう。

その点については、本当に感謝していますよ」

「そのあなたが改まってのお願いってなあに」

「二千万ほど用立てて欲しいんです」

こうした話はへたに持って回った言い方をすると、余計な心配を与えかねない。母親に女性関係のトラブルを自らの口で話すのはさすがに抵抗を覚えたが、こうなってしまった以上どうしようもない。崇は腹をくくって直截《ちょくせつ》に切り出した。

「二千万？　……それは構わないけれど一体何に使うの」

「女との手切れ金ですよ」

「手切れ金？」

三奈の目が驚愕で見開かれた。

「実は大学の時から関係を続けていた女がいてね」

崇はそれからしばらくの時間をかけて、笹山宣子との関係、そしてついにはその存在を白井尚子に知られてしまったことまでを順を追って話して聞かせた。事の次第を明らかにするにつれて、三奈の顔に不快な表情が宿った。

朝の予定は台無しになってしまったであろうに、もはや三奈はそんなことを気にする素振りもない。眉間に深い皺《しわ》を刻み、じっと話に聞き入っている。全てを話し終え、サイドボードの上に置かれた置き時計に目をやると、二十分ばかりが経過していた。

「驚いたわ……あなたにそんな女性がいたなんて、全く気が付かなかった」

三奈が深い溜息と共に、ソファに背をもたせ掛けると、言った。

「この歳になるまで、女の一人や二人いない方がどうかしてるってもんでしょう」

「それについてとやかく言うつもりはないわ……でも崇、その笹山という女、こちらが出方を間違えると、取り返しのつかないことになりかねないわよ」

「と言うと」

「話を聞いていると、彼女はあなたに愛情以外のものを持っていると思うの」

「もちろんそうでしょうね。彼女の狙いはキャリア官僚である僕と結婚すること。そして、有川家の一員になることを望んでいることは間違いないんだから」

「だから性質《たち》が悪いのよ」三奈はゆっくりと体を起こすと、声を潜めた。「有川家に嫁げば、将来透が病院を継いだとしても余程のへまをしなければ経営が傾くことはない。キャリア官僚としてのあなたの社会的地位の恩恵に与《あずか》るだけでなく、財力的にも一生困ることなく暮らして行ける。そんな思惑を抱いているはずだわ。そんな女が一時的に手にする二千万のお金で、素直にあなたと手を切るかしら。私にはとても彼女がそれで納得するとは思えないけど」

「二千万程度の金では納得しないと言いたいの？」

「彼女はあなたの身に今何が起きようとしているのか、知ってしまったんでしょ。おそらくこんな行動に出てくるからには尚子さんが何者なのか、調べはついているに決まってる。そしてあなたがいずれそう遠くない将来、官界から政界に打って出るということもね。決定的とは言えないまでも弱みを握られてしまったも同然じゃない」

「公人になったところで過去の関係を持ちだされて、僕の将来に大きな影響を及ぼしかねないことを心配しているの？」

「そうよ」

「だったら、心配は無用だね」

「どうして、そう断言できるの」

「簡単な理屈だよ」三奈の心配は想定の範囲内のことだった。崇はにやりと笑うと続けた。「いい、お母さん。確かに僕と宣子は男女の仲にあった。だけどね、僕は唯の一度だって彼女と結婚を約束したことはない。正直言って恋愛感情というものすら抱いたことはない。もっとも事実上の恋人同士と取られても仕方のないところはあるけど、世間にはそんな男女が結婚に至らず破局を迎えたなんて例は掃いて捨てるほどある。その際に慰謝料を支払ったなんて話は聞いたことがない。長く生活を共にした夫婦の離婚の慰謝料にしたって、二千万は法外な額だ。これだけの金を受け取った上に更に付きまとうというなら、これはもう立派な犯罪行為だ。もし、それ以上の金を要求するなら恐喝だからね。彼女だって自分の将来を台無しにしてまで、僕に付きまとうような愚《ぐ》は犯しやしないよ」

「大した自信ね」三奈の目の色が変わった。息子を見る母の目ではない。冷徹な経営者としての目だ。

「あなた大事なことを見落としているわ」

「どういうところを」

「持たざる者には許されても、持てる者には許されないことがある。それが世間というものだということ」

「つまり？」

「最悪の状況を考えてみれば分かりそうなものじゃない。いい、仮にその女が二千万の金を受け取ったとしましょうか。確かに二千万は小さな額じゃない。当面は、それで溜飲《りゅういん》を下げた気にもなるでしょう。でもね、あなたが政界に打って出て、権力の階段を上り始めたら、折りに触れあなたの名前を目にすることになる。しかるべき地位につけば、代議士となった姿を目にすることもあるでしょう。その時に、あなたの隣には常に尚子さんがいる。そんな光景を見たら、彼女は何と思うかしら」

母が何を言わんとしているのかはすぐに分かった。

「あそこにいるのは尚子じゃない。私だったはずだと考えるかもしれないね」

崇は先回りをして言った。

「そう、きっとね。問題はそうした感情を覚えた時に、彼女が過去の話を持ち出さないとも限らないということよ。そしてその時世間は彼女の味方をする……」

崇は思わず前髪を掻《か》き上げた。答えに窮したからじゃない。母の懸念するところを理解できないではないが、そんな先のことを心配していては何事も先へは進まないと考えたからだ。

「お母さんもほとほと苦労性だね」崇は苦笑いを浮かべると続けた。「僕が政界に打って出て、しかるべき地位につくまで一体何年かかると思ってるのさ。国会議員は、七百五十二人もいるんだよ。もちろんその全てに閣僚としての道が開けているわけじゃない。野党にいりゃあ議員とはいっても、一生うだつの上がらないただの代議士で終わる。でもね、与党にいたって三回や四回の当選で入閣することは覚束《おぼつか》ないのが現実だ。当然それなりの時間が必要になる。おそらく、僕がしかるべき地位を手中に収める頃には、宣子だって家庭を持っているでしょうよ。それをぶち壊してまで、過去の経緯を持ち出すほど馬鹿な人間がそういるとは思えませんね。それに人の怒りなんて、時間とともに癒されるもんだよ」

今度は三奈が黙る番だった。

「本当に二千万で決着がつくのね」

「ええ」

「分かったわ」

三奈は立ち上がると、執務机に歩み寄った。引き出しを開けると、一冊の小切手帳を取り出す。さらさらと上質の紙の上をペンが走る音、そしてミシン目に沿って紙が引き裂かれる音が聞こえた。

再び崇の前に立った三奈は、一枚の紙を差し出して来た。日付も受取人の欄もブランク。線引きもしていない。金額と自分のサインを記しただけのものだ。

「ご迷惑をおかけします。ありがたく頂戴します……」

崇はそれを額《ひたい》の高さに掲げながら改まった口調で礼を言うと、無造作に背広の内ポケットに押し込んだ。

「この程度のお金で片がつくと思えば安いものだけど、正直言って面白くはないわ。

それでも、尚子さんがあなたに愛想を尽かさなかったのは幸運だったわね。さすがに代議士の家庭に育っただけあって、自分がどういう運命を背負っているかをよく心得ている。感心したわ」

「お嬢様然としていて、あれでなかなか大したもんだよ。先が思いやられるね」

「引け目を感ずることなんてあるもんですか。白井先生だって、この縁談が破談になれば、有川会の支援を受けられなくなるんですからね。つまらない女のことと、自分の将来を天秤にかければどちらに傾くかは考えるまでもないことよ。尚子さんだってそれは先刻承知のはずよ」

「分かっていますよ」

　ふと時計に目をやると、時刻は九時半を回ろうとしている。本来のルールで言えば、とっくに登庁していなければならない時間だが、キャリア官僚に登庁時間などあって無きがごときものだ。大抵のキャリアが登庁するのは早くとも午前十時前後である。何しろ日頃の勤務は深夜に及ぶのが当たり前。退庁時にはとっくに電車は無くなっているから、タクシーを使う。各省庁で使われるタクシー代はもちろん税金だ。民間企業なら残業するくらいなら、その分早く出社し、終電で帰れというお達しの一つがあってもおかしくないところだが、官庁にそうした発想はない。

「それじゃお母さん、僕はこれで。とんだことでお手を煩《わず》らわせて申し訳ありませんでした」

「これからご出社？」

「ええ」

「だったら、私の車を使いなさい。午前中は出掛ける用事はないから」

「ありがとう」

崇は受話器に向かって車を玄関に回しておくよう秘書に命じる母の声を聞きながら、会長室を後にした。

*

その日、午後から東京は激しい雨に見舞われた。暖かい日が続き、桜も満開になったというのに、また季節がひと月ばかり逆戻りしたかのような肌寒さを覚える夜になった。タクシーの後部座席に座った宣子は、水滴がボディにぶち当たる音と、絶え間なくフロントガラスを行き来するワイパーの摩擦音が虚《うつ》ろに響く車内で、三日前の崇との会話を思い出した。

「君に話がある。時間を作って欲しい」

携帯電話から崇の押し殺した声が聞こえた。懇願するわけでもなければ、取り乱しているふうでもない。それどころか、彼の口調にはかつてのように、自分の申し出を断るはずなどないという確信すら感じられた。

別れを切り出した女にわざわざ電話をかけて来る。用件など訊かずとも、何が目的かは容易に想像がつく。さすがの崇もまさか自分が尚子の前に現れ、過去の経緯を偶然を装いながら悟らせるとは想像だにしていなかったに違いない。おそらく、早々に事実関係を問い詰められたか、あるいは破談を持ち出されたかに決まってる。もちろん崇のことだ、その場は何とか取り繕いはしただろう。しかし、自分と崇が長きにわたって親密な関係であったことは消しようのない事実だ。このまま事態を放置しておけば、崇の目論見は水泡に帰す。いや、今回ばかりではない。これから先も、崇の身に縁談が持ち上がる度に、自分が影のように付きまとう。それから逃れるための方法はただ一つ。何らかの手段で、この自分を納得させなければならない。

崇が動いた。その一点だけを以てしても、彼がいかに問題の解決に必死になっているかが窺い知れるようだった。

「今更私にどんな用があるの。二人の関係は終わったはずでしょ」

イニシアチブを握っているのは私だ。ここに至って崇との関係を修復するつもりはない。

腹を括《くく》ると、今や憎しみしか覚えていない男が苦境に立たされていることに快感すら覚える。

宣子は思わず口元を歪《ゆが》めながら底意地の悪い言葉を吐いた。

「ああ、少なくとも僕は関係を清算したつもりだったさ。だが君は違う。まさかプライドの高い君があんな手段を取るとは思いもしなかったよ」

「何を言っているのか分からないわ。つまらないこと言うなら電話を切るわよ」

「白々しいこと言うなよ、君、彼女に会っただろ」

平静を装いながらも、言葉を重ねるとさすがに内心の動揺が表に出る。崇の口調が早口になった。言葉の端々に明らかに力がこもる。かろうじて感情を抑えようとしているのが伝わってくる。

「彼女？ 彼女って誰のこと」

虚を衝かれたように一瞬崇が押し黙った。

「へえっ、あなた女がいたんだ。それで私が邪魔になったんだ」

窮地に陥った獲物をさらに追い詰めるような残忍な感情が込み上げてくる。だが、自分が心に負った傷はこんなものじゃない。まさに心臓を抉《えぐ》られ、血の海をのたうち回るような苦しみを味わったのだ。それに比べれば、擦傷《すりきず》というのもおこがましい。微かに血が滲《にじ》み出た傷口を剣山で擦るように、宣子はじりじりと崇を追い詰める。

「知らないというならそれでもいい。ただ、君とのことは、しっかりとけじめをつけるべきだと思ってね。何しろ十年も付き合ってきたんだ。あんな形で一方的に別れ話を切り出して済ませようと思っていた僕に、君が怒りを覚えるのは理解できなくもない」

崇は宥《なだ》めるように言ったが、今まで殊勝な言葉一つ口にしたことがないだけに説得力のないこと甚《はなは》だしい。

「あなたから、そんな言葉を聞くのは初めてね。よほど困っておいでのようね」

「そう意地の悪いことを言うなよ」

「はっきり言っておきますけど、今回のことに関して私が怒りを覚えていないといったら嘘になる。恨みさえ抱いているわ。だけど、もうあなたと会ってどうこうしようという気はさらさらないの。話すこともね」

「そうかな。じゃあ、なぜ彼女の前に姿を現したんだ。まさか偶然だなんて言わせないぜ」

「だから彼女って誰よ」

「白井尚子だ」

短い間を置いて、崇が苦々しい口調で言った。

「白井尚子？　ああ、あのお料理教室で会ったお嬢さんね。あの人とお付き合いなさっていたの。世の中には偶然ってあるのね」

「偶然だって？　こんな偶然なんてあるのかね。同じ料理教室に通い始めたのが偶然ならば、その後街のブティックで出会ったのも偶然だと……」

「だって、そうなんだもの。確かに私は白井さんと同じ教室に通い始めた。そして教室が終わった後ブティックで会いもした。だけど、あなたのことなんて一言も喋っちゃいないわ。それでどうして私とあなたとの関係が知れるというの」

「彼女は君が名刺を取り出す際に、二人で撮った写真を見たと言っている」

「あら、そうだったの」

「それも偶然だと言うならそれでいい。これ以上訊かないことにする」崇は重い溜息を吐くと続けた。「とにかく、僕たち二人の関係を清算するには、もう少し話しあう必要があると思う」

「話なんてないわよ」

「いや、あるね。事実、君は僕に怒りと恨みを抱いていると言った」

「それが会って話せば解けるとでも」

「完全には解けないとは思う。おそらく一生ね」

「そうね。私は一生あなたを恨み、呪い続けながら生きると思うわ」

「だろうね。君にそうした感情を抱かれながら生きていくのは気分のいいものじゃないが、その恨み、呪う相手にそれなりの代償を払わせたら、少しはそんな思いも軽くはなるだろ」

「代償？　代償ってなあに？」

「電話で話していては埒《らち》が明かない。それ以上のことは会って話したいんだ。頼む。一度だけでいい。とにかく会ってくれ。一時間。いや、三十分でいい」

懇願する声が聞こえた。そこには、世間に自分の意のままにならないことはないとばかりに、自信に満ち溢れた、いや傲慢ともいえる態度をとることを常としてきた崇の姿はなかった。罠にかかり、それから逃れようともがき苦しむ男の気配が漂ってくるだけだ。

　このまま電話を切れば、崇はいつまた忍び寄るかもしれない自分の影に怯《おび》えながら、これから先の道を歩まなければならなくなるだろう。それはそれで、願ってもないことだったが、困り果てたあの男の姿をこの目で見たい。何を話すつもりかは分からないが、止《とど》めを刺されるその瞬間をこの目で見たい。そんな残虐な欲望が宣子の中で頭をもたげてきた。

「いいわ、会ってあげる」

「本当かい」崇の声に明るさが宿った。「ありがとう。日時を指定してくれれば都合は合わせる。場所もこちらで準備する」

宣子は三日後の夜を指定した。崇は即座に同意し、『ＭＥＲＭＡＩＤ』で会おうと言った。

ＭＥＲＭＡＩＤ……。その店名を告げられた時、宣子の胸中に複雑な思いが込み上げてきた。崇と初めて食事をしたレストラン。選ばれた人間だけが出入りを許される贅を尽くしたあの空間に足を踏み入れた時の、ひどく場違いな場所に来てしまったという戸惑い、そして、自分の将来を賭けるに相応《ふさわ》しい男をついに見つけたという密やかな興奮。そう、あの場所から崇との全てが始まったのだ。そして、今度は本当に自分との間に決着をつけるために崇は同じ場所を指定してきた。

まさか、始まりと終わりを同じ店で持つことで、紆余《うよ》曲折《きよくせつ》を繰り返してきた二人の関係が見事なループを描き大団円を迎えるとしゃれ込んだわけでもあるまいが、考えてみるとこれほど皮肉な話もない。

赤坂から乗り込んだタクシーは、すでに日比谷に近づいている。大蔵省には煌々《こうこう》と灯が点り、雨が降りしきる街を行き交う人々の影はまばらである。

「お客さん。日比谷はどの辺ですか」

タクシーの運転手の声で我に返った。

「公会堂の前で停めて」

「分かりました」

料金を支払うと外に出た。傘をさす間にレインコートの肩口に水滴が音をたてて降り注ぐ。速足で通りを渡ると、宣子はＭＥＲＭＡＩＤのあるビルに入った。磨き抜かれた大理石が敷き詰められたロビーを抜け、地下一階に続く階段を下りる。重厚な扉を開けると、レセプション・カウンターにいるボーイが、「いらっしゃいませ」と慇《いん》懃《ぎん》に頭を下げた。

「有川さんの席はどちらでしょうか」

「先ほどからお待ちでございます。どうぞこちらへ」

ボーイは丁重に言うと、宣子が脱いで渡したコートをクロークに預け、先に立って店内を歩き始める。

夜八時。雨にも拘《かか》わらず、テーブルのほとんどは埋まっている。客たちが交わす会話が、広い空間を満たす。席を見渡すと、崇の姿はない。ボーイは時折、背後の宣子を振り返りながら奥へと進む。やがて個室らしきドアが見えた。

ボーイがドアをノックする。このレストランには何度か足を運んだことがあったが、案内された席はいつもメインダイニングで、個室に入るのは初めてだった。

もちろん、今日は話が話である。人払いをしたくなる心情は理解できなくもないが、かつて食事を共にした際には、崇は近くの席に座る紳士たちにさり気なく視線を向け、その身分を話して聞かせたものだった。今にして思うと、あれも自分の気を引こうとする手段の一つだったのだろう、と宣子は思った。

「失礼いたします。お連れさまがお見えでございます」

ボーイが道を空けた。キャンドルが置かれたテーブルに座る崇が視線を向けてくる。そしてぎこちない笑顔――。しおらしくも上座を空けている。

「久しぶり。よく来てくれたね」

ゆっくりと上座に足を運ぶ宣子の姿を目で追いながら崇が言う。

「最後に会ったのは三ヵ月前。それほど間が空いたとは思わないけど」

どうしても言葉の端に棘《とげ》が出る。冷静に振る舞おうとしても、いざ崇を目の前にすると感情が表に出てしまうのは隠しきれない。

席に腰を下ろしたところでボーイが、

「お飲み物は何にいたしましょうか」

と訊ねてきた。

「君、もちろん食事をするよね」

ご機嫌を取るような崇の声。

「私は飲み物だけで結構。用件が済んだら失礼するわ」

一瞬、崇の顔が強ばった。

「じゃあ、僕もそうする。シェリーをくれ」

「私もそれで」

二人の間に流れるぎこちない空気を悟ったのか、ボーイは無表情のまま、丁寧に礼をすると「かしこまりました」と言って、部屋を出ていく。

「何も最初からそう喧嘩腰になることはないだろう」

崇が苦笑いを浮かべながら言う。

「あなたもほとほとデリカシーのない人ね。あんな仕打ちをした男と喜んでディナーを取る女がいると思うの？　それとも私が復縁を望んでここに来たとでも」

「僕はそれほどのオプティミストじゃない」

「だったら、さっさと話とやらを伺いましょうか」

ドアが静かにノックされた。再びボーイが現れ、磨き抜かれたバカラのグラスに満たした黄金色のシェリーを置くと、引き下がる。頃合いを見計らったように、崇が口を開いた。

「君に改めて詫《わ》びを言いたくてね」

「頭を下げれば済むという問題じゃないわ。それに政界を目指す人ですもの、これから先見ず知らずの人間に米つきバッタのように頭を下げ、時には土下座だってしてみせなきゃならない。心の中では舌を出しながらね。そんな人間の言葉をどうして信じられる？」

「じゃあ、どうしたら君の怒りを解くことができるかな。僕はね、君に許してもらえるならどんなことでもするよ」

「望むものなんて何もない。これから先、あなたを恨み、呪い続けながら生きていくだけ」

「君らしくもないな。そんな後ろ向きのことにエネルギーを使うなんて」

「感情のエネルギーは複雑なものよ。単純な足し算引き算じゃない。負のエネルギーが正に変わることだってあるわ。怨念が深ければ深いほど大きなものとなってね」

「でもそれを払拭できない限り君は前に進むことはできないだろ」

「どういうこと」

「僕に対する怒りを収めないことには、いや僕を忘れ去らない限り、新たな人生に向かっての第一歩すら踏み出せないということさ」

「そうかしら」

「違うかな」崇はゆっくりとグラスを持ち上げると、シェリーを啜った。「君にとって最大の復讐とは、僕が君と結婚しなかったことを後悔するような人間となることだ。それも仕事で大きな成功を収めることじゃない。僕以上の相手を見つけ、幸せな家庭を築くこと……そうじゃないのか」

「幸せな家庭？　そんなこと考えちゃいないわ」

「嘘だ」崇が低く唸《うな》った。「君は言ったよな。私だって女だ。子供を産むに早い歳じゃないって」

今度は宣子が黙る番だった。

確かに最後に関係を持ったあの夜、そうした言葉を漏らしてしまった。迂闊と言えば迂闊だが、あの時は崇の子供を孕《はら》めば、この男が翻意するかもしれない。そんな淡い期待を抱いたからだ。それに、人生で最も充実した十年を無駄にしたくないという気持ちもあった。

言われるまでもなく、年齢からしてもこれからの人生をもう一度原点に立ち返り、考え直す時にきていることは分かっている。だが、次の一歩を踏み出すにしても、過去の清算は必要不可欠だ。自分の中で崇との十年間に決着をつけなければならない。そしてそれは二人の別れの直接的原因となった、白井尚子との縁談を破談にすることなくしてはありえない。

「はっきり言うよ。僕と君はすでに別々の道を歩み始めている。そして二人の人生は二度と交わることはない」

「随分虫のいい話ね。私はあなたに女としての盛りの時期、十年間という時間と肉体を捧げた。それであなたは何の代償も支払うことなく忘れろというの」

「代償なら支払うさ」

崇はその言葉を待っていたように歪んだ笑いを浮かべると、内ポケットに忍ばせていた封筒を取り出した。

「なあに、これ」

「小切手だ。額面は二千万円」

「どういう意味」

「君が言う十年間の代償だよ。慰謝料と取ってもらってもいい」

「これで二人の間にあったことは一切なかったことにしろと」

「十年という時間をどう解釈するかは別として、世間じゃ長年恋愛関係にあった男女が結婚に至らず別れるなんて話はたくさんある。もちろん、慰謝料なんて支払うことなしにね。それから考えれば、充分過ぎる額だと思うがね」

「本気で言ってるの」

宣子は、じっと崇を見据えたまま訊ねた。

「二千万の金は、安いものじゃない。僕にこれだけの痛手を負わせたとなれば、君も気が済むだろ」

さあ、受け取れとばかりに、高みから見下ろすような崇の視線。胸中に怒りと嫌悪の気持ちが頭をもたげ、胸がむかつきそうになった。宣子は水滴のついたグラスを手に取ると、込み上げるものを押し戻すかのように中のシェリーを一気に飲み干した。

「これがあなたの代償ですって？　ご冗談でしょう」宣子は持ち重りのするバカラのグラスを崇の顔面目がけて投げつけたい衝動を堪《こら》えた。「このお金あなたのものじゃないでしょ。どうせお母様に泣きついて、有川会から出してもらったものでしょ」

「だったらどうだと言うんだ。金の出処がどこであろうと、僕に痛手を負わせたことは事実じゃないか」

「あなたはいつもそう。今住んでいるマンションにしたって、ここの勘定にしたって、全ては有川会が支払うんじゃない。結局自分自身が懐を痛めることはない」

「じゃあどうしたら気が済むんだ。まさか、この期《ご》に及んで復縁を望んでるってわけじゃないだろ」

「そんなこと微塵《みじん》も望んじゃいないわ」

宣子はじっと崇を見つめたまま口を噤んだ。

「僕には分からんよ。君が何を考えているのか」さすがの崇も重い溜息を漏らした。

「金じゃ納得しない。だったら僕はどう誠意を見せればいいんだ」

ほとほと困り果てた崇の様子を見ていると、笑いが込み上げてきそうになる。

そう、何一つ不自由なく育ち、挫折の一つも知らない人間が、金でも自分の地位でもどうすることもできない、そうした状況にこの男を追い込むことを自分は欲しているのだ。これから先、どんなことがあろうとも自分はこの男を許すことはないだろう。そう、許しの言葉を与えないことで、崇が常に自分の影に怯えながら、一生を過ごす。それが私の望みなのだ。

宣子は改めて自分の目的を確信した。

「一つ、訊いてもいいかしら」

「何だ」

不快感を露《あらわ》にしながら崇が言う。

「白井さんとの関係を聞いていなかったわ」

崇は忌々《いまいま》しげに視線を逸らすと、

「君が二十八なら僕は三十だ。縁談の一つくらいあってもおかしくはないだろ。そんなことは先刻承知のはずだ」

「言葉に気をつけることね。私が彼女と出会ったのは単なる偶然」宣子はしれっとした顔を装い、平然と言った。「まあ、いいわ。それで白井さんはどんな人なの」

「君には関係のない話だ。どうしてそんなことを訊く」

「だって興味あるじゃない。私を捨てて、結婚相手に選んだ女性がどんな方なのか」

「民自党代議士、政調会長の白井眞一郎氏の長女だ」

「なるほどねえ。あなたは一介の官僚で終わるつもりはない。目指すものはもっと上にあると言ってたものね。民自党代議士にして政調会長を岳父にすれば、省内でのあなたの地位が盤石なものになるだけでなく、いずれは地盤を継いで政界にも乗りだすことができるというわけね」

「何とでも言えばいいさ。結婚と恋愛は別物だからね。愛情だけで成り立つものなら誰も苦労はしないさ」

「つまり、あなたの野心を実現するためには、一介の地方公務員の娘だった私は端《はな》から捨てられる運命にあったというわけね」

崇は痛いところを衝かれたとばかりに唇を噛《か》んだ。

「それで、今回私との関係がばれて、彼女は何と言ったの。あなたを許すと言った？」

「手ひどい目にあったよ。当然この話はなかったことにしたい。そう言われたさ」

「破談になったの」

「この話はね、そもそも次官が間に立っていたものだったんだ。これがどれだけ僕にとって重要な意味を持つか分かっているのか。次官は省のトップだ。その人間が自信を持って世話をした男に女がいて過去をばらした。僕の将来に拭いようのない汚点、いや、君は見事に僕の将来を台無しにしてくれたってわけだ。どうだ、それなら気が済むだろう」

「それが事実ならね」

「考えてもみろよ。君が彼女の立場なら、面と向かって縁談相手の過去をばらされても平然としていられるか」

「だったらなぜ、今になって、わざわざ私を呼び出し、二千万もの金を積んで過去を清算しようとするの」

「当たり前だろ。彼女との縁談は破談になったが、これから先も事ある毎に同じような真似をされたらたまらないからね」

「それが私の望んでいること。あなたへの復讐だとしたら」

「いい加減にしてくれ」崇はどすを利かせた口調で言った。「これ以上僕に付きまとうのは、立派な犯罪行為だ。出るところに出て決着をつけてもいいんだぜ」

「そんなことができるの？　大蔵官僚にして有川会の御曹司が女と揉《も》めて訴訟沙汰になったなんて言えば、週刊誌の喜びそうな格好のネタになるでしょうね。あなた、天下に恥を晒すことになるんじゃない」

「有川会は打撃を受けるだろうが、人の噂は七十五日。次々に垂れ流されるスキャンダルに紛れ、すぐに忘れ去られてしまうさ」崇は半分ほど残ったシェリーを一息に飲み干すと、グラスをテーブルに叩きつけるように置き、きっとした視線を宣子に向けた。「だけどな、そうなったら取り返しのつかない痛手を被《こうむ》るのは君の方じゃないのか。これがスキャンダルとして公《おおやけ》のものになれば、今の職場にもいられない。転職だってできやしない。もちろんまともな縁談だって来ないだろうさ。僕の影を引きずりながらこれからの生涯を生きて行くしかなくなるぞ」

確かに、崇の言うことには一理ある。彼には有川会という逃げ場があるが、自分にそんなものはありはしない。しかし、ここで引き下がるのも癪《しゃく》に障る。宣子は精一杯の虚勢を張った。

「それでも構わないと言ったら」

「僕は幼い頃から抱いてきた夢を断たれた。もうそれで充分だろう。お互い新しい道に向かって歩き始める。どうしてこの期に及んで前向きな考えができない。さあ、この金を受け取れ。それで、奇麗さっぱり僕を忘れるんだ」

崇は怒気を露に声を荒らげた。考えてみれば彼がこれほど感情を表に出す姿は見たことがない。どうやらその言葉に嘘はなさそうだった。次官に恥をかかせた人間に、官僚としての将来はない。おそらく、これから先、どうあがこうと崇の夢である政界への道は断たれたも同然だろう。復讐は半ば遂げられたも同じだ。

「いいわ」

宣子は静かに頷くと、封筒に手を伸ばしかけた。

「じゃあ、これに署名してくれ」

崇がほっとした表情を見せながら一枚の紙を差し出してきた。

「何よ、これ」

「念書だ」

「どうしてそんなものが必要になるの」

「この金と引き換えに、僕との過去は清算したという証《あかし》だ。今後一切僕には拘《かか》わらないとね」

宣子は目の前に差し出された念書と崇の顔を交互に見つめながら考えた。

何かが引っ掛かる。もう一度、崇の言葉を胸の中で反芻《はんすう》してみる。

崇は省内での出世も、代議士への道も断たれたと言った。それに事が公になり、この件がスキャンダルとして報じられることにも腹をくっているようでもある。

だとすれば、この期に及んでどうして二千万の金を払う必要があるのだろう。

思いがそこに至った時、脳裏にはたと閃《ひらめ》くものがあった。

もしかして、尚子との間は終わっていないのではないか。

そうした疑念が頭をもたげてくる。

何しろ白井尚子は代議士の家に生まれ育った女だ。世の中でも際立って人の野望と欲が渦巻く世界を幼い頃から見て育ったのだ。現役の代議士に愛人がいて、それが公になったからといって夫婦が別れたなんて話は聞いたことがない。それどころか選挙となるとおしどり夫婦を気取り、平気で夫を支えて見せる。それが政治家の妻というものだ。そう、あの人間たちの行動原理や価値観は、一般の人間とはかけ離れたところにある。そんな人間が、過去の女関係を明らかにされたからといって、そう簡単にこれだけの条件の揃った男を諦めるだろうか——。

迂闊には署名などできない。崇の態度の裏には、まだ何か狡猾《こうかつ》な罠が潜んでいる。

「そんなに私が信用できないの」

「そうじゃない。あくまでも両者の了解事項をきちんとした形で残したい。ただそれだけだ」

「残念だけど、私、これに署名なんかできないわ」

「なぜ」

「本当にあなたと白井さんの縁談が破談になったか確証が持てないから。あなたが大蔵省を辞めて、別の女《ひと》と結婚する、その時に、この念書に署名してあげるわ。お祝いとしてね」

宣子は唖然とする崇を見ながら、艶然とした笑みを投げ掛けると席を立った。

＊

ハーバードのフットボールチームのホームグラウンドであるソルジャーズ・フィールドの観客席は、クリムゾンレッド一色に染め上げられていた。鮮やかな緑の芝生が敷き詰められたフィールドの上で組み上げられたスクリメージが崩れると、屈強な男たちが激突する。スナップ・ショットを受けたクオーターバックが両手でボールを握りながら、後方に軽やかなステップを踏む。ランニングバックがサイドライン際をゴールに向けて疾走する。沸き上がる歓声。白地にブルーで『Y』の文字が描かれたヘルメットを装着したイエールのディフェンスが、クオーターバック目がけて突進を始める。巧みにそれをかわしたクオーターバックが渾身の力を込めて腕を振る。総立ちになった観客席の人波が大きく揺れる。ボールはエンドライン目がけて矢のような鋭さで飛んでいく。落下地点を目指して男たちが駆ける。クリムゾンレッドと白のユニフォームが縺《もつ》れあう。絶叫、いや悲鳴とも取れる歓声が馬蹄《ばてい》形のスタジアムを満たす。

高く両手を掲げたランニングバックの手にボールが収まる。彼の両足がゴールラインの中に着地する。白と黒の縦縞のユニフォームを来たジャッジの両手が上がる。そして甲高《かんだか》いホイッスルの音——。

「タッチダウン！　ハーバード！」

興奮した口調で場内アナウンスが叫ぶ。マーチングバンドが待ちかまえていたように華やかな音楽を奏で始める。タイムアップまでの時間は一分を切っている。もはやイエールに勝ち目はない。

勝利の快感が込み上げてくる。宣子は思わず傍らにいる崇に抱きついた。めったなことでは感情を表に出さない崇が、何度も飛び上がりながら力を込めて宣子の体を抱きしめてくる。

防寒具を通して彼の体温が伝わってくる。フィールドの男たちとは比べようはないが、しなやかな腕の筋肉の感触をはっきりと感じる。そして仄《ほの》かに鼻腔《びこう》をくすぐるコロンの匂い、息遣い……。

宣子は心地よい温かさに包まれ、じっと目を閉じる。至福の時間はこのまま永遠に続くかに思われた。だがそれも長くは続かない。不意に全ての音が消えた。目を見開くと、そこにはだれ一人いなくなったスタジアムがあるだけだった。崇の姿はどこにも見えない。

どこへ行ったの、崇——。

宣子は彼の姿を追い求め、広い観客席を駆け出した。ゲートに辿り着くと、そこに一人のジャッジが立っていた。精悍な顔をした白人の男だ。何の感情も感じられない、無機的な目でこちらを睨《にら》む。その手がゆっくりと口元に運ばれると、肩をいからせホイッスルを吹く。甲高い笛の音が頭蓋に木霊《こだま》する。その音色の鋭さに、耐えきれずに宣子は目を閉じ耳を塞《ふさ》いだ——。

仄暗い光の中に白い天井が見えた。夢を見ていたのだ。意識が急速に覚醒してくる。だが、甲高い音は止む気配がない。ふと音のする方向を見ると、ベッドサイドに置いた携帯電話が小さな光を明滅させながら着信音を発している。時計を見ると時刻は正午になろうとしていた。頭が重いのは、寝る寸前まで飲み続けたワインのせいか。このところ前にも増して酒量が上がっている。昨夜はワインを一本半は飲んだだろう。

体が重かった。頭に鈍い痛みを感ずる。体を起こす気にもなれず、布団の中から腕だけを伸ばし、携帯電話を耳に押し当てた。液晶パネルには相手の電話番号だけが表示されている。見覚えのない数字の羅列——。

「はい……」

掠れた声で宣子は応えた。

「笹山さん？」

「そうですが」

「白井尚子です」

予期しなかった相手に心臓が一つ大きな鼓動を打った。反射的に上半身が起き上がる。

「白井さん……どうして私の電話番号を」

自分でも狼狽しているのが分かった。相手が崇ならここまで動揺することもなかったろう。二人の間にあったことは、絶対的に崇に非がある。何を言われても、言い負かすだけの自信があったが、尚子は違う。何しろ、探偵を雇い彼女の存在をつきとめ、偶然を装いながら近づいたのだ。その疾《やま》しさはやはり拭い去れないものがある。

「いやね。お忘れになったの？　あなた私に名刺を下さったじゃない」

確かに言われてみればその通りだ。名刺には携帯電話の番号も記してある。

「驚いたわ……それで私に何かご用」

「あなたと直接お目にかかってお話ししたいことがあるの」

「どういうご用件かしら」

「私がこうして電話を掛けてくるからには、用件は言わなくとも分かるはずじゃありません」

「そう言われても、私にはさっぱり」

宣子は慎重に相手の出方を窺った。

「有川さんのことよ」

尚子は直截に切り出してきた。また一つ心臓が大きな鼓動を打つ。もはやこうなればしらを切り通すことなどできはしない。宣子は腹を括った。

「聞いたのね」

「ええ、……アメリカ時代のことも、そして崇が過去を清算するために、あなたと会ったこともね」

「それで、私に会って何を話そうというの」

「彼との過去を清算していただきたいの」

尚子の言葉には有無を言わせぬ傲慢な響きがあった。それがまだ酔いが醒めぬ宣子の体内を駆け巡る毒素を含んだ血流に混じって、不快感に拍車をかける。

「どうしてあなたとそんな話をしなければならないの。この問題は私と崇の間のことよ。あなたには関係ないわ」

「あら、私は立派な当事者よ。第一この問題に私を巻き込んだのは、宣子さん。あなたじゃない」

思わず押し黙った宣子の耳に尚子の冷静な声が響いた。

「いま品川にいます。ご迷惑でなければ、これからすぐにでもご自宅の方に伺うわ」

まさかと思った。あの白井尚子に、これほど強い意志が潜んでいようとは考えもしなかった。

崇と彼女との間でどんな会話が交わされたのかは分からない。しかし、こうなった以上、尚子との直接対決はもはや避けられはしない。

それに考えてみれば、どうせ尚子にしたところで、崇と同じ話を蒸し返すだけだ。自分の答えは決まっている。尚子に自分の考えを知らせるのが思いの外早く来るだけの話だ。

「いいわ。それじゃ三十分後に……」

「分かりました。それじゃ後ほど」

尚子は相変わらず冷静な口調で言うと、電話を切った。

品川駅の東口に密集してそびえ立つ高層ビルの谷間にあるスターバックスカフェで、白井尚子は熱いコーヒーを啜った。ガラス窓の外は、土曜日ということもあって人の行き来はほとんどない。

本来ならば今日は料理教室のある日だったが、そんなものに時間を費やす気にはなれなかった。

宣子から崇との関係をさりげなく匂わされた時には、正直言ってかなり動揺もした。もちろん、縁談が持ち掛けられた時から三十になる男にこれまで女関係の一つもないとは端から思ってはいない。むしろあって当たり前だという思いすらあった。過去を蒸し返せば知らずともいいことが出てくるのが人間というものだ。自分と出会う以前のことに触れ、それをとやかく言うほど自分は度量の狭い女ではない。知らねばそれで済むことがこの世にはあるのだ。

そんな思いをあの女は台無しにした。しかも、あんな卑劣なやり方をしてまでだ。

笹山宣子が自分の前に現れたのは、偶然なんかじゃない。自分と崇の縁談を壊すという明確な目的を持って自分に近づいたのだ。

何という卑劣な女——。

普通ならば、将来夫となるべき男の過去、それも未だに完全に決着がついていない女がいるなどと聞かされれば、それだけでも縁談を断る立派な理由になるだろう。しかし、こと自分たちにはそれは当て嵌まらない。実のところ、今この時点でも崇に愛情を覚えているかと問われると、はっきりと「そうだ」と言えるだけのものはない。

愛情――。確かに結婚生活を維持していくためにはあるに越したことはない。だが、それは必ずしもこれから先の生活を維持していくための必要条件でもなければ十分条件でもない。いやむしろ、結婚生活を支えていくには、環境や共有できる目的の方がよほど重要な要素だ。不自由しない財力と権力、そして社会的名声。そうしたものを手にできれば、愛情などという曖昧な代物《しろもの》は後からついてくるものだ。

そう考えると、崇ほど自分を幸せにしてくれる全ての条件を兼ね備えた人間とはそう出会えるものではない。崇の過去を知ったことで縁談をなかったことにすれば、それこそ宣子の思う壺だ。

この程度のことで、せっかく掴みかけた輝かしい未来を捨て去ることはできない。

尚子は「君が納得のいく結果を出してみせる」という崇の言葉を信じて、その首尾を見守ることにした。もっとも、そうは言っても、こんな執拗な行動に出る宣子がおいそれと崇の説得に応じるはずはないという予感はあった。果たして、結果は尚子の想像通りになった。

深夜になって掛かってきた電話から漏れる崇の声。事の次第を子細に話す彼の声からは、戸惑いと動揺の色がありありと感じられた。そこからは一片の曇りもないエリートの面影は見事に消え失せていた。

これまで全てが自分の思うがまま、欲するものは何でも手にしてきた男が初めて味わう屈辱を前に、どうしていいのか分からない。そんな気配が手に取るように分かった。

不思議なことに失望は感じなかった。その時尚子の胸中に込み上げてきたのは、むしろ崇の弱みを自分が完全に握ったという確信だった。

崇の経歴、それに有川家の財力。このままでは縁談が進み、晴れて夫婦になったとしても、全ての点において彼に絶対的イニシアチブを握られてしまう。しかし、この危機を私が救ったとなれば話は違ってくる。崇はこの先自分に負い目を感じながら生きていかなければならない。ものは考えようだ。ここで貸しを作っておくのは、決して悪い話ではない。

尚子は、途方にくれている崇に向かって言った。

「あなた、思ったより考えの浅い人間なのね。少し失望したわ」

「君はそう言うが、金で解決するより他に方法があるのかね」

「そもそもお金が目当てなら、わざわざこんな手に打って出てくるかしら。私に会うより先に、直接的か間接的かは別として、まず先にあなたにコンタクトを取ってくるんじゃない」

「結婚を約束した相手でもない女に支払うには、二千万は大金だ。まさかそれを蹴るとは思わなかった」

「だから何も分かっていないって言ってるの。これはプライドの問題よ。そしてあの女の目的はただ一つ。あなたの将来を台無しにすることにある」

「じゃあ、どうすればいいんだ。君に何か考えがあるのか」

「あるわ」尚子は断言した。「彼女のプライドをずたずたにすればいいのよ。自分が何者か、あなたの妻、いいえ女としてもどれだけ相応しくない人間かを思い知らせてやること。それしかないわ」

「そんなことなら何度も言ったさ」

「あなたの口から言うんじゃ、却って逆効果になるだけよ。こうした話は、女同士でやるのが一番よ」

「女同士？　まさか君が宣子と会うって言うんじゃないだろうな」

崇の声が裏返った。

「あなたが本当に決着をつけたいと願うならそれが一番いいわ。どう、ここから先は、私に任せてくれない」

「しかし、君が出て行ったら、逆効果になるんじゃないか。これ以上揉めると、あいつ次はどんな手段に出るか分かったもんじゃないぞ」

「じゃあ、他にどんな手があるの」電話の向こうで崇は押し黙った。「どっちにしたって、事態は最悪の展開を迎えているのよ。これ以上悪くなることはないじゃない。とにかく、私に一度話をさせて」

尚子にそこまで言われれば、手づまりになった崇が異を唱えるはずがない。それに尚子が乗りだしたことで問題が拗《こじ》れても、それは自分のせいではないという読みもあったのだろう。崇は、「分かった」と言うと、全てを尚子に任せたのだった。


時計を見ると、すでに約束の時間まで五分になっている。

尚子はコーヒーを啜り、ゆっくりと立ち上がった。店を出る前に、洗面所に入りルージュを塗り直した。鏡に映る自分の姿に満足し、その足で宣子のマンションに向かって歩き始めた。

高層ビルの谷間を歩くと、築後さほど経ってはいないマンションに辿り着く。玄関は二重扉になっており、最初のガラスのドアを開けた所にインターフォンが設置されている。崇から教えられた部屋の番号を押す。

「はい……」

程なくして宣子の声が聞こえた。

「白井です」

宣子は応えなかった。インターフォンの回線が切れる音と共に、オートロックが解除された。広いエントランスの奥にエレベーターがある。尚子はそれに乗り、十五階のボタンを押した。ドアが開く。長い廊下の先に、半開きになったドアが見えた。ゆっくりとそこに向かって歩くと、宣子の姿が見えた。化粧を施してはいても、肌が荒れているように感じるのは気のせいではあるまい。それが証拠に目が充血している。どこかやつれている印象は拭い去れない。

やはりこの女は打ちのめされている。崇との別れを納得できずに苦しんでいるのだ。いいだろう、今日で楽にしてやる。完膚無きまで徹底的に痛めつけ、プライドをずたずたにしてやれば、諦めもつくだろう。

尚子の胸中に残忍な感情が込み上げてくる。

「折角のお休みをごめんなさい」

尚子は満面に笑みを宿すと、努めて明るい口調で言った。

「散らかっていますけど、どうぞ……」

半身を開いて宣子が言う。靴を脱いでいる間にドアが閉まる音がした。

リビングには、白い布張りのソファが置かれている。アメリカ生活を送った人間の部屋らしく、天井には照明がない。サイドテーブルの上と、窓際にスタンドがあるだけだ。

「何かお飲みになる？　コーヒーならすぐに用意できるけど」

宣子が警戒心を露に問いかけてくる。

「いただくわ」

尚子はソファに腰を下ろしながら応えた。キッチンに立った宣子に視線をやると、シンクの上には空になったワインのボトルとグラスが置かれている。心の憂さを晴らすために、酒の力を借りるのはよくある話だ。おそらく、彼女の目が充血していたのは、悶々《もんもん》とした夜を耐えるために、アルコールの力を借りずにはいられなかったからに違いない。

思わず笑いが込み上げそうになるのを堪えて、窓の外に目を向けた。遠く、春の陽光に霞む東京湾が見える。

「素敵なお住まいね」

宣子は無言のまま、コーヒーを入れたカップをテーブルの上に置く。マイセンの揃いのものであったが、ちらりと食器棚を見ると、他に同じものが見当たらないところから、おそらく崇がここにやって来た時に使おうと思っていたのだろう、それが証拠にワイングラスもシャンパングラスも全て対《つい》のあつらえである。

「前置きはいいわ。お話を聞きましょう」

宣子は相対《あい》する形で座ると、挑戦的な響きのある声で言った。

「笹山さん。はっきり言うわ。あなたいつまで崇に付きまとうつもり」

「付きまとうとは随分な言い方ね。私と崇との間には十年という歳月がある。それを一方的な形で別れを切り出されて、はいそうですかと引き下がる女がいるかしら」

「あなたとの間に何があったか、崇から聞いているわ。その上で言ってるの」

「だったら分かるでしょう。女にとって、この歳になるまでの十年の重みがどれほどのものか」

「それはあなたがいたずらに別れの時期を引き伸ばしたからじゃない」

「私が引き伸ばした？」

「別れるチャンスは何度かあったはずよ。崇がハーバードへ留学したのは、二人の間に決着をつける最大のきっかけになるはずだった。それを無理をしてボストンまで追い掛けたのはあなたじゃない」

「確かに私は崇の後を追って、ボストンへ行ったわ。だけど、彼だってそうした私を迎え入れた。事実、あの街での生活は楽しいものだったわ。崇はあなたに何と言ったか知らないけれど、あの地で暮らした一年間は、文字通りステディな関係を継続できたんですもの。それは日本に帰ってからも変わらなかった。少なくともあなたが崇の前に現れるまではね」

「崇があなたを愛していたと思って？」

「ええ」

「あなたは崇と結婚できると思っていた？」

「それは……」

宣子は正面から尚子を見つめたまま一瞬口ごもった。

「きっと崇をものにできると思っていたんでしょ。そうよね。そうでなければ、あんな形で私の前に現れたりしなかったはずだわ」尚子はじりじりと獲物を追い詰めるように、しかし努めて冷静を装って続けた。「あなた、崇を愛していたの」

「愛していたわ」

「嘘……」

「えっ？」

「笹山さん。あなたは崇を愛してなんかいなかった。惹《ひ》かれた理由は他にある」

「随分な言い草ね。どうしてそんなことが言えるの」

宣子は敵意を剝き出しにした目を向けてきた。

「だってそうじゃない。あなたが本当に崇を愛しているなら、何よりも彼の幸せを考えるはずよ。だけどあなたは違う。今のあなたは彼を不幸にすることを望んでいる。それがどうしてか分かる？」

どうやら図星だったようだ。宣子は歯噛みをするように口を堅く結んだ。

「言えないなら言ってあげましょうか。あなたが愛したのは崇じゃない。有川家の一員となること、そして大蔵官僚の妻となること、それが狙いだったんでしょ」

「確かにそうした部分に惹かれたことは否定しないわ。でもそれのどこが悪いのかしら」

「へえっ、そういう考えをお持ちなら話は早いわ」

「どういう意味」

「簡単な理屈よ。確かにあなたにとって崇は結婚相手として申し分のない人間に映ったことでしょう。でもね、崇、いや有川家からみたらどうかしら。あなたが喜んであの家に迎えられる人間だと思う」

再び宣子は沈黙した。燃えるような怒りのこもった視線を向けて来るだけだ。

「官僚の世界だって、頂点を目指そうと思えばそれなりの後ろ盾がいた方がいいに決まっている。ましてやあの人は政界入りという野心を抱いている。その夢を叶えてあげるだけの力があなたにあるの？　あるわけがないわよね。失礼だけど、あなたは地方公務員の家で育ったそうね。崇が政界を目指そうとした時、ご実家がどれだけ力になれるのかしら。有川家と縁続きになることは、笹山家にとっては願ってもない良縁でしょうが、有川家にとってはメリットは何もない。むしろマイナスばかり――」

「白井さん……あなたよくそんなひどいことが言えるわね」

「ひどいことかしら。私は事実を言っているだけ。結婚は家と家の結びつきよ。あなたが無理をして有川家に嫁いでも、惨めな思いをするのは宣子さん、あなたよ」

「だったらあなたはどうなの。白井家は確かに二代続けて代議士を輩出した家であることは認めるわ。だけど、白井家の財政基盤である白井建設はバブルの崩壊で莫大な負債を抱え込み、経営の危機に瀕《ひん》している。あなたが崇との縁談に執着するのは、その危機を打開するために莫大な富を持つ有川家とのパイプを作るためじゃないの」

「そうした一面があるのは否定しない。だけど、利害が一致するかどうかは、双方の家が決めることでしょ」

「それじゃあなたは、お父様の地位を守るために人身御供《ひとみごくう》に差し出されても平気なの。何ら愛情を覚えていない男を伴侶としても抵抗がないの」

「だから言ってるでしょ。結婚は愛情だけで成り立つものじゃないって。もし、それだけで幸せな結婚生活を送って行けるなら、恋愛結婚をした男女の離婚はもっと少ないに決まってる。むしろ大切なのは、生活を維持していくだけの環境よ。それさえ整っていれば、愛情なんてものは後からついてくるものよ。少なくとも、この女と結婚さえしなければと後悔させせないだけのね」

一言一句が宣子のプライドをずたずたに引き裂いていく感触がある。おそらく、同じ言葉を崇が発しても、当事者が吐く分だけ宣子は反発を覚えるはずだ。もちろん、自分に対しても彼女は同じ感情を抱くに違いない。しかし、肝心なのは自分が置かれている絶対的優位性を、容赦ない言葉で知らしめること。それこそが効果を発するのだ。尚子はここぞとばかりに押した。

「笹山さん。あなた本当に崇を愛しているなら、おとなしく身を引いたらどうなの。

あなたが彼に執着する気持ち、いや今となっては恨みを抱く気持ちは分かるわ。だけどね、もうここまできたら、どうすることもできないの。あの人があなたの元に帰ってくることはありえない。過去を引きずっていては、お互い不幸になるだけ。前を向きなさいよ。富や社会的な地位のある男性が望みだというなら、お世話してもいいわ。官僚がお望みというなら父にそれなりの人をお世話するように言ってもいいし、お医者様がいいというなら有川会には——」

「もう止めて！」宣子が唇を震わせながら叫んだ。「一体どこまで私を馬鹿にすれば気が済むの。そんな話に私が乗ると思うの」

「あら、私はあなたのためを思って言っているのよ」

宣子の感情が乱れていくのを見ていると、逆に自分が冷静になっていくのを尚子は感じていた。おそらく、宣子は有川家との間に埋めようのない大きな溝があることを思い知り、さぞや惨めな思いをしているに違いない。

惨めさ——。そう、宣子が置かれた立場を思い知らせることが、この女の執念を断ち切る最も有効な手だてだ。

「帰って……」宣子の口から呻《うめ》くような声が漏れた。

「納得して下さった？」

「帰ってって言ってるでしょ……」

宣子は下を見たまま、じっと何かに耐えているようだった。

「分かったわ。宣子さん、これだけは言っておきますけど、今後崇の前に姿を現さないでね。もちろん、過去のことを公にすることもね。これは崇のことだけを思って言うわけじゃないの。あなたのためでもある。もし、あなたが変な真似をするなら、私たちにも考えがある。白井家、有川家、双方の力を以て、全力であなたを潰しにかかるわよ。そうなればあなただけじゃなくて、ご家族も不幸になる。これだけは忘れないで」

尚子は念を押し、バッグに忍ばせた今朝崇から受け取ったばかりの封書をテーブルの上に置き、下を向いたままの宣子に一瞥《いちべつ》をくれると席を立った。

ドアが閉まる音が耳朶《じだ》を打った。

瞬間、堰《せき》を切ったように両の目から涙が溢れ出てきた。嗚咽《おえつ》が漏れた。自分がひどく惨めでならなかった。頭を掻《か》き毟《むし》る手に、長い毛髪が絡みつく。

どうして、自分がこれほどひどい言葉を投げつけられなければならないのか。確かに崇との結婚を考えれば、自分の出自と有川家の間には埋めようのない溝がある。しかし、白井家にしても有川家にしても、三代遡《さかのぼ》れば一方はただの土建屋、もう一方は一介の町医者ではないか。それと自分との間にどれだけの差があると言うのだ。

笑いが漏れた。父のつまらぬ言葉に支配され、あんな男に執着したのがそもそもの間違いだったのだ。

『東京に出るとやったら、将来のある男ば摑め。カスば摑むっちゃない。医者か弁護士。そうやなかったら官僚になるような将来ある最高の男ば摑んでこい』

高校を出た後、そのまま地方公務員として福岡で職を得た父は、古い概念を引きずった男である。おそらく一人娘が上京するに際して一番懸念したのは、若さの勢いが赴くままにつまらぬ男に体を許し、そのまま結婚してしまうか、あるいは傷物となってしまうことだったのだろう。もちろん、学歴がないが故に、あっという間に自分を追い越し要職に就いてしまう大卒者に対するコンプレックスもあったことは間違いない。そして何よりも、将来の生活が安定し、社会的地位のある男に嫁ぐことが娘の幸せに繫がるとも考えていたのだろう。しかし、父は一つだけ最も重要なことを忘れていた。

若くして将来を約束された男は、それなりの背景、いやしがらみ、あるいは運命というものを持ち、自分たちのような人間とは全く別の価値観で動くということだ。それが顕著に現れるのが結婚であるということを――。

尚子が崇の前に姿を現さなくとも、いずれはこうした形で崇との関係にピリオドが打たれることは決まっていたのだ。私は最初から選ばれない人間。分不相応な夢を見ていた馬鹿な女……。しかも崇を追いかけアメリカに渡り、別れを切り出されると、探偵を雇いその理由を探ったことが、何ともあさましく愚かな行為に思えてきた。

いいわ、別れてあげる。もうあの人を追いはしない。でも崇のことは生涯忘れない。あの二人が結婚したあげく、どんな人生を歩むのか。私はそれをじっと見守る――。

宣子は決然として顔を上げた。これ以上あの二人に付きまとえば、結局のところ自分のプライドが更に傷つくだけだ。

そう思ったからだ。

テーブルの上には手つかずのコーヒーカップが二つ並んでいる。その脇に、一通の封書が置いてあるのに気が付いた。

何だろう。

薄い封筒を手に取り中を見ると、一枚の紙片が入っている。小切手だった。流麗な文字で二千万円の数字が記されている。振り出し人は『有川三奈』と書いてある。

瞬間、胸中に新たな怒りが込み上げてきた。一旦は静まった冷たい炎が、以前にも増して盛大に燃え盛る感覚があった。

一体どこまで人を馬鹿にすれば気が済むというのか。私が一銭の金でも要求したか。あの連中は、どんなことでも、金で解決がつくと思っているのか。

何という無神経。なんという傲慢な態度。

宣子は最後に残ったプライドまでも、ずたずたにされたような気になった。

許せない。

マイセンのコーヒーカップが宙を舞った。それはリビングに置かれた食器棚にぶち当たり、激しい音を立てて砕け散った。一度も使うことなく中に飾られていたバカラのワイングラス、シャンパングラスが粉微塵《こなみじん》になった。

凄まじい破壊の音が、宣子の心の中に残っていた最後の理性を失わせた。

許さない。絶対にあの二人を許さない。

窓から差し込む、午後の陽光を反射し、刃のような鋭い光を放つガラスの破片を見ながら、宣子は改めて復讐を心に誓った。

第七章

寝室の姿見の前で帯留めを締めた有川三奈は、身をずらしながら着付けに一分の隙もないことを確認すると、出来栄えに満足してぽんと軽く帯を叩いた。萌黄《もえぎ》色の訪問着に西陣織の袋帯、その上に結った帯留めの翡翠《ひすい》がダウンライトの灯を反射して高貴な光を放つ。

普段は洋装を常とする三奈が和服を着ることはめったにない。そのせいで、大分腹の辺りが窮屈に感じはしたが、今日ばかりはそれも苦にはならなかった。懐《ふところ》に忍ばせた匂い袋が発する白檀《びゃくだん》の優雅な匂いが、鼻腔《びこう》をくすぐる。いよいよ長年の野望を遂げる第一歩に繋がるのだと思うと、三奈は気分が高揚してくるのを抑えきれなかった。

ベッドの上には、着物が収められていた畳紙《たとうがみ》が置かれている。それをウォークインクローゼットの中にある桐簞笥《きりだんす》の中にしまうと、ハンドバッグを手に寝室を出た。リビングには一足早く身支度を整えた和裕がいた。ソファに身を埋め、朝刊を広げていた和裕が気配を察しこちらを見る。背もたれには銀座の壱番館で誂《あつら》えたスーツの上着が無造作に投げ掛けられていた。

「あなた、少しは気を遣ったら。皺《しわ》の寄ったスーツなんか着て行ったら、先様に失礼じゃありませんの」

和裕の無神経を詰《なじ》りながらも、三奈の口調はまるで女学生がこれから修学旅行にでも出掛けるようなはしゃいだものになった。

「皺にならないために、こうして上着を脱いでいるんじゃないか」

和裕は、ちらりと視線をこちらに向けるといささか呆れた口調で言い、再び新聞に視線を戻した。

「どうかしら、これ」

三奈は蝶が羽を広げるように両手を水平に持ち上げポーズを取った。

「なかなかいいじゃないか。萌黄色の着物に翡翠の帯留めか……今日の席には相応しいコーディネートだね」

「この日のためにわざわざ京都の三善《みよし》に誂えさせたのよ」

「翡翠は昔から長寿、無病息災のお護りとして神の儀式に用いられたものだったね。確か、哲学の石とも呼ばれていて、知識を向上させ恋が実るとも言われていたんじゃなかったかな」

一瞥《いちべつ》しただけで細部まで観察してしまうのはやはり医師の職業柄というものだろうが、相変わらず和裕は新聞に目をやったまま、気のない言葉を返して来る。

「全く少しは服装に気を遣ったらいかが。あなたときたら普段から着るものは全て私任せ。仮にも有川会の総院長なんですからね。そんなことでは、特診の患者さんや業者から足元を見られるわよ」

「白衣を着りゃあ下に何を着ようと同じことだよ。それに、業者との交渉は全て君が取り仕切っているんだし」

今更何をと言わんばかりに、和裕は口元を歪《ゆが》めると続けた。

「それに改まった席に出る時には、全て君がコーディネートしてくれる。この歳になって僕がファッションを勉強したところで、どうせ君があれこれ口を出すに決まってるんだ。言いなりになっていた方が、君も楽ってもんじゃないか」

とかく有能な医師と呼ばれる人間は、どこか浮世離れした部分を持ち合わせていることが少なくない。ワインに凝る者、金に飽かせて猟色に走る者もいる。もちろん、和裕の場合それには当て嵌《は》まらない。むしろ和裕が変わっているのは莫大な財力を手にしても俗世とは一線を画し、頑なに自分のライフスタイルを崩そうとしない点にある。もっとも、彼が言うように、公の場に出る時には、服装にしても人との交わりにしても、そつなくこなしはする。結婚してからはゴルフも覚えたが、家に帰れば書斎にこもり、医学文献に向かい合うのが常である。その姿には、かつて岩手の無医村に赴いていた当時の面影を彷彿とさせるものがあった。

三奈は、張り合いのない和裕の反応に、軽い吐息を溜めながら、正面のソファに腰を降ろした。

サイドボードの時計の針は午前十時を指している。

会食は正午からだ。まだ二時間ほどの時間があったが、準備を済ませてしまうと、時間の経過がことの外遅く感じられる。

「崇、遅いわねえ。何をやっているのかしら」

会食は新宿のホテルのフレンチレストランで行われることになっていた。南麻布からは車で三十分も見れば充分である。早く着いたら着いたで同じ思いをするのは分かってはいるが、やはり気がせく。

「まだ、時間があるじゃないか」和裕は広げた新聞越しにのんびりした声を上げると、「それより君、大丈夫なのかね。この縁談を進めても」

読んでいた紙面の一隅を指で示しながら、突きつけてきた。

「何が書いてあるの」

「まあ、読んでみたまえ」

新聞を手にした三奈の目に、ゴシックで書かれた文字が飛び込んでくる。

『白井建設　井住銀行をはじめとする十四行に総額五千億円の債権放棄を要請』

「どうやら、白井建設の経営もいよいよ行きづまってしまったようだね」

和裕が他人事のような口調で言う。

「初めて顔を合わせる日に、こんな記事が新聞に載るなんて、吉兆だわ。これでこの縁談は決まったも同然じゃないの。資金源を断たれた白井先生は、何としてもこの縁談をまとめにかかってくるに決まってるわ。有川会の財力を目当てにね。それは私たちが、白井先生の生命線を握ることになる。崇の政界進出に弾みがつくというものだわ」

魑魅魍魎《ちみもうりょう》が跋扈《ばっこ》する政界の権力構造は、外部の人間には窺い知ることができないほど複雑なものであることは百も承知だ。俯瞰《ふかん》図を描けと言われても、そんなことは不可能に決まっている。だが、権力とは金の力があって初めて手にすることができるというのが単純にして明快な真理というものだ。

白井家の没落は、三奈にとって福音《ふくいん》以外の何物でもなかった。

「縁続きになる相手の家の窮地が君の野望を叶えることに繋がるとはね。白井代議士が知ったら何と言うかな」

「それを言うなら私たちの野望でしょ」三奈はククっと含み笑いをすると、「やはり崇には運がある。この家の子供として生まれ、日本とアメリカ、いや世界の頂点に立つ大学で教育を受け、官僚としてもこれ以上は望めない道を歩んでいる。私たちの夢が現実となる日は、思ったよりも早くやってくるかもしれないわね」

崇が議員バッジをつけ初登院する姿に思いを馳せた。

その時、軽やかな音をたててインターフォンが鳴った。

楚々とした足取りでリビングを歩き、壁面に取り付けられたモニターを見ると、崇の姿が映し出されていた。

「今、開けるわ」

玄関の施錠を解除すると、ほどなくして崇が姿を現した。

体のラインにフィットしたインクブルーのスーツは、イタリアの高級紳士服メーカーであるエルメネジルド・ゼニアのス・ミズーラである。白のシルクのワイシャツに金茶のネクタイ。胸には同色のポケットチーフを差し込んでいる。

「やあ、お母さん、お待たせしました。すっかり準備は整ったようですね」

崇が爽やかな笑みを湛《たた》えながら言う。

「まだ少し時間があるわ。コーヒーでも淹《い》れましょうか」

普段、大蔵省に通勤する際には、アイビーリーグ校の出身らしく、もっぱらブルックス・ブラザーズの衣類を愛用している崇だったが、やはりイタリアのファッションにはアメリカのものとは違う洗練された美しさがある。

思わず三奈は目を細めて崇を見やった。

「それは有り難い。今日は朝から何も腹に入れていないんです。それに、昨夜は午前三時まで仕事をしてましてね。充分な睡眠を取っていないせいで、どうも頭が冴《さ》えなくて」

「それなら、僕がやろう。三奈も着付けを済ませたんだ。もし汚しでもしたら一騒動だ」

背後から和裕が声をかけてきた。

「じゃあ、お言葉に甘えることにするわ」

キッチンに消える和裕を見ながら三奈はソファに腰を下ろした。すぐ隣の席に上着を脱いだ崇が座る。

「悪かったわね。段取りを全てあなた任せにしてしまって。両家の初めての会食となれば、本来なら私が全てやらなければいけなかったのに」

三奈は、母の優しさのこもった声で崇を労《ねぎら》った。

「そんな心配は無用だよ。第一、縁談が持ち込まれてから今日に至るまで、全てを当人同士に任せてもらっていたんです。ここまで来たら最後まで自分でやるのが筋というものでしょう」

「でも、エンプレスホテルでよかったのかしら。いいえ、あのホテルが悪いと言っているのじゃないのよ。東京の外資系のホテルでは一番のところですからね。でも折角の初顔合わせですもの、あなたたちの門出に相応しく格式のある料亭の方が良かったんじゃないかと思って——」

「それも考えたんだけどね。あそこを選んだ理由はいくつかあるんだ。一つは代議士というのは料亭料理に飽き飽きしているものでね。政界の会合といえば料亭と相場は決まっているでしょう。それに白井先生は、ワインが好きなんだ。あそこのコレクションはなかなかのものだからね。料亭よりはフレンチの方が喜ばれると思ったんだ。それにこれが最大の理由なんだけど、僕はお座りが苦手でね。畳の上で長時間過ごすのは御免被《こうむ》りたい。お母さんにしたところで同じだろ。和服を着ていたんじゃ、何時間も正座を強いられる。会食が終わって立てなくなったんじゃ様《さま》にならないものね」

崇は戯《おど》けた口調で言うと、大きな声を上げて笑った。

「それはお気遣いありがとう」

「でも、その分だけ会食の費用が高くついてしまうことは覚悟してよ。ワイン一本の値段だけでも、軽く二人や三人分の料理代は吹き飛んでしまう」

「そんなことを気にすることはないわ。この際ですもの、先生にご満足いただけるものを選んだらいいわ。それに今日は透がテニスの試合があって、どうしても出られないから、あちらも亜希子さんはお出にならないとおっしゃるし。ゆっくり時間をかけて、おいしいものを召し上がってもらいましょう」

「いやあ、それは気にするよ。だって、ついこの間、お母さんには大変な出費をさせてしまったからね。僕の不始末の尻拭いのためにね」

その言葉が引鉄《ひきがね》になって、三奈は崇と笹山宣子の一件を思い出した。

すでに崇からは宣子が二千万円を受け取り、一応の決着はついたという報告を受けてはいたが、二人の間にどういう経緯があったのか、事の子細についてはほとんどといっていいほど聞いてはいなかった。

「あなた、例の女の方は本当に大丈夫なんでしょうね」

宣子との一件を和裕は知らない。三奈は声を潜め、崇に問うた。

「正直言って、すんなりいったわけではありませんでしたよ。彼女も意固地になっているところがありましたからね。でも最終的には小切手を受け取りました」

「小切手ですって？　あなた現金を渡したんじゃなかったの」

三奈の心にふつふつと言い様のない不安が込み上げてきた。

確かに小切手は現金と同じ価値を持つ。しかし受け取った人間がそれを銀行に持ち込み換金しなければただの紙切れに過ぎない。それどころか、小切手には振出人の名前が記してあり、出処がどこか一目瞭然だ。現金を渡したのなら、たとえこれから先、宣子が何らかの行動を起こしたとしても、しらを切ることは出来るだろうが、小切手となれば話は別だ。まさに動かぬ証拠を残してしまったのと同じことだ。

胸中に芽生えた不安は、徐々に怒りへと変わっていく。

何という迂闊な男。仮にも政界を目指そうとするなら、決して人に知られてはならない金の受け渡しには、証拠を残さぬのが政治の鉄則でもある。金は武器だ。しかし使い方を間違うと、一転して命取りになる。まさか祟ほどの男がそれに気が付かないとは……。これは週が明けたらすぐに銀行に小切手が換金されたか否か、確認する必要がある。換金されていれば良し。もし、そうでなければ——。

「祟。まさか今日の席に、その女が乗り込んで来るなんてことはないでしょうね」

一旦芽生えた不安は、徐々に質量を増し、三奈の心を重くする。次から次へと考えは悪い方へ向く。

「大丈夫ですよお母さん。彼女に小切手を渡してもう半月が経つんです。もし、あの金を突き返すつもりだったら、とっくの昔にそうしてますよ」

「あなた、自分がどんなドジを踏んだか分かっているの。あの女が小切手を受け取ったのは事実だとしても、換金していなければ動かぬ証拠を握られたことになるのよ。もし、あの女が、それを手に今日の席に乗り込んで来たらどうなるの」

あっ、という顔をして祟が押し黙った。どうやら己のしでかしたミスに気がついたらしい。

「それはないでしょう。今日両家が会食を持つことなんて、彼女は知りようがないじゃないですか」

「じゃあ、小切手を持って尚子さんの元に現れたら？　いかにあなたの過去を許したとはいえ、まだけりがついていないと知れば心変わりしないとも限らないじゃない」

「お母さん。それなら心配ありませんよ」崇は複雑な表情を浮かべると、「宣子に小切手を渡したのは僕じゃない。尚子さんです」

静かな声で言った。

「尚子さんが？　どうして」

「こういう話は女同士でやるのが一番だと言ってね……。それで全ては私に任せろと……」

「でも尚子さんが納得しても、白井先生は――」

崇の視線が、テーブルの上に置かれたままの新聞に向いた。

「お母さん。そうなったとしてもこの話、決して破談になったりしませんよ。もはや白井先生にとって、我々はなくてはならない存在になっているのです。自分の政治生命が断たれることに比べれば、娘婿になる人間の女の問題など、取るに足らないことですよ」

崇は、テーブルの上に置かれた新聞の一隅を指でとんとんと叩くと、いつものような傲慢な笑みを顔いっぱいに浮かべた。

ア を開ける。

＊

西新宿にあるエンプレスホテルには、約束の時間の二十分前に着いた。
黒塗りのベンツが車寄せに滑り込むと、制服に身を包んだドアマンが駆け寄り、ドアを開ける。

五十階建ての高層ビルの三十五階から上がホテルになっているせいもあって、一階のロビーは豪華な生花が飾られているだけで、思ったほどの人影はない。磨き抜かれた大理石が敷き詰められたフロアーの奥に、四台のエレベーターがある。先頭を歩く崇がボタンを押すと、時間を置かず扉が開く。オーク材の内張が施された空間が上昇を始める。再び扉が開くと、眩《まばゆ》いばかりの光が三奈の目を射た。二階分が吹き抜けになったフロアーは大きなガラスで覆われ、程よく配置された観葉植物が並ぶ様は巨大な温室の中にいるような錯覚を覚えさせる。

崇はエレベーターを降りると、慣れた様子で先に立って広い廊下を歩き始めた。両脇の壁面には落ち着いた色彩のモダンアートと、写真集をメインにした書架が設置され、ところどころに革張りのソファが置かれている。その中ほどに階下に続く階段がある。そこを降りると『アンリ・ディディエール』と書かれた小さな銀のプレートがついたレストランへの入り口があった。

「予約をした有川です」

崇が名乗ると、黒服に身を包んだボーイが背筋を伸ばし、

「お待ち申し上げておりました。どうぞこちらへ――」

慇懃な口調で言うと、すかさず三人を奥へと誘った。長い通路の両側はガラス張りのワインカーヴになっており、仄《ほの》かなダウンライトの中に膨大な数のワインが並べられている。昼食時とあって、大分混みあっているのか奥の方からは人々が交わす話し声が聞こえてくる。

ボーイはそちらの方向へは向かわず、通路を反対側に進むと個室のドアを開けた。溢れる光に満たされた部屋が目前に広がる。広さは二十畳ほどはあるだろうか。中央には純白のテーブルクロスのかかった食卓が置かれ、すでに六人分の食器や銀のカトラリーがセットされている。窓から差し込む陽光に、磨き抜かれたグラスが輝く。中世フランスの王宮の部屋を模した豪壮な造りは、パリの最高級ホテルであるリッツの客室を彷彿とさせ、窓の外には、首都東京の街が一望に見渡せる。晴れ上がった空の彼方には、頂上部分にわずかに冠雪を残す富士山が見えた。

「ホテルと聞いて心配したけど、なかなかいいお部屋ね。両家が最初に顔合わせをする場としては、申し分ないわ」

すっかり満足した三奈は目を細めながら崇を見やった。

「この店はミシュランの三つ星を毎年取り続けている『ディディエール』が出した初めての支店でね。味の点では折り紙つき。もちろん、本格的なフレンチも申し分ないんだけど、今日は少し日本テイストを取り入れた特別メニューを用意させてあるんだ」

崇は胸を張ると白い歯を覗かせた。物心ついた頃から、財力にものを言わせ食べ物には贅《ぜい》を尽くしてきた崇の選択である。間違いなどあろうはずもない。

三奈は安心して席についた。白井と会うのはこれが初めてだったが、何の緊張も不安も覚えなかった。今日の席はもはや見合いとはいえない。両家が親族になる確認の場である。それに加えて、何があっても白井眞一郎がこの話を断る理由などないという確信もあった。その点から言えば、決定権はこちらにあり、むしろ緊張を強いられるのは白井家の面々だろうという読みもあった。もちろん、笹山宣子との一件が気掛かりではあったが、それも事態がここまで進んでしまった以上、彼女がどんな手に打って出ようとも、もはやどうすることもできないだろう。それに、冷静に考えてみれば、事をこれ以上荒立てることは彼女にとって、身の破滅を招くことになりこそすれ、何の得もない。

やがて、ドアがノックされると、白井を先頭に妻の逸子、そして尚子が姿を見せた。

「やあ、お待たせいたしました。本来ならばこちらが一足先に到着して皆様をお迎えしなければならないところを失礼いたしました。途中の道が思いのほか混んでおりましてね、すっかり時間を食いまして……」

眞一郎は、いかにも代議士然とした脂ぎった顔に満面の笑みを浮かべながら詫《わ》びを言う。

「いいえ。私どもも今着いたばかりでございますの」

「ご無礼の段、平《ひら》にご容赦いただくとして、改めまして白井尚子の父の白井眞一郎でございます。こちらは家内の逸子、それから娘の尚子でございます。ふつつかな娘ではございますが、何とぞよろしくお願いいたします」

眞一郎が丁重に頭を下げると、丹後縮緬《ちりめん》の単衣《ひとえ》仕立《じたて》の色無地に綴《つづ》れ織りの帯を締めた逸子と、濃紺のワンピースを着た尚子がそれに続いた。地味な色彩ではあったが、良質のシフォンジョーゼットを使ったそれは、特別に誂えたものらしく尚子の体に見事にフィットし、金のネックレスがポイントとなり清楚な華やかさを引き出している。

「ご丁重に痛み入ります。私が父の有川和裕、こちらが家内の三奈。それに……」

婿養子とはいえ、家長らしく和裕が改まった口調で家族を紹介すると、

「崇君とは、度々国会で顔を合わせていますからね。よく存じております。まあ、堅い挨拶はこれくらいにして」眞一郎は呵々《かか》とひとしきり笑い声を上げ、そこで初めて気が付いたように、「有川さん、私どもが高い席では困ります。どうぞこちらへ」

慌てて席を交換するよう申し出た。

「いいえ、滅相もございません。先生を差し置いて高い席に座るなどとは……」

「いやいや、こちらは娘をもらっていただこうという立場なのですから、分はわきまえませんと」

眞一郎が三奈の言葉を遮って言う。

「それでは私どもが居心地が悪うございます。どうかそれだけはご勘弁を」

「そうですか……それではお言葉に甘えて……」

眞一郎はすっかり恐縮した態《てい》で、頭を下げるとようやく椅子に座った。

頃合いを見計らっていたボーイが崇のほうに進み出る。

「先生。どうでしょう、アペリティフはシャンパンでよろしいでしょうか」

「尚子から聞いたが、今日は君が特別メニューを用意してくれたそうだね。飲み物は全て君に任せるよ」

「それではシャンパンにいたしましょう。ワインは特にご希望はございますか」

「そこまで段取りができているんなら、そちらの方もお奨めがあるんだろう」

「実は、白はモンラッシェの八八年、赤はナパのハーランを考えているのです」

「ほう、フレンチにカリフォルニアとは君らしいチョイスだねえ」

「特に赤はカルトワインの中でも、特に価値ある一品だと思います。きっとご満足していただけるかと……」

「君がそこまで奨めるなら間違いはあるまい。楽しみだね」

眞一郎は目を細めながら大仰に頷く。それを見た崇がボーイに向かって、

「君、聞いた通りだ。シャンパンはドンペリニヨンのロゼを。白は十年経っていればデカンタージュの必要はないが、ハーランは頃合いを見て眠りを醒しておいてくれ」

と命じた。

「それにしても、ご縁というのは不思議なものですわね。大蔵省の先輩でいらっしゃいます白井先生のお嬢様と崇に縁談が持ち上がるとは」

二人の話が一段落したのを見計らって三奈は口を開いた。

「全くですな。ご存知かとは思いますが、私どもには尚子の他にもう一人子供がいるのですが、男の子には恵まれませんでしてね。将来有望な青年の元に嫁がせたいと常々考えていたのです。それで次官の国枝君に心当たりはないかとお願いしていたのですが、そうしたらその候補としてすぐに崇君を挙げてきた。頻繁に顔を合わせていたのに、いやあ、灯台下暗《もと》しとはよく言ったものです」

「先生のお眼鏡に適《かな》いますでしょうか。何分、子供の頃から勉強も進路も全て本人任せにしてまいったものですから――」

「とんでもございませんわ。何から何までご立派な経歴ではございませんの。東大文Ⅰから大蔵省、そして国費留学生としてハーバードのケネディ・スクールをお出になった。しかも、大蔵省での最初の配属が主計局とは、まさしく省内でも将来を嘱望されている証拠じゃございませんの。その点、尚子は昨年女子大を卒業したばかりでございまして、世間知らずもいいところ。崇さんのような方の伴侶としてお役に立てるのかどうか、不安になりますわ」

白井夫人が口元を手で隠し、密やかな笑い声を交えながら初めて口を開いた。さすがは日本有数の大手ゼネコンの一族として財界にも強いパイプを持ち、政界での地位を着実に固めてきた代議士の妻らしく如才のない受け答えであった。

「何をおっしゃいますの。今回は次官のご紹介ということで、通常のお見合いとは違い、これまでのお付き合いも当人同士任せ。正直申し上げて、どんなお嬢様なのかと、いろいろと思いを巡らせてまいりましたが、今日こうしてお目にかかって、奥様がしっかりしたご教育と惜しみない愛情を注いで大切にお育てになってきたことが一目で分かりましたわ」

「そうおっしゃっていただけると、少しは救われる思いがいたしますが、何しろこの子が物心ついた時にはすでに主人は代議士でございましたでしょう。実社会とまともに接点を持った経験といえば、選挙のお手伝いぐらい。官僚の世界のことはとんと存じ上げませんもので、もし、この縁談がまとまるようでしたら、崇さんには一からその世界のことを教わりませんと……」

「ご心配には及びませんわ。政界で功成り名を遂げるには夫人の内助の功があって初めて叶うものです。それに比べれば官僚の世界など、サラリーマン社会とそう変わりはしません。どちらが大変かを改めて申し上げるほど難しい世界ではございませんわ」

三奈は満面に笑みを湛《たた》えながら、尚子へと視線を転じた。二十三歳という若さに相応しく、どこかまだあどけなさの残る清楚な顔立ちをしている。しかし伏し目がちにテーブルの一点を見たまましおらしくしている彼女の姿からは、明らかに自分が知る同年代の女性とは異なる雰囲気が漂ってくる。もちろんそれは育ちの良さからくるものもあったには違いない。富と権力、そして名声に包まれて育った子女というものは、例外なく常人とは違うオーラを感じさせるものだからだ。

しかし、尚子の身から発せられるのは、明らかにそんな単純なものではなく、もっと複雑なものだった。

おそらくそれは、暗礁に乗り上げつつあった崇と笹山宣子との別れ話の間に割って入り、見事に決着をつけてみせた、そうした事の経緯があるからに違いない。

経歴には一点の曇りもない崇に、唯一欠点と呼べるものがあるとすれば、押しの弱さである。たかが過去の女との問題を自らの手で解決できなかったことは、三奈にそれを再認識させることになった。だが、白井尚子にはそれがある。代議士にとって選挙は正に自分自身の政治生命、いや人生そのものを賭けた戦いだ。修羅場とも言える数多《あまた》の戦《いくさ》を、あらゆる手だてを駆使して乗り越えてきた様を目《ま》の辺りにしてきたのだ。

いずれ崇が政界に打って出るため、そして頂点への階段を上り詰めるためには、そうした強さをすでに身に付けている尚子は申し分のない相手であることは間違いない。

そう確信した三奈は、今度は眞一郎に視線を向けると、

「ところで先生、今日のお席に国枝次官に同席いただかなくてよろしかったのでしょうか。聞き及びますところでは、今の時代に改まって見合いもあるまいとおっしゃっていただき、当人同士に任せてお付き合いをさせていただいたようでございますが」

話題を転じた。

「それは気になさらなくてもいいでしょう。正直申し上げて、彼がここに同席すれば、事実上仲人の役を果たしたことになる。しかしねえ、有川さん。官僚の世界というのは政界と同様、微妙な力のバランスの下で動いているものでしてねえ。もし彼が私どもの仲人を引き受けたとなれば、あの世界では国枝君は私が属する派閥に連なる人物と目されてしまう。つまり色がついてしまうわけですよ。政界は一寸先は闇の世界です。私だってこれから先何が起こるか分からない。次官は省内の上がりのポストですが、それで彼の官僚人生が終わったわけじゃない。まだ先はある。もし政権が変わり、私どもの派閥に属する人間が一掃されるようなことがあれば、思い描いていた道が閉ざされてしまわないとも限らない。彼だってそんなことは端から計算済みです

よ。もっとも、崇君がこれから先も大蔵官僚の道を歩み続けるというなら話は別ですがね。しかし、私が彼に出した条件は、人柄に加えて将来政界に打って出ることを目指している優秀な人間ということでしたからね。それを考えれば仲人を頼むのは酷《こく》というものでしょう。ですから国枝君のことはどうか気になさらないように。私の方から礼を尽くしておきますから」

すでに崇から聞いていたこととはいえ、『将来政界に打って出ることを目指している優秀な人間』――。その言葉が眞一郎の口を衝いて出た瞬間、三奈の体内を熱い血が駆け巡った。長きにわたって胸に秘めてきた夢に、ついに手が届きかけたことを確信した歓喜の感情が込み上げて来る。

すっかり有頂天になった三奈は、

「そういうことでしたら、私どもも次官の方には充分な礼を尽くさせていただきませんと……」

思わず顔一杯に笑みを浮かべながらすかさず応えた。

「まあ、そうしていただければ彼も満足でしょう。次官のポストは短いものですが、省を去った後でも何かと影響力はありますからね。崇君も今しばらくは官僚を続けるわけだし、覚えめでたくしておくのは大切ですからな」

眞一郎は含みを持たせた言葉を吐きながら鷹揚《おうよう》に頷き、にやりと笑った。

ドアがノックされると、二人のボーイが、銀のワインクーラーに入れられたシャンパンを持ってやって来た。鈍い音を立てて栓が抜かれ、一同のグラスが薄いピンク色の液体で満たされる。シャンパングラスにシルクのように滑らかな泡が立ち昇る。

「それでは、両家の初めての出会いを祝して、乾杯といきましょうか」

眞一郎が絶妙のタイミングで音頭を取ると、全員がグラスを捧げ持った。

口元に持って行くシャンパングラスが一瞬、窓から差し込む陽光を反射して眩いばかりの輝きを放つ。冷たい液体が喉を滑り落ちて行く。

すでに結婚については崇、尚子の両者の間で合意ができている。もちろん、三奈にも異存はない。

喜びは込み上げてくるものだというが、その本当の意味を三奈は初めて悟った。胸の中で温かいものが膨張し、体中を満たす。そうした感情を察したらしく、眞一郎はグラスを置くと、

「ところで、有川さん。この縁談、どう進めたらよろしいですかな」

いきなり核心をついてきた。

「元より私どもに異存はございません。崇からは尚子さんにもご異存はないと聞いて

おりますし、先生のお許しがいただければ、日を改めて婚約、結納、結婚をなるべく早いうちに執り行いたいと考えております。崇は来年ワシントンの日本大使館に一等書記官として赴任する予定と聞いております。この歳で単身アメリカで暮らさせるというのはちょっと……」

「そうですな。となると、年内に式を挙げなければなりませんな。これは少し急がないと、まともな仲人を立てることも難しくなる」

眞一郎は、会話の間に置かれた最初の一皿を口に運びながら言った。

「仲人はどなたにお願いするおつもりでございますか」

「一介の官僚で終わるならともかく、崇君はいずれ政界に打って出る人間ですからな。やはり後ろ盾として申し分のない人物がいいでしょう。総理にお願いしてみますか」

「総理でございますか」

「私の属する派閥の首領ですからね。筋から言っても総理にお願いするのがいいでしょう。主賓は幹事長といったところですかな」

「まあ、そんなご立派な方々をお立てになられたら、仲人はともかく、私どもは主賓をどなたにすればよろしいのか……」

三奈は有頂天になりながらも、弾む言葉を抑え、困惑した声を上げてみせた。

「やはりそれは国枝君でしょうなあ。崇君には、最低でもあと五年は官僚を続けてもらわなければならんのですから」

「五年……でございますか」

眞一郎の言っている言葉の意味が分からずに、三奈は問い返した。

「ええ、そうです」

「その五年というのはどういうことでございましょうか。その後、先生の秘書にお使い頂くとか……」

「いやいやそういうわけではありません」眞一郎は夫人を挟んで座る尚子にちらりと視線をやると続けた。「実は、次の次の選挙で引退する代議士が出る選挙区があるのです。知っての通り、我が党では引退する代議士が出ると、地盤をその子供、あるいは血縁が継ぐ例が多い。ですが彼には子供もいなければ、血縁の中にも有力な者がおりませんでね。そこに崇君を擁立しようと考えているのです。仲人に総理、主賓に幹事長をと考えているのはそのための布石を打つ意味合いもあるのです」

「本当でございますの？　五年後には崇が選挙に？」

崇が政界に打って出るにしても、それは白井眞一郎が政界を引退する時。しかしその時期は、彼がまだ五十二歳という年齢を考えれば、ずっと先のこと。もちろん、その機会を指を銜《くわ》えて待ち続けるつもりなどない。有川会が経営する病院は全国に散らばっている。現職の議員の全てが政治家としての資質に恵まれた後継者を持っているわけでもない。必ずや空席は出る。そのチャンスが来た時、崇を党公認の候補者としてねじ込むために政治家としての生命線である白井眞一郎の財政基盤を握り、意のままに操らなければならないとばかり考えていたのだったが、その必要もなくなった。

思いもかけなかった話の展開に、三奈は興奮を抑えきれなかった。

「お母さん。そんな言い方は失礼ですよ。先生は、私のような未熟者にも早いうちに政界への進出の機会をお考え下さっていたのです」

「あなた、このお話を知っていたの」

「ええ、尚子さんから伺っておりました」

「どうして、早く聞かせてくれなかったの。人が悪いったらありゃしない」

三奈が拗《す》ねたような口調で言うと、眞一郎は苦笑を交えながら、

「そうですか、崇君はそのことを話してはいませんでしたか。いやなかなかよろしい。政治の世界には、確実ということはありませんからね。お母さんをぬか喜びさせてはという思いやりの現れなのでしょう」

取りなすように言いながらも、一瞬、鋭い光を目に宿らせて崇を見た。

「でも、先生。その空きが出る選挙区というのは、私どもとご縁のある所ですの？もしそうでなければ落下傘候補ということになりますわ。都市部ならともかく、地方区では何かとしがらみもございますし、いかに党の公認をもらおうとも、選挙となればやはり地元に縁の深い方が有利なのではありませんか」

「選挙区は岩手です」

「岩手？」

一瞬、隣に座り、グラスを持つ和裕の手が止まった。

「実は岩手は私の生まれ故郷でしてね。満更縁のない土地ではないのです」

「白井先生は東京のお生まれではなかったのですか」

「私は、早くに父を亡くしましてね。苦学して高校、大学を終えて大蔵省に入省したのです。そんな私に目を付けたのが当時民自党幹事長の座にいた義父の源太郎だったのです。正直なところ、縁談を持ち出された時には受けたものかどうか、随分と思い悩みました。何しろ実家には男は私一人。婿に出たのでは家が絶えてしまう。血の滲むような思いをして、仕送りを続けてくれた母や姉妹に顔向けができないとね。最終的に私に白井家に婿入りすることを決断させたのは母でした。『お前の将来を、こんな取るに足らない家のために無にすることはない。ありがたい申し出じゃないか』と、後押ししてくれたのです。あの一言がなければ、今の私はなかった……」眞一郎は一瞬遠いものを見るような目になり、目尻にうっすらと涙を浮かべたが、すぐに元の顔に戻ると、「ですから、崇君が岩手の選挙区から出たとしても、私の息子となれば、たとえ名字が違おうとも、全くの落下傘候補というわけではないのです。後援者もいれば、票をまとめることもできる。崇君を我が党の公認候補に擁立することなど容易《たやす》いことですよ」

任せておけとばかりに力強く言い放った。

「先生は婿養子でいらっしゃいましたの……」

つい今し方覚えた喜びは、どこかに吹き飛んでいた。それに代わって、えも言われぬ恐怖がひたひたと込み上げてくる。熱を帯びていた血流が一瞬にして醒め、指先に痺れるような感覚が走った。

「官僚とはいっても、田舎出の何の後ろ盾も持たない人間が、若くして代議士になれやしませんよ。今日の私があるのも、全ては白井家の全面的バックアップがあったからこそのことです。その点、崇君は恵まれている。有川家という全国有数の規模を誇る大病院の家に生まれ、何一つ不自由のない生活を送ってこられた。財政基盤も盤石だ。それに加えて、この経歴だ。まさに国政の場に出るために生まれてきたようなものだ」

眞一郎は、改めて目を細めて祟を見ると、シャンパングラスに手を伸ばした。

「まあ、それじゃ私と結婚したのは、まるであなたが政界入りの野望を遂げる手段だったように聞こえましてよ」

白井夫人の逸子が、わざとらしく芝居がかった口調で眞一郎の言葉を咎《とが》める。

「年甲斐もなく青臭いことを言うものじゃないよ。結婚してから何年になると思っているんだ。その間、君に色恋沙汰の一つでも迷惑をかけたことがあったかね。一昔前なら、政治家だって妾《めかけ》の一人や二人抱えていて当然。いや、むしろ男の甲斐性というものだったのだ」

「それはあなたのおっしゃるように時代のせいでございましょ。今じゃどこに誰の目があるか分かりゃしませんもの。少し名の知れた代議士がおいたをすれば、写真週刊誌の格好の餌食になりますもの」

「おいおい、それじゃまるで、僕に浮気の度胸がないような言い草じゃないか。どこの世界に浮気をけしかける女房がいる」

「あら、私は構いませんことよ。妻妾《さいしょう》同衾《どうきん》とはいかなくとも、お妾さんと仲良くお付き合いするのは私の夢ですもの。もちろんあなたにそれだけの甲斐性と度胸がおありになるのならね」

もちろん逸子が本気でないことはすぐに分かった。

「奥様にかかっては先生も形なしですね」

それが証拠に、すかさず崇が話に割って入ると、

「尚子はこう見えても、逸子の血を引いているからねえ。気の強いところは母親似だ。君もせいぜい覚悟してかからないと、尻に敷かれてしまうよ」

崇の方を見ながら冗談めかした口調で言い、腹をゆすって呵々と笑った。

刹那、眞一郎の横顔が露になり、短く剃り込んだ揉み上げと耳との間に、シャープペンの先を押し付けたような小さな窪《くぼ》みがあるのが目に入った。それを見た瞬間、三奈の心臓がまた一つ強い拍動を刻んだ。

ひどく喉が渇いた。眞一郎が上機嫌になればなるほど、三奈の心中に込み上げてくる不吉な予感は質量を増してくる。

三奈は強張る顔に意識して笑みを宿しながらシャンパングラスを持った。その手が微かに震えるのを感づかれないよう、素早く冷えた液体を体内に送り込む。元々酒には強いたちだが、一向に酔いが回る兆しはない。それどころか、次の一言を発すれば

全てが明らかになる。もし、自分が想像していた通りの言葉が彼の口から返ってくれば、全ては台無しになる。せっかく攫みかけた崇の政界進出への夢も、水泡に帰してしまう。

だが、これぱかりはどうしても確認しておかなければならない。白井眞一郎が、自分の考えている人間と同一人物であるのか否か。もし、そうであるならば、この縁談は何が何でも白紙に戻さなければならなくなる。

三奈は一縷《いちる》の望みを託し、口を開いた。

「先生の旧姓は何とおっしゃいますの」

「岡内といいます」

やはり――。

心臓が早鐘《はやがね》を打ち始める。全身の筋肉が凍りついたように動かない。もしも手に何かを持っていたら、その場に落としてしまったことだろう。

岡内眞一郎――。その名前は忘れもしない。かつて、自分が女性闘士として、学生運動に参加していた頃、新宿騒乱の最中に出会い、肉体関係を持った男。身を任せた数多くの男の中でも、唯一愛情を覚えた男。

人の様相というものは、歩んできた人生や環境が大きく変えてしまうものだ。あれから三十一年。官僚から代議士へと転じ、いまや民自党政調会長となった眞一郎に当時の貧しい学生だった頃の面影はない。おそらくそれはこの自分にも言えることで、全国有数の大病院を経営し、優雅にして華麗な生活を送る今の姿に、かつて依田美佐子と名乗った女闘士の面影を見いだせるはずがない。しかし、短い期間ながらも、幾度となく交わった眞一郎の肉の感触は今でもこの体がはっきりと覚えている。

人間の人生において、偶然という言葉で言い表せる出会いは数多あるが、これほど皮肉な巡り合わせがあるだろうか。自分たちの夢がいま叶わんとしているこの時に、よりによって崇が縁を結ぶ相手の父が、あの岡内眞一郎だとは……。

迂闊だった。

かつて眞一郎は『俺は俺のやり方で、社会を変えることを考えている』と言い、『体制を変えるための最も早い方法は、権力の中に入り込み、その頂点に立つことだ』と断言した。当時は、方法論が違うだけで、目指すものは本質的な意味で同じだと思ったが、図らずもその後、崇を官僚から政界へと送り込むと決意した時点で、同じ道を歩ませることになったのだ。その点から考えれば、こうした形で眞一郎と再び相見《あいまみ》えるのは必然というものだったのかもしれない。

あの岡内眞一郎と縁続きになる。

自分がこのまま過去の秘密を胸に秘めたままでいたとして、眞一郎は自分がかつて関係を持った依田美佐子だと気づくだろうか。もしも気づかなければ、崇は、彼の後ろ盾を得て五年後には政界への道を歩み始める。だが、問題はそんな単純なものではない。崇と尚子を夫婦にすることなど決してあってはならない。これだけは何があっても避けなければならない。

三奈は、逸子の隣に座る尚子の清楚な姿を見ながら、崇と彼女が華燭《かしょく》の典《てん》の雛壇の上に座る姿を想像すると、脳裏に浮かんだおぞましい幻影を振り払うかのように、二度三度と小さく首を振った。

＊

夕刻、南麻布の自宅に戻った三奈は、ひどい疲れを感じ、早々に着替えを済ませると、くつろいだ服装でリビングのソファに身を投げた。一緒に帰宅した和裕がネクタイを外し、上着を脱いだ格好で三奈が現れるのを待っていた。テーブルの上には氷を入れたワインクーラーの中で冷やされているベル・エポック・ロゼのシャンパンボトルと、バカラのグラスが二つ置かれていた。

「あなた、まだお飲みになるの」

シャンパンは祝いの席にこそ相応しい。おそらく、和裕は両家が顔を合わせる初めての会食がつつがなく終わり、これで崇と尚子の縁談が確実なものとなったと思っているのだろうが、逆に途轍《とてつ》もない問題を抱え込んでしまった三奈の口調はどうしても刺々《とげとげ》しくなる。

「今日は特別な日じゃないか。長年胸に秘めてきた君の野望がついに実現したんだ。改めて、崇の前途を祝福しよう」

和裕は珍しく感情を表に出して、コルクの栓を抜いた。磨き抜かれたグラスが薔薇色の液体で満たされて行く。静謐《せいひつ》な室内に泡が弾ける音が微かに響いた。

「それじゃ、崇の前途に……」

一瞬、三奈はどうしたものかと躊躇したが、まさか事実を和裕に話すわけにはいかない。渋々持ち重りのするグラスを掲げると、軽くそれを合わせ唇をつけた。大分酔っているのか、和裕はそんな三奈の様子に気づく素振りはない。一息にグラスの半ば程までを飲み干すと、

「しかし、崇はさすがだね。料理の組み立てもさることながら、ワインのチョイスは素晴らしかった。美味《うま》い食事は人を寡黙にさせるか、饒舌《じようぜつ》にさせるかのどちらかだ

が、どうやら今日は後者の部類だったようだね。白井先生もすっかり満足していたようだったじゃないか」

　また一口、今度はゆっくりとシャンパンを含んだ。

「当たり前よ。いったいいくらのワインをオーダーしたと思って？　ワインだけでも六十万円からの値段よ」

「まあ、四本も空けたんだ。それくらいはするだろう」

　和裕は、残りのシャンパンを一気に呷《あお》ると、新たにグラスを満たした。

「それくらいはするだろうですって？　あなたも随分変わったものね」

　絡むつもりはなくとも、どうしても皮肉な言葉が口を衝いて出てしまう。それがまた、三奈の心を苛立たせる。

「変わった？　僕が？」

「岩手の無医村に埋もれていた頃とは大違いということよ。あなただけじゃないわ。白井先生にしたところで同じこと。人は環境で変わるものだということを、今日ばかりは思い知ったわ」

「彼の出自を言っているのかね」

　三奈は無言のまま、シャンパンを啜った。

「しかし、驚いたね」和裕は小さな吐息をつくと、グラスを玩《もてあそ》びながら薔薇色の液体を見つめる。「彼が岩手の出身だと聞いた時には、さすがにぎくりとしたよ。なにしろ彼の生まれた町は、僕がいた無医村とは目と鼻の先だ。もし、あの時僕があの町で長いこと勤務していたなんて話せば、たちどころに過去がバレてしまう。そうなれば、この話が無かったものにもなりかねなかっただろうからね」

それならそれで話は早かったかもしれない、と三奈は思った。いやむしろあの時、こちらからその話を切り出し、和裕の過去について眞一郎が興味を覚えるよう、仕向けることを考えなかったわけではない。東大紛争の先頭に立った闘士にして懲役刑を科された人間が、身内に連なるとなれば、眞一郎はこの縁談を白紙に戻すことを考えたかもしれない。しかし、それは同時に崇の将来を台無しにし、自らの野望を叶える道を完全に閉ざしてしまうことを意味する。それは有りうべからざる選択肢というものだ。

三奈は深い溜息をついた。

「何をそんなに深刻な顔をして考えているんだ」

和裕が怪訝な顔をして訊ねてきた。

「今回の縁談をお断りできないかと思って……」

「断る？　なぜ？」

三奈は、何と答えたものか思案を巡らし口ごもった。

「崇を政界に送り込み、権力の頂点に立たせるのは君の夢だったんだろ？　そのために君は必死に働き有川会をここまでの大病院に育て上げたんじゃないのか。そのまたとないチャンスを手にしたというのに、どういう心境の変化かね」

「理由は一つ。白井建設よ」

「白井建設が整理、いや整理されるとまで行かなくとも、一族が経営から手を引かざるをえないような事態が起これば、彼の政治資金の供給源は有川会が一手に引き受けなければならなくなることを言っているのかい」

三奈は苦しげに首を縦に振ると、シャンパンに口をつけた。

「おかしな話だね。白井建設の経営が事実上破綻しかけていることは、君も重々承知のはずじゃないか。事実今朝の新聞を見せた時、君はこう言ったね。初めて顔を合わせる日に、こんな記事が新聞に載るなんて、吉兆だ。資金源を断たれた白井先生は、何としてもこの縁談をまとめにかかってくる。そして私たちが、彼の生命線を握ることになる。崇の政界進出に弾みがつくというものだと」

「確かにそう言ったわ。だけどね、あの人が今の政権の中で力を維持し、頂点に立つには莫大な資金がかかる。白井先生だけならともかく、五年後に崇が代議士になれば、二重の支出を余儀なくされる。その負担を一身に背負うとなると……」

「どうしてウチが政治資金の全てを負担しなければならないんだ。かつて君はこうも言ったね。有川会には多くの業者が出入りしている。彼らに命じれば、政治献金の額だって莫大なものになると。事実その通りだろう。どれだけの業者と直接取引があるのか、正確なところは僕は知らないが、君が命じれば直接取引している業者は献金を拒んだりはしないだろう。それどころか、更に彼らに物を納入している、有川会にとっては孫請けに当たる業者に献金を強いることだってできるだろうさ。君の目論見の中にはそんなことは織り込み済みだったんじゃないのか」

和裕の言葉に間違いはない。結婚を白紙に戻したいという理由が、今まで和裕に語ってきたことを考えれば理論的に破綻していることは分かっている。

三奈は押し黙ると、まだ充分に明るい窓の外に目をやった。ここが都心のまっただ中にあるとは思えない有栖川公園の鬱蒼《うっそう》と繁った大木の緑が目を射る。太古の自然を彷彿とさせるその光景に、今日の会食の際、ふと目にした眞一郎の耳の傍らにある小さな穴の痕跡が重なった。

あれは鰓《えら》の跡だ、と三奈は思った。

母親の体内に宿った胎児の発育は、極めて短期の間に脊椎《せきつい》動物一億年の進化の過程を劇的な形で再現する。子宮内を満たした羊水を舐《な》めながら、まるで魚のように鰓呼吸を始めるのだ。

もちろん鰓は胎児の発育とともに跡形もなく姿を消すのだが、ごく稀《まれ》に生後もその痕跡を留めている人間がいる。

岡内眞一郎がそうであり、そしてまた崇にもその痕跡があった。

あの小さな窪みを眞一郎の耳の脇に確認した瞬間、三奈は確信した。それはこの三十一年の間、密かに胸に秘めてきた崇の出生にまつわる大きな疑念。彼の本当の父親は誰かということをはっきりと悟らせることになった。

そう、崇は、間違いなく眞一郎と自分との間にできた子供だと――。

本当のところを言えば、崇の妊娠を知った時から、腹の中に宿った命は有川理との間にできたものではなく、岡内眞一郎とのものではないかという予感はあった。いや予感というより、それは願望といった方が当たっていたかもしれない。裕福な医者の家に生まれたがゆえに、さほどの能力を持ち合わせていなかったにもかかわらず、金の力を以て地方の私立大学の医学部に入学し、医師となった理。それに比べれば、貧しい家の出ながらも、苦学して東大文Ⅰに現役合格を果たした眞一郎の遺伝子を引き継ぐ子供を授かった方がどれだけいいか。それは、理に対して抱いていた嫌悪の気持ちばかりではなく、借金の形《かた》に意に沿わない結婚を強いた両親へのささやかな復讐の現れでもあった。実際、崇は学齢期を迎えると、学業の成績は群を抜いていたし、理Ⅲ合格も確実と太鼓判を押されながらも、あえて官僚、ひいては代議士の道を目指すという志を語る様は、かつて眞一郎が語った姿そのものだった。

親子というものは、これほどまでに似るものなのだろうか。

わずかに残る鰓の痕跡。人生の目標。そして崇の生き様はまさに眞一郎のそれと寸分たがわない。それどころかよくよく二人の顔を見比べてみると、崇の面差しには確かに眞一郎とよく似た部分があるようにさえ思えてくる。

もしもこのまま崇、尚子の両名が結婚すれば、異母兄妹同士の結婚ということになる。近親相姦《そうかん》を黙認することになってしまう。

かつての社会においては、異母兄妹、異父兄妹同士の結婚はごく当たり前に行われてきたことに違いはない。近世においても家を守るために妾に生ませた子供と正妻の子供同士を結婚させた例など掃いて捨てるほどある。しかし、自分がその当事者になるとなれば話は別だ。断じてそんなことを許すことはできない。二人が夫婦の契りを交わす光景を思い浮かべただけでも身の毛がよだつ。

そう、その時三奈が覚えたものは、積年の野望をうちやってもあまり有る理屈を超えた生理的嫌悪以外の何物でもなかった。

「それに、話がここまで進んだ以上、こちらから断ることなんてできるものかね」

和裕の言葉で三奈は我に返った。

「今日の白井先生の話だと、仲人は総理大臣、主賓は幹事長を立てるとまで言ってるんだ。崇にしたところで、明日には次官の元に婚約成立の報告をするだろう。事態はもう、結婚に向けて動き始めている。よほどの理由がないと白井先生は納得しないだろうし、よしんば破談に持ち込めたとしても、崇の将来に大きな傷を残すことになる」

和裕の一言一言が重い響きを持って、三奈の耳朶《じだ》を打つ。もちろん、真実を話せば眞一郎もこの話を断るには違いない。しかし、それはこれまで誰にも悟られることがなかった自分たちの過去を明らかにし、崇の将来を無にするのと同じだ。それもまた三奈にとってはありうべからざる選択肢だった。

途方に暮れる三奈の心情を現すかのように、窓の外に夜の帳《とばり》が静かに下り始める。緑から黒いシルエットへと姿を変えて行く木々を呆然と見やりながら、どうしたらこの縁談を破談へと持ち込めるか、三奈はその手だてを必死に考え始めた。

*

白井眞一郎は、くつろいだ服装でソファに腰を下ろすと、最近始めたばかりの葉巻に火を点した。

昼からの長い会食の間中飲み続けたワインの余韻が体内を心地よく満たす。それでもたおやかな葉巻の芳香に鼻腔がくすぐられると、新たなアルコールへの欲求が喚起される。

立ち上がった眞一郎は、サイドボードにゆっくりとした足取りで歩み寄ると、ドメーヌ・ド・ラ・フォンテーヌ・ド・ラ・ブイヤードを手にした。ワインボトルのようなシンプルなシルエットの透明な容器に詰められた八〇年もののコニャックは、深い琥珀色をしており、栓は蠟《ろう》で封印されている。シャンパーニュにある古い葡萄園で造られたそれは、当主が『祖父の代に蒸留したものを自分が売っている。自分が蒸留したものは孫が売るだろう』と言うように、年間生産千ケース以下の希少品で、市販価格は二十五万円は下らない。日頃から贅を尽くした生活をしている眞一郎にしても、これほどの逸品の封を切るのは極めて稀なことで、最後に口にしたのは、今から十一年前、陣笠代議士を終え、自治大臣・国家公安委員長の要職に就いた時のことである。

今日はまさにこの逸品を開ける日だと思った。

封を切り、栓を開ける。琥珀色の液体をブランデーグラスに注ぐ。

永い眠りから醒ますように、掌の中で優しく揺らして鼻を近づけると、気品ある芳香が燃え立つように立ち昇ってくる。再び、ソファに腰を下ろした眞一郎は、葉巻をふかし、コニャックで口を湿らした。

「あら、まだお飲みになるの。せっかくお紅茶を用意したのに」

洋装に着替えた逸子が、銀のティーポットをトレイの上に載せて入って来ると、非難がましい声を上げた。

「いいじゃないか。今日は特別な日だ」

「そんなにお飲みになると、お体に障るわよ。政治家は体が基本でしょ。どこぞの田舎代議士と違って東京の有権者は卒中で入院しても、当選させてくれるほど甘くはありませんよ」

「素晴らしいワインをしこたまいただいたからね。締めにもあれに見合った食後酒を飲まんと収まりがつかんよ。どうだお前も」

「そうですわね。それじゃ私はお紅茶に少し入れていただきましょうか」

これほどの逸品を紅茶に入れるとは、無粋極まりないことだが、元々逸子は酒はいけるたちではない。それに値段を聞いたところで、贅沢は幼いころからのもので、驚きもしなければ怯《ひる》むわけでもなかろう。

眞一郎は、逸子が紅茶を入れている間にコニャックを用意すると、わずかばかりの量をカップの中に注いでやった。

「私も一安心。国枝さんのご紹介ならば間違いはないと分かっておりましたけれど、実際に崇さんにお目にかかって一目で気に入ったわ。実は私、大蔵官僚と聞いた時には、ガリ勉タイプのどこか垢抜けない殿方が出て来るものと覚悟していたの。それが崇さんときたら、絵に描いたような美男子ですもの。天は二物を与えずと申しますけど、二物も三物も与えることもあるのね。尚子が一目で気に入ったのも無理ないわ」

くくっと、思い出し笑いをすると、優雅な仕草で口元にカップを運び、目を細めながら紅茶を音もなく啜った。

「大蔵官僚がガリ勉タイプの垢抜けない男とは、随分な言い方だね。今どきの若い連中は、遊びも心得ていれば、仕事以外の世の中の動きにも敏感だよ。それとも、見合いの席に現れた僕の姿を思い出したのかね」

「そうねえ、あなたの場合は七十点というところかしら。何しろ、初めてお会いした頃はあなたがオックスフォードから帰った直後のことだったものね。それなりに身なりは整っていたし、英国流のマナーも身に付けていたけど、留学前だったら、どんな印象を持ったか、分からなかったでしょうけどね」

「七十点ね。まあ及第点はもらえたというわけだ」

眞一郎は、苦笑いをしながらまた一度葉巻をふかした。

「でも、尚子がその気になってくれて本当によかった。もしこの話がうまくいかないようだったら、あなたの政治家としての将来もどうなっていたことか」

一転して逸子の顔に暗い影が宿った。

「義兄《にい》さんのことかね」

「今朝の新聞を読んだ時にはどうなることかと思ったわ。よりによって両家が初めて顔を合わせる日に、あんなニュースが報じられるなんて。有川さんが心変わりをするのではないかと気を揉んだわよ」

「突然降って湧いたような話ならともかく、会社が経営の危機に瀕しているのは、すでに承知のことだ。あちらはそれを知った上で縁組を望んでいるのだ。断りなんかするものか」

「それほど崇さんを代議士にしたいのかしら」逸子は静かにカップをソーサーの上に置くと、「それは崇さんご自身の願いかしら、それとも有川ご夫妻の……」

思案を巡らすようにぽつりと漏らした。

「まあ、両者の願望、いや悲願と見るべきだろうねえ。官僚になる人間には二つのタイプがある。一つは事実上、この国を動かしているのは自分たちだという強い自負とプライドを持って、官僚の道をひたすら突き進むタイプ。もう一つは、社会的名声と権力を得んと官僚の地位を足がかりに政界進出を目論むタイプ。崇君の場合は後者の部類に入る。一方の有川夫妻にしたところで、すでに功成り名遂げた人物だ。財力もあれば社会的地位も確立している。そんな人間が最後に欲するものは権力と相場が決まっている。そうでなければ、長男の崇君を医学の道に進ませず、官僚にしたりはしないよ。それに崇君が代議士となり、厚生族の一翼にでも名を連ねることになれば、有川会の経営基盤は更に盤石なものとなる。それくらいの計算はしていて当然というものだろうね」

「考えようによっては随分欲張りね」

「君は生まれながらにして、代議士の家に育ったからそう言えるんだよ」眞一郎はコニャックをまた一口啜ると続けた。「僕らの世代は、権力の凄さというものを目の辺りにしてきたからね」

「どういうことなの」

理解し難いとばかりに、逸子が訊ねる。

「決まってるじゃないか、学生運動だよ。有川夫妻の年齢からして、彼らが学生だった頃、大学は激しい紛争の渦中にあった。多くの人間が当時の体制を覆し、新しい体制を築くことを夢見て運動に狂奔したものだ。しかし、そんなものは権力の前にあっては、何の成果も上げられず、ものの見事に打ち砕かれた。その象徴的な出来事が東大安田講堂を巡る攻防戦だ。東大闘争は、医学部の学生がインターン制度に代わる登録医制度に反対し、無期限ストに突入したのを機に始まった。エリート中のエリートが蜂起したにも拘《かか》わらず、何の成果も残せはしなかった。有川氏は、東大医学部の出身だ。事の始終を逐一目の辺りにしたことだろうからね。その点から考えても、二人の息子のうちどちらかを国家権力の中枢、いや頂点に立つ人間へと考えるようになったとしてもおかしな話じゃない」

「有川さんもヘルメットを被ってゲバ棒を振われたのかしら」

「それはないだろう。東大安田と言っても、実際に立てこもったのは、他大学の奴らばかりで、東大生はほとんどいなかったのだ。有川夫人にしても同じだよ。彼女は慶應の出身だ。もちろん、慶應も学生運動の嵐に巻き込まれなかったわけではないが、校風からいってそれほど激しいものではなかったしね」

そう話す一方で、眞一郎の脳裏に、安田講堂攻防戦の直前の夜に別れたまま、その後二度と出会うことのなかった依田美佐子の姿が浮かんだ。

彼女がどういう家庭に生まれ、どんな経緯であの運動に参加したのかは今でも分からない。ただ金には一切困らぬ裕福な家に生まれ育ち、慶應で学んでいたことは確かだ。にも拘わらず『造反有理』とか『連帯を求めて孤立を恐れず　力及ばずして倒れることを辞さないが　力を尽くさずして挫《くじ》けることを拒否する』などという、当時の活動家が掲げたスローガンを臆面もなく口にして憚《はばか》らなかった美佐子——。

結局あの運動は、当時の体制にいささかの打撃を与えることもなく、単なる学生の馬鹿騒ぎで終わってしまった。それは三十年の時による総括で明白である。当時運動に加わった多くの学生は、安田講堂陥落と共に、蜘蛛《くも》の子を散らすように退散し、かつては活動家だった過去を隠して、あれほど忌み嫌った体制の象徴とも言うべき大企業へ、あるいは公務員へと職を求め何食わぬ顔で平和な暮らしを送っている。もしも、当時の学生たちが、あの燃えたぎるような情熱を失っていなければ、社会の中枢を担う年齢になった今、この国の体制はもっと違った形になっていたことだろう。

やはり美佐子も今の社会の中で、過去を消し一介の市民として平凡な暮らしを営んでいるのだろうか。それとも――。

眞一郎は長く忘れていたほろ苦い思い出を、脳裏から打ち消すようにコニャックを一息に飲み干した。

「それで、あなた、仲人の件なのですが、本当に総理にお願いできるのでしょうね」

逸子が念を押すように訊ねてきた。

「ああ、明日にでも直接お願いするつもりだ」

「お受け下さるかしら」

「大丈夫、心配することはない。何しろ総理は派閥の長だからね。それに例の岩手の選挙区の後がまとして、崇君を擁立したいというこちらの意向を話せば、総理も断りはしまい。政治は数だ。数は力だ。派閥に名を連ねる人間が増えることは悪い話じゃない。ましてや仲人をお願いしたとなれば、忠誠を誓ったも同然のことだからね」

眞一郎は造作もないとばかりに断言した。

滝沢宗晴《むねはる》は総理総裁にして眞一郎が属する民自党最大派閥の長である。娘の結婚式の仲人になってもらうのは、小さいとはいえ借りを作ることにはなるのだが、そんなものは、自治大臣・国家公安委員長時代に滝沢に対して作った貸しの前には利子を受け取る程度のものにもならない。四十歳そこそこで初入閣を果たしたのは、岳父である白井源太郎の後継者として、彼の培った政治基盤を受け継いだ結果だが、あれから十一年間の間に、運輸大臣、そして党三役の一つ、政調会長と順調に政界での階段を昇ってこられたのは、警視庁外事二課が摑み、報告書として上げてきた滝沢にまつわる情報を、国家公安委員長としての立場を以て、握りつぶしたからだ。あの報告書に書かれていたことが公になれば、大スキャンダルに発展したことは間違いなく、滝沢はとっくの昔に政治生命を絶たれていた。彼が今日、総理総裁の地位にあるのは、眞一郎の働きによるものだと言っても過言ではない。

「それじゃ、本当に喜んでよろしいのね」

逸子はぱっと顔を輝かせると、声を弾ませた。

「もっとも、日取りは慎重に選ばなければならんがね。議会の開催中や、外遊と重なる時期は避けなければならない。なるべくスケジュールに余裕がありそうな時期の休日にしないとねえ。秋の臨時国会のあとね。ご招待する国会議員の方はどれくらいいかしら」

「秋の臨時国会のあとね。ご招待する国会議員の方はどれくらいいかしら」

「派閥の議員には全員招待状を送らなければならんだろう。それに党は違うが、野党の党首クラスにも声をかけるとなると、ざっと百二十人といったところかな」

「それに私どもの一族、銀行や財界の主だったところもご招待するとなると、さらに百人は増えるわね」

早くも逸子は、披露宴に思いを馳せ、顔を紅潮させた。

「まあ、そんなところだろう」

「でも、有川さんのところとの釣り合いも考えないと」

「あちらは何人でも大丈夫だろう。その気になれば、二百人でも三百人でも呼べるさ。製薬会社や医療機器メーカーの社長、それに有川会の世話になっている財界人も少なくないだろう。大蔵省にしたって総理が仲人を務めるとなれば、歴代の次官や天下りした官僚で目ぼしいところに声をかければ、錚々《そうそう》たる面々が馳せ参じることだろうさ」

「それでしたら、早々にホテルを押さえないと。五百人からの方をお迎えできる会場はそう多くはないわ。それから衣装。尚子の一世一代の晴れの舞台ですもの。京都に花嫁衣装を特注するとなれば、すぐにでもとりかからないと間に合わないわ」

「そんなことは本人たちの意向を聞いてからでないと、何とも言えないね。会場にしてもいろいろと心積もりがあるだろうしねえ」

「何をのんびりしたことを言ってるの。総理をお呼びになるのなら、警護の関係上からも、会場は限られたものになるのじゃありませんか？　だから殿方は駄目なのよ。もうじれったいったらありゃしない」逸子は、頬を膨らませて身を乗り出すと、「尚子は、いつになったら戻ってくるのかしら」

今度は壁にかかった時計に目をやり、苛立った声を上げた。

尚子の名を挙げ、会食が終わった後、崇と連れ立って出掛けたのは八時を過ぎたばかりだった。

「今日の会食で、事実上婚約が成立したも同然だ。少しばかり帰りが遅くなったと言っても、目くじらを立てることはあるまい。今頃は二人で改めて祝杯を上げ、これからの事を話しあっていることだろうさ」

「婚約が整ったからといって、まだ正式に夫婦になったわけではないんですからね。けじめはきちんとつけないと。万が一にでも、披露宴の時にお腹が大きくなっているようなことがあったら、世間体が悪いわ」

「そんなドジを踏むほど、崇君も尚子も馬鹿じゃないさ。会場や衣装のことなどどうにでもなる。尚子ももうすぐ帰ってくるだろう。それから話しても遅くはない」

眞一郎は、口にこそ出さなかったが、有川会という太い資金パイプを確実なものとするためには、尚子が結婚前に崇の子を宿すのも悪い話ではないと思った。白井建設が打ち出した銀行への債権放棄の要請はおそらく叶うことはあるまい。溺れかけた人間を見れば、竿《さお》で叩き完全に息の根を止めようという行動に打って出るのが政界というものだ。それを考えると、有川会という新たな財政基盤を手にしたことを、一刻も早く知らしめなければならない。それに披露宴の壇上に立った花嫁が、妊娠しているなどということは、今の時代においては珍しいことでも何でもない。

むしろ眞一郎はそうなることを願いつつ、込み上げる笑いをかみ殺しながら、悠然と葉巻を燻《くゆ》らせ、空になったグラスに新たにコニャックを注いだ。

夜の静寂を破るように、インターフォンが鳴った。来客のようである。逸子が受話器を取って、応対する声が聞こえる。

「あなた、週刊毎朝の時任《ときとう》さんですって。少し時間をいただけないかって」

休日に週刊誌の記者の取材を受けるような覚えはない。それに祝いの酒を飲み、酔いが回っていることもある。無粋な話で至福の一時を邪魔されては興がそがれる。申し出を断ろうかと思ったが、扱い一つで敵になるのも味方になるのもマスコミである。それに時任は普段、国会で顔を会わせていて知らぬ仲ではない。

「しょうがないね。会うよ。部屋に通しなさい」

眞一郎はグラスに注いだばかりのコニャックをそのままにして、葉巻をくわえたまま立ち上がった。向かったのは玄関を上がるとすぐのところにある十二畳の部屋である。閣僚になると、新聞やテレビといったメディアの記者が夜回りと称して押し掛けて来るのが常で、初入閣を果たした当時、彼らを迎え入れるために設けたものだった。中央の円卓を囲むようにして置かれた椅子に、腰を下ろしていた時任が眞一郎の気配を察すると立ち上がり、「お休みのところ恐縮です」丁重に頭を下げながら、視線を向けてきた。

歳は三十少し越えた辺りだったろうか。記者としては仕事を覚え、脂の乗ってきた頃であるのに加えて、本紙である日本有数の全国紙、毎朝新聞の政治部記者への対抗心もあるのだろう。新聞やテレビの記者とは異なり、週刊誌という媒体の特性を生かし、単に国会のみならず霞が関の官庁に至るまで幅広く積極的な取材を行う男だという印象がある。

「今日は何だね」

眞一郎は時任の正面の椅子に腰を下ろしながら葉巻をふかした。

「実は、この件でお訪ねしました」

時任は折り畳んでいた新聞をテーブルの上に置いた。

『白井建設　井住銀行をはじめとする十四行に総額五千億円の債権放棄を要請』

「ああ、そのことかね」眞一郎は、新聞を手にすることなく、見出しを一瞥すると言った。「白井建設は家内の実家だからね。経営危機に直面していると聞けば心中穏やかならざるものはある。債権放棄を銀行に要請することは、義兄から事前に聞かされてはいたが、私がどうできるものでもない。この件に関しては、私はまったくの門外漢。ただの傍観者だよ」

「そうでしょうか」時任は、即座に言葉を返してきた。「先生が支部長を務められている党支部には、白井建設は元より、下請け、孫請けに当たる企業から多額の献金がなされていますよね。直接先生へ献金する個人を見ても、やはり白井建設にまつわる人間が多い。おそらくパーティの券も、かなりの部分が白井建設がらみでさばかれているんでしょう？　もし、ここで白井一族が債権放棄と引き換えに経営から身を引かざるをえないようなことになれば、たちどころに台所事情が苦しくなるんじゃありませんか」

「人の懐具合を詮索されるのは、あまり愉快なものではないね」

有川家という存在が現れる前のことならば、腹も立とうというものだが、今日の会食で、両家が縁続きになることは決まったも同然だ。言葉とは裏腹に、眞一郎は余裕

を持って言い、

「それに、君は白井建設と言うがね、献金をして下さっている支援者は他にもたくさんいる。家内の実家が飛んだからと言って、政治家としての私がどうなるものでもないよ」

ぷかりと葉巻を燻らせた。

「それじゃ、白井建設が経営再建のために、百条建設に吸収合併される話があることを、先生はご承知なんですね」

「何？　百条建設」

眞一郎は手を止め、思わず問い返した。

「どうやらご存知なかったようですね」

時任は、したり顔で言った。

「本当かね。その話は」

「それをお耳に入れたくて、伺ったのです」誰が聞いているというわけでもないのに、時任はぐいと身を乗り出し、顔を近づけてくる。「ご承知のように、白井建設の経営がここまで悪化した最大の原因はバブル期に不動産事業に乗り出したことにあります。実際、不動産、マンション、一戸建て住宅の事業部以外、つまり公共事業や大規模建設を担当している部門の収支はそれほど悪くない。特に、トンネル、ダムの白井と言われるように、特殊工法を必要とされる工事では他のゼネコンと比べても、実績、技術力とも白井建設は一頭地を抜いています。銀行団が債権放棄を呑めば、まだ再建の目処《めど》がないとは言えませんが、メインの井住銀行は申し出を受け入れる代わりに、百条との合併を条件とする意向のようなんです」

「しかし、そんな虫のいい話を井住銀行が飲むかね。確かに百条はゼネコン最大手の一つだ。元々大規模ビルや公共事業、住宅といってもマンション建設をメインにし、しかも不動産には手を出さなかったせいで、バブルの影響はほとんど受けていない。白井建設の最大の強みであるトンネルやダムといった特殊工法を擁する部門は、喉から手が出るほど欲しいだろうが、五千億もの債権放棄を井住が承諾するかね。ましてや他の銀行の意向もあるだろうしね」

「それが、井住にもメリットのある話なんです」

「なぜだ」

眞一郎は訊ねた。十億、二十億の話なら、分からないでもないが、バブル崩壊の痛手を被《こうむ》ったのは、銀行も同じだ。暴騰し続ける土地を担保に、湯水のように貸付金を増やし、それが暴落したお陰で担保としていた土地は、ことごとく評価割れを起こしている。当の銀行の経営すら危ぶまれる状態であるのに、五千億円もの債権を放棄するとは思えなかったからだ。

「回収の見込みのある債権ならばともかく、焦げつくと分かっているものをいつまで持っていてもしかたがありませんからね。むしろ一思《ひと》いに処理してしまえば、当期決算は悪化しても、来期に持ち越すことはない。そして銀行には今の時点なら確実に損を取り戻せるだけの環境が整っている」

「ゼロ金利か！」

元々大蔵官僚だった身である。そこまで言われれば察しはつく。眞一郎はハッとして声を上げた。

「金利がゼロになったからと言って、一般預金者の銀行預託残高が落ちるわけじゃありません。企業の決済にしても、手形取引が主流になっている以上、一定の残高を残しておかなければならない。不況だからといって、資金需要が減るわけでもない。もちろん、銀行の貸付審査は厳しくなってはいますが、優良取引先にはしっかり利子を乗せた上で貸付を行っているわけです。この状態が続けば、銀行にとっては濡れ手で粟《あわ》。まさに雪だるま式に利益は膨らんでいきますよ。深雪の中で小さな雪玉を転がすようなもんです」

「しかし、ゼロ金利政策は来年の八月までと期限が決められている。たった一年半の間に、どれほどの利益が上げられるかな。債権放棄を要請しているのは、白井だけじゃないんだぞ」

「充分な収益が上げられるまで延長するんじゃないですか」

時任は簡単に言い放った。

「えっ……」

「先生がおっしゃる通り、銀行が債権放棄をしなければ、破綻に追い込まれる企業は山ほどある。町には失業者が溢れ返り、日本経済は崩壊しかねないところまで追い込まれるでしょう。かといってそのことごとくに応じていたのでは、銀行の経営が立ち行かなくなる。両者を救うためには放棄した債権に相当する利益を銀行が上げられるようなスキームなくしては成り立たない。それにゼロ金利政策を解除するといっても、上げ幅をいきなり一パーセント、二パーセントにするわけにはいかないでしょう。以前のレベルに戻すためには、長い年月がかかるに決まってます」

確かに時任の言うことは的を射ていた。ゼロ金利政策を実施したのは、まさに崩壊の危機に瀕した日本経済を救うため以外の何物でもない。そして一旦ここまで下げてしまった金利を元に戻すのは容易なことではない。その点からいえば、この政策は毒を以て毒を制するといった類《たぐい》のもので、経済が毒の魔力の元に回り始めると、抜け出すのは至難の業《わざ》と言えた。

「先生、私はこの政策、多少の金利の上昇はあっても滝沢さんが総理在職中は、続くと見ているんですが……」

時任は、探りを入れるような目を向けてくる。

「滝沢さんが？　なぜ」

ワインとコニャックの酔いのためか、思考が鈍る。眞一郎は思わず問い返した。

「百条建設は、国内もさる事ながら海外事業にめっぽう強い。特にODAがらみの途上国での受注実績は他のゼネコンに比べて突出しています。ダムやトンネルの建設需要は、これから先も細ることはない。白井建設を吸収合併できれば百条にとっては鬼に金棒。願ったり叶ったりの縁談でしょう。そして百条といえば、滝沢さん――」

なるほど、ありうる話かもしれない、と眞一郎は思った。政府開発援助といえば聞こえはいいが、援助国で行われる工事事業は日本企業に限られる。もちろん資材の調達先もだ。端的に言ってしまえば、事業を行うのが外地だというだけで、国内の公共事業と何ら変わりはない。そして外地で行われる分だけ、一つの事業にかかるコストは不透明になり、そこに介在する人間たちのうま味が増す。特にODAの最大援助国といえば中国。中国といえば滝沢だ。円借款《しやつかん》は三兆円を優に超え、無償援助、技術協力の総額は二千億円を上回る。経済開放をきっかけに、急速に近代化の進む中国では、道路整備事業に加えて、電力需要を賄《まかな》うためのダム建設計画が目白押しだ。そんな経緯もあって、百条建設は予《かね》てより滝沢の最有力支援先だったのだが、白井建設との合併が実現すれば、彼が被る恩恵は現在の比ではない。

しかし、そんな本音をマスコミの人間を前にして漏らすわけにはいかない。

「やれやれ、何を言い出すのかと思ったら……」眞一郎は苦笑いを浮かべて見せた。「君たちは、本当に物事を詮索するのが好きだね。誰に吹き込まれたのかは分からんが、しっかり裏を取らない情報を元に記事を書くと、後始末が大変だよ」

「ここ半月ばかりの間に、大隅《おおくま》建設大臣が井住銀行の重村頭取、百条建設の本間社長と三度も会っていたことをご存知ですか」

葉巻を口元に持って行こうとした手が止まった。

「大隅君が？」

「不良債権を抱えているゼネコンは数多くありますが、会社の規模、負債総額からいって白井建設の行く末は、今後の建設業界がどうなるかを占う上での重要な指針になります。そこで大蔵、建設両省を追っていたところ、引っかかって来たのが三者の動きです」

首相の動静は、日々新聞でも詳細に報じられているが、閣僚の動きはマスコミも完全に把握していない。政調会長とはいえ同じことだ。それに、大隅がこの話に深く関与しているとなれば、今まで自分の耳に一切何も入って来なかったのも納得がいく。

滝沢の後を虎視《こし》眈々《たんたん》と狙っている議員は何人もいる。特に、大隅は派閥のナンバーツーを争う最大のライバルだ。ここで、百条と白井の合併話を実現すれば、大きな功績、最高の献上品になる。

眞一郎は、ゆっくりと葉巻を口に運び先を促した。立ち上る紫煙を通して、三人の思惑が透けて見えてくる。しかし、分からないのは時任だ。なぜ、こんな話を記事にする前に教えるのか――。

「妙な動きだと思いましてね。三度目の会合を見届けた時点から、大蔵、建設両省のしかるべき筋に食いついて、徹底的に探りを入れたんです。その結果出てきたのが、白井建設が百条建設に吸収合併されるという話だったんです」

時任は、小鼻を膨らませながら胸を張った。

「しかるべき筋とは？」

「それは言えません。先生のお耳に入っていないということは、大隅さんの意向を汲《く》んだ人間ということですからね。彼らにも将来がありますから……」

「なるほど。まあいいさ。仮にそれが本当のことだとして、どうして君は私にそんな情報をもたらすんだね。今言ったままを報じれば、面白いものになるだろうに」

眞一郎は訊ねた。

「同郷のよしみと申し上げておきましょうか。私も岩手出身でして……」

「ほう。どこだね」

「盛岡です。そういったこともあって、先生には是非とも総理総裁の地位に就いてもらいたい。以前よりそう願っておりました。私も政治記者ですから、この世界の裏も表も一応知っているつもりです。政治は奇麗事では済まない、金が必要だということも充分心得ています。ですから、先生が白井建設を失うことは、まさに政治家としての危機と映るのです。ましてや、滝沢さんがいま以上に勢力を誇るようになれば、政権が交代した後も院政が続く。次期総理、また次の総理と、彼の意のままにこの国は操られてしまう。それを懸念してもおります」

「本音を言いたまえ」

時任の言葉には、真実を述べるにはあまりに力が入り過ぎていた。眞一郎は時任の顔を見ながら続けた。

「私はね、必要以上に同郷の士を口にして憚《はばか》らない人間は信用せんのだ。人間は必ずどこかの地に生まれ落ちるものだ。たまたま出身県が同じだからといって、何だというのだ。郷土出身の政治家、文化人、芸能人、著名人……。そんなものをあげつらって何になる。馬鹿馬鹿しい」

「そう言われると……」

大上段に振りかぶっただけ、真の目的を言いにくくなったらしい。視線を落とし、口ごもった時任に向けて、眞一郎は優しく言った。

「いいじゃないか。欲のあるのが人間だ。素直に言ったらいい」

「将来有望と睨《にら》んだ政治家と太いパイプを持っておきたいからです。私の欲と言えば、本紙の政治部でトップを張ること。そのためには、同僚、他社に先駆けてスクープをものにし、辣腕《らつわん》と認められる存在にならなければなりません」

今度は力みのない口調で時任は言った。

「つまり、私に一つ貸しを作るつもりだったというわけだな」

「率直に言えばその通りです」

「よし、じゃあ君の好意は素直に受け取っておこう。その上でこの件に関してのコメントを言うと、百条と白井建設のことは、最初にも言ったが、もはや私は傍観者だ。

仮に両社が合併することになったとしても、どうすることもできない。やはり、その一言につきるね。結果、滝沢さんが院政を振るうことに繋がったとしても、そんなことは政党政治が始まって以来、この世界では当たり前に起きてきたことだ。そして権力というものは永遠のものではなく、必ずや誰かにとって替わられるものだということもね。だから、私が思うところは何もないし、特別な行動を起こすつもりもない」

「しかし……」

時任が何かを言おうとしたが、眞一郎は構わず続けた。

「それに、本当のところを言えば、今日はそんな生臭い話は聞きたくもなければ、考えたくもないんだよ。娘の結婚相手が決まってね。君、有川会を知っているだろう」

眞一郎は何気なく話を向けた。

「有川会と言うと、確か、日本有数の大病院でしたよね」

「そこの長男に嫁ぐことになってね。今日は両家の顔合わせの席があったんだよ。美味い酒をしこたま飲んだせいで、酔いが回って、少し眠くなってきた。悪いが、今日はここまでにしてくれるかな。君の好意には本当に感謝している。決して忘れはしないよ」

勘のいい記者なら、この縁組みが何を意味するか分かるだろう。白井建設を失ったとしても、新たな財政基盤は確実にものにしたことを、暗に告げてやったのだ。

「そうですか。有川会のご長男を……」

思った通り、時任はこちらの意図を察したようで、何度も頷くと、

「おめでとうございます。先生、ついでのようで申し訳ありませんが、ご結婚の際には、弊誌の『婚礼』というコラムで、取り上げさせていただけませんでしょうか」

弾んだ声を上げた。

「ああ、君のところの名物コラムだね。いいだろう。二人の門出には絶好の記念だ。その際にはよろしく頼むよ」

眞一郎は上機嫌を装いながら、内心では、有川家との縁談がなかった時の己の立場に思いを馳せ、背中に冷たい風が吹き抜けるような感覚を覚える一方で、まだ自分はツキに見放されてはいないのだ、という意を強くした。

（下巻につづく）